JN059763

源氏物語桐壺巻論

吉海直人

武蔵野書院

目　次

はじめに

平成元年四月、新設された同志社女子大学学芸学部日本語日本文学科の教員として採用された私は、心機一転、桐壺巻からあらためて『源氏物語』を読みなおしてみようと思いたった。そこで事前に桐壺巻の講義ノートを作成し、そこに自分の読みを書き込んでみた。前職（国文学研究資料館）でパソコン使用が義務付けられていたので、最初からパソコン（文明の利器）を利用しての執筆ならぬ入力作業だった。

二年後には「『源氏物語』桐壺巻の読み方」（正続二冊）を、大学の学術研究年報に掲載するまでに至った。幸い翰林書房の今井さんのご好意もあって、平成四年には『源氏物語の視角―桐壺巻新解―』というテキスト版として出版することができた。これは予想以上に売れたので、後に『源氏物語〈桐壺巻〉を読む』と改題（スリム化）して、同じく翰林書房から平成二十一年に再出版している（令和三年には『源氏物語入門』と改題して角川文庫より発行していただいた）。いろんな意味で、私にとっては息の長い記念碑的な注釈書となった。

当時の私は作品の注釈にのめり込んでおり、翌年には『落窪物語の再検討』（翰林書房）の第一巻を出版した。また『住吉物語』（和泉書院）や『百人一首の新考察』（世界思想社）というテキスト版も出している。さらに研究会の仲間と『松浦宮物語』（翰林書房）及び『無名草子』（和泉書院）のテキスト版も出版した。

こうして注釈（テキスト）を精力的に作成する傍ら、論文目録をまとめる必要性も感じ、「百人一首」・「鎌倉時代物語」・「落窪物語」・「住吉物語」・「源氏物語巻別」・「源氏物語テーマ別」・「源氏物語動植物」・「源氏物語語彙」・「沙石集」など、次々に勤務校の紀要などに目録を掲載した（目録屋というあだ名まで頂戴した）。そういった草稿は、パソコンのおかげで容易に増補訂正を繰り返すことができた。それが後に『源氏物語研究ハンドブック』（翰林書房）三冊として結実することになる。

ただここまでくると、もはや一個人の把握できる容量をはるかにオーバーしていることに気付かされた。こんなことに時間を費やすより、もっとやるべきことがあるはずだ。そもそも何のために注釈テキストを作成し、誰のために論文目録をまとめたのか。それは他ならぬ自分の研究のためであるはずだ。

幸い桐壺巻の注釈を徹底的にやったことで、注釈では済まされない問題が次々に浮上してきた。もちろん方法論も大事なのだが、こういった基礎作業も問題発掘には捨てたものではないようだ。私が最初に注目したのは、「桐壺」という用語であった。従来は楊貴妃を筆頭に、「桐壺」や「淑景舎」とは無関係に桐壺更衣のモデル論が行われていた。そこで「桐壺」に住居した人を探し求めたところ、遂に定子の妹原子（三条天皇女御）の存在を突き止めた。これは私の数多い研究の中でも上位に位置する論（発見）だと思っている。

一つできると、気になることが次々に出てくる。桐壺帝のこと、藤壺のこと、左大臣のこと、右大臣のことなど、桐壺帝の後宮と政治体制を一つずつ論じていった。それが第一部である（朱雀帝についての論が漏れている）。第二部は主要人物から少しはずれた傍系・脇役の人々の論である。こういった脇役はとかく放置されがちだが、案外重要な役割を担っているものである。この中の「親王達」は特定の個人というわけではないが、皇太子になれなかった多くの名もなき親王たちの存在に光を当ててみたものである。それは「もう一つの光源氏物語」でもあった。言及できなかった靫負命婦・高麗人の相人・右大弁については心残りである。

第三部には表現論をまとめてみた。「儲けの君」や「たゆげ」など、注釈を施しているときにはその重要性に気付きもしなかった。しかしそれは私だけではなかったようで、初めて私が論文に取り上げたものもある。注釈執筆時には、もはや漏れなどないと思っていたのだが、後になると漏れている表現がいくつも出てきた。その時が至らないと、あるいはその能力がないと、大事な問題も素通りしてしまうものらしい。この歳になっても見落としはたくさんあるものだ。

こうして、注釈や論文目録から発展した桐壺巻の研究をまとめたのが本書である。ここまでくるのに三十年以上もかかってしまった。自分の要領の悪さをののしる一方、よくもまあここまで粘り強くやってきたものだと褒めてやりたくもある。能力の劣る二流の研究者の研究とはこんなものであろう。

なお本書に掲載した論文は、すべて同志社女子大学に就職してからのものである。こんな私を三十年以上も雇用し続けてくれた同志社女子大学には、どんなに感謝しても感謝しきれそうもない。せめて研究で恩返ししたいと思っている。

第一部　人物論Ⅰ（主要人物）

一章　桐壺帝

一、描かれざる不安

桐壺巻には現天皇たる桐壺帝が中心に据えられ、それに付随する後宮や政治の状況が描かれている。しかしそれを読み取るだけでは、あまりに平板過ぎるだろう。物語と言えども、制度的には現実社会の規範から自由ではないはずだから、そこに社会制度の枠をあてはめてみることも決して不毛ではあるまい。

例えば現天皇即位以前には前天皇がおり、そして現在も院として健在かもしれない。また現天皇には、必然的に次期天皇（皇太子）の存在も考慮すべきである。それに伴って院（複数の可能性あり）や東宮の後宮も形成されているはずだし、それぞれに一族の繁栄を願う政治家達が張り付いているはずだからである。つまり常に前天皇・現天皇・次期天皇という三段階の政権担当者の動向を見通しておく必要があるわけである。もちろんこの三つは必ずしも別個のものではないし、天皇の交替とはかかわりなく政権が継承されることもある。極端な場合は、政権担当者の都合で天皇の交替劇が演出されることもありうる（基経による陽成天皇退位や、道兼による花山天皇退位の例）。

后（中宮）という地位も案外重要である（一条天皇の母の詮子の例）。それは后が政権と密接に関連しているからである。しかも后は一度立后すると、たとえ天皇が譲位しても依然として后のままであった。だから三后の定員が塞がっている場合は、現天皇の有力女御といえども簡単には立后できないのである。こういった前後左右の状況に目配りをして、初めて物語の現在は立体的な膨らみを有してくるのではないだろうか。そう考えると、桐壺巻を単に後宮における帝の偏愛という読みで済ませてはなるまい。それではかえって物語を矮小化する恐れがあるからである。第一、その当事者たる桐壺帝に対する評価（賢帝か愚帝か）が全く提示されていないのではないだろうか。そこでわずかな資料を参考にしながら調査してみたところ、桐壺帝の即位が実現する過程において、何かしら皇位継承事件のようなドロドロとした世界が潜んでいることが見えてきた。そういった不安を秘めながら桐壺帝の現在があり、そして後宮における寵愛問題が発生し、さらにそれが必然的に将来の皇位継承問題へと連鎖反応をおこしていくのである。

　桐壺帝の即位前史を幻視してみると、そこに藤壺の父帝たる「先帝」の存在が浮上してくる。この「先帝」以外にも、「一院」の存在が確認されるのだが（紅葉賀巻324頁）、それを統括した物語の皇統譜はどのように想定されるのだろうか。先帝と桐壺帝は直接の親子兄弟関係ではなさそうなので、そこに何らかの皇位継承問題は生じていなかったのであろうか。また後に「故前坊」の存在が明かされており（葵巻18頁・賢木巻93頁）、忌まわしい東宮の廃太子事件も想定されている。[1] そういった暗部における皇位継承事件に絡んで、六条大臣一家及び明石大臣一家の没落が幻視されるのではないだろうか。そしてさらには次期政権をめぐる新左大臣一派と右大臣一派の確執が、現在水面下で着々と進行しているのである。

このように考えてみると、この時代は相当に社会が混乱していたのではないだろうか。しかしこういった複雑な政治状勢を背景にしつつも、物語は後宮における寵愛問題のみをクローズアップしているのである。本論ではその描かれざる桐壺帝即位前史の可能性について、なるべく本文に即して検討を進め、問題の所在を明らかにしてみたい。そうすることによって桐壺巻の読みは、より一層複雑かつ面白くなるはずである。(2) なおの本文の引用は、小学館『新編日本古典文学全集源氏物語』による。

二、一院と先帝について

最初に先帝について考察する。先帝（せんだい・せんてい）という表記については、院号を有しない帝、つまり在位中に崩御された帝、あるいは譲位直後に崩御された帝を指すと言われている。(3) そうするとモデルとして自ずから光孝天皇が浮上してくることになる。しかし先帝の使用例からすれば、前帝のみならず、数代前の帝を指す場合もあるようなので、必ずしも意味を一つに限定することはできそうにない。

そのため一院との先後関係や血縁関係（兄弟か従兄弟か叔父甥か）等の想定が非常に困難なのである。

ここでは参考として、

①玉上琢彌説（『源氏物語評釈一』角川書店・昭和39年10月）

②清水好子説（「天皇家の系譜と準拠」『源氏物語の文体と方法』東京大学出版会・昭和55年6月）

③目加田さくを説（「源氏物語の人間」『「源氏物語」を読む』笠間書院・平成元年9月）

の三系図を例示しておこう。(4)

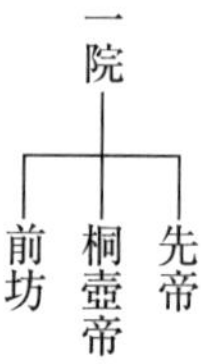

（①玉上説）

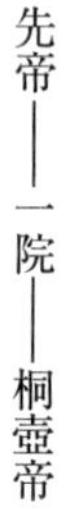

（②清水説）

（③目加田説）

この先帝は、后腹の藤壺や兵部卿宮の年齢、さらには異腹の妹宮（藤壺女御）が朱雀帝に入内していることから察すると、桐壺帝と親子程には年齢が離れていないことになる。古代的な叔母と甥の結婚もありうるが、この場合②説はかなり年齢的に無理をしないと想定できないのではないだろうか（新潮の集成本では、この清水説で系図を掲載しているので要注意）。即位の順序にしても、

④一院→先帝→桐壺帝

の順なのか、それとも、

⑤先帝→一院→桐壺帝

なのか全く決め手がない。ただ一院は紅葉賀巻に生存しており、現帝たる桐壺帝から賀宴（五十の賀？）を受けていることだけは事実である（そうすると桐壺帝は三十歳前後となる）。だから単純に考えれば⑤の方が良さそうにも思われるが、史実として一条帝と三条帝のような年齢逆転現象もありうるし、むしろ先帝の急逝に意味を持たせれば、そこに皇位継承事件が想定可能となり、読みとしては一層面白くなる（即位の順と年齢は必ずしも一致しない）。③説のごとく一院が父で先帝がその弟（あるいは別系統）というのも捨てがたい。続く皇位が桐壺帝の二人の皇子（朱雀・冷泉）に継承されていること、また続編において今上帝が皇位を兄弟に嗣がせようとしていることを考慮すれば、むしろ③説が妥当かもしれない（藤壺入内に一院が全く関与していない点も考慮すべきであろう）。

もしそうなら、藤壺の母后は皇后であろうか皇太后であろうか。とにかくこの母后は、先帝譲位後も后のままでいたはずである。するとこの母后生存中は三后の欠員がないかもしれず、桐壺帝の後宮からは誰も立后できないことになる。もっとも桐壺帝の御代は紅葉賀巻で藤壺が立后するまで、実に

二十年間も后不在期間が続いている。そのことは必ずしも后のポストが塞がっていたからという理由だけでは説明できまい。

三、先帝と前坊の関係

先帝に関しては、例えば桐壺帝即位の折に、自分の第一皇子を東宮にする可能性は十分にあったはずである。しかしながら第一皇子が兵部卿宮だとすると、先帝は自らの退位に際して、我が子を立太子できなかったことになる（もちろん第一皇子が兵部卿宮ではなく故前坊であったとすれば、立派に皇太子になっていたことになる）。

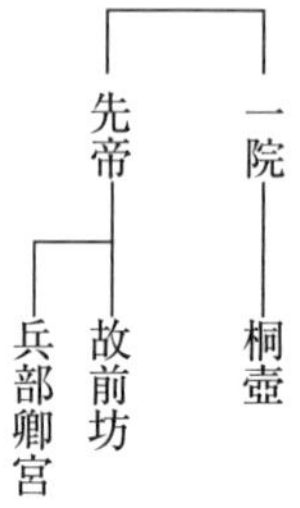

しかし桐壺帝と故前坊は兄弟（「同じき御はらから」葵巻123頁）のようなので、この想定は不可能であろう。そうすると在位中に突然崩御したと見るべきであろうか。花山帝のように突然出家したのかもしれない。しかし兵部卿と藤壺の年齢差は十歳なので、兵部卿が十歳過ぎる頃（元服時期）まで先

先帝の系譜と後宮

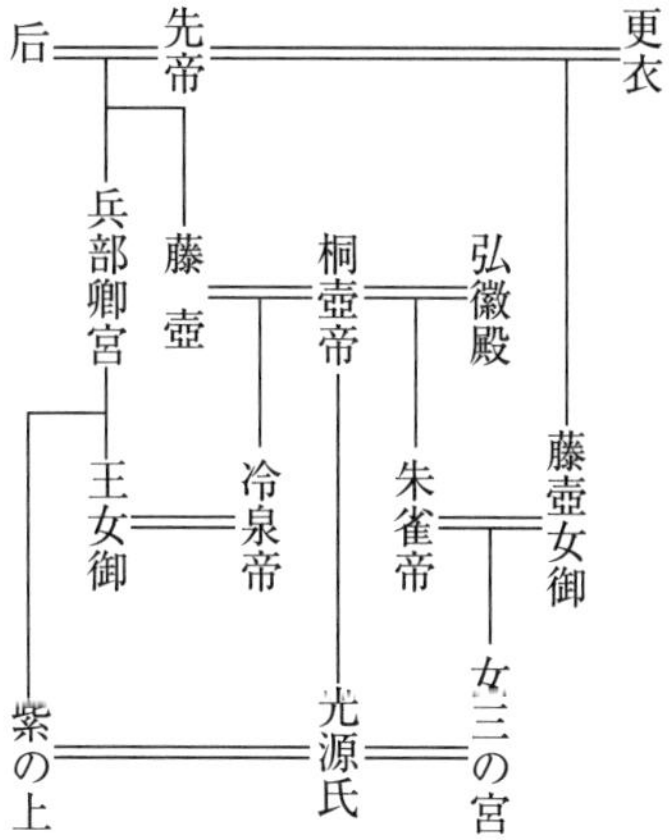

帝は生存していたことになる。あるいは陽成天皇のように、若くして譲位させられたのかもしれない（その場合藤壺は譲位後の誕生?）。それ故にこういった複雑な皇位継承問題も発生することになるのである。物の怪が先帝の家系に祟っているとの説もあるので[5]、そういった点からも過去の忌まわしいできごとが幻視できるはずである。

また今まで完全に見落とされてきたようだが、先帝の一族が桐壺帝一族と網羅的に姻戚関係を結んでいることには留意しておきたい（系図参照）。当然のことながら先帝一族も失った帝位の奪回を計るわけであり、その手始めが藤壺入内であった（見事に冷泉帝が即位する）。続いて藤壺女御（女三の宮母）の朱雀帝（東宮）入内、兵部卿宮（式部卿宮）娘（王女御）の冷泉帝入内が行われているのである[6]。もちろんその反対に、勝者が敗者の血を吸収している、あるいは服従させていると見ることも可能ではある。

皇太子に関する問題は、桐壺帝の御代にまで波及している。それは源氏誕生時点において、未だに東宮が定められていないからである。歴史的には東宮不在期間は決して異常事態ではないし、東宮が必ず即位するわけでもないようである。しかし『源氏物語』研究においてはそれを制度化しており、だから桐壺帝が即位した時に、東宮も立坊しているとも考えられているわけである。とするとこの時点での東宮不在、「疑ひなきまうけの君」（桐壺巻18頁）という表現が問題となる。これについて『細流抄』には「朱雀院の御事也醍醐御代には東宮文彦太子（保明）葬之後其子慶頼王立坊又早世其後朱雀院立坊也」と注されている。これを根拠にすれば、物語の描かれざる部分において、東宮の死去あるいは廃太子事件（葵巻に故前坊登場）が透視されることになる。ただし現年立によれば、前坊の娘（秋好中宮）と源氏の年齢差は九歳なので、単純には源氏九歳の頃まで前坊は生存していたことになる（そうでなければ秋好中宮の誕生はありえない）。もちろん初期の物語構想と十年程のズレが生じているとの見方もあるので、(7) 断言は避けたい。また現年立では、朱雀帝が新東宮になった際、依然として前坊は生存していることになるから、病死ということはありえない。とすればやはり廃太子が行われたと見るしかあるまい。

これを深読みすれば、その首謀者は桐壺帝その人かもしれない。基本的に新東宮は、退位を条件として前帝が擁立するからである（桐壺帝も退位を条件に冷泉帝を東宮にした）。また前東宮は、自らの即位と引き換えにそれをしぶしぶ了承する。この場合、東宮は必ずしも帝の実子というわけではないので、桐壺帝はいずれ我が子（朱雀帝は桐壺帝即位後の誕生か?）を立太子させたくなり、そこで忌まわしい皇位継承事件が生じることになるのである（藤原道長による小一条院廃太子事件は有名）。そのために未来の后の夢を閉ざされた東宮妃こそ、後に物の怪として活躍する六条御息所その人であった（先帝の一族に祟る物の怪とは別系統）。要するに東宮不在というアンバランス故に、更衣腹の第二皇子源氏の出現が大きな波紋を投げかけているのである。だから右大臣や弘徽殿も、第一皇子の立場に一抹の不安を残さざるをえないことになる。

四、左大臣と右大臣の年齢

弘徽殿はおそらく桐壺帝より年上の女性であり、元服か立坊の折に添伏として入内したと考えられる。[8] それはずっと後の光源氏の述懐の中に、

> 故院の御時に、大后の、坊のはじめの女御にていきまきたまひしかど、むげの末に参りたまへりし入道の宮に、しばしは圧《お》されたまひにきかし。（若菜上巻41頁）

とあることからも察せられる。しかもこれだけのバックがありながら、なかなか皇后になれないのである。それは前述のごとく三后の定員が塞がっているからなのか、そうでなければ右大臣の勢力が拡大することを恐れた桐壺帝・左大臣側の抵抗・妨害ではないだろうか。

ところで左大臣の長女は葵の上であり、その年齢（源氏の四歳年上）から逆算すると、源氏の元服

当時、左大臣は三十五歳以上とは考えにくい。しかしこれでは左大臣として余りにも若すぎないだろうか（ちなみに時平は三十前に任左大臣）。もちろんこの時点では、桐壺帝・左大臣・右大臣の年齢は一切提示されておらず、あくまで相対的な見方でしかない。右大臣の長女（弘徽殿）が桐壺帝に入内しているのだから、しかも弘徽殿の方が桐壺帝よりも年上のように見えるから、右大臣と桐壺帝は親子以上の年齢差があると考えられる。一方の左大臣は、その娘（葵の上）が弘徽殿腹の皇太子（朱雀帝）への入内を望まれているのだから、やはり右大臣よりずっと若いはずである。また桐壺帝の同母姉妹（必ずしも妹とは限らない）と結婚している点、むしろ左大臣と桐壺帝は年齢的に近いのではないだろうか。そうすると右大臣は左大臣とも親子程の年齢差があることになる。

では左大臣は、その若さでどうやって親子程も歳の離れた右大臣（五十歳位？）を飛び越え、現在の地位を獲得したのであろうか。最初から家柄が違っていたのであろうか。とすれば彼は摂関家の人間（氏の長者）なのかもしれない。しかしそれだけではなく、描かれざる部分における政情の不安が感じられてならない。

もっとも左大臣の年齢は、澪標巻に至ってはっきり「御年も六十三にぞなりたまふ」（283頁）と見えており、それを基準にして逆算すると、光源氏元服時には四十六歳になって、右大臣との開きが十歳程縮まってしまう。この両巻における矛盾とも言える十歳の開きをどう考えるべきであろうか。六十三歳での任太政大臣は、藤原良房の例を模倣しているとの説がある。『河海抄』には「忠仁公貞観八年八月十九日始蒙摂政詔（六十三）此例歟」とあり、それにひかれての設定とも考えられる。作者が良房を意識していたことは、少女巻の「良房の大臣と聞こえける、いにしへの例になずらへて」（70頁）という記述によって明らかである。しかし六十三歳は良房が摂政になった歳であって、決して太政大臣就任の歳ではない。そもそも良房が人臣初の太政大臣になったのは、それより十年前の天安元年（八五七年）二月のことなのである。むしろこの方が左大臣の年齢設定として都合がいいのではないだろうか。

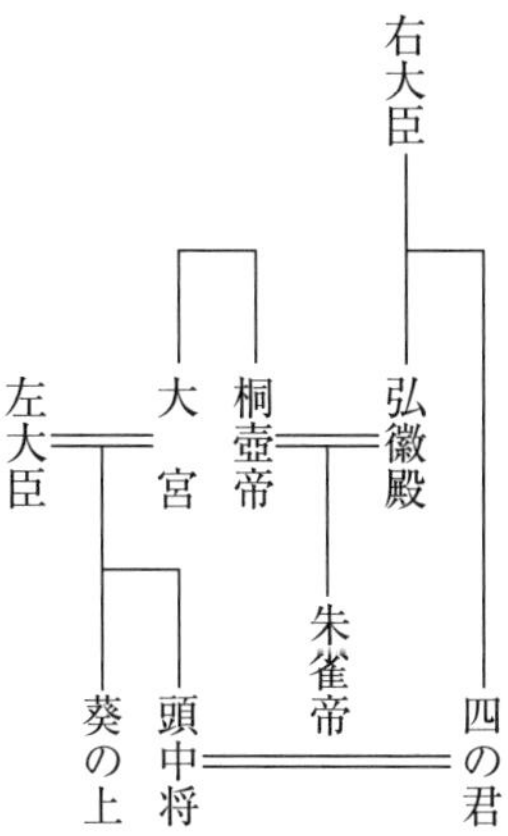

これに対して藤村潔氏は、六十六歳で亡くなった太政大臣藤原頼忠をモデルとしてあげておられる。(9)つまり太政大臣就任の六十三歳という年齢表記が問題なのではなく、その三年後に六十六歳で亡くなったことに意味を認めておられるのである。しかし十年単位構想論を主張しておられる藤村氏も、桐

壺巻の左大臣の年齢には矛盾を感じておられないらしく、それについては全く言及されていない。やはりこれは矛盾ではなく、桐壺巻の描写が左大臣を若く幻想させているのであろう。

なお花宴巻で左大臣は、自ら「ここらの齢にて、明王の御代、四代をなむ見はべりぬれど」(361頁)と述べている。これがもし単なる誇張表現でなければ、「ここらの齢」といっても五十四歳のことであり、なんとその時点で四代の帝に仕えていたわけである。しかも光源氏誕生時点では、左大臣は三十四歳になるから(桐壺の御代は二十年以上?)、それ以前の二十年近くの間に三人の帝が交替したことになってしまう。物語に登場しているのは一院と先帝であるから、ここに至ってもう一人の院Xが要請されることになる。この院については誰でもかまわないのだが、一院との対応からすれば、描かれざる「新院」の存在が浮上してくる(一院・先帝・新院・桐壺帝の四代)。これだと「先帝の御時の人」たる源典侍の「三代の宮仕」(桐壺巻42頁)も先帝・新院・桐壺帝として説明できるわけである(ただし新院の位置付けはやっかいである)。

こういった前史が物語にはっきりと描かれなかったことによって、かえって何か隠された過去を想定してみたくなる。ひょとすると故大納言一族の没落も、左大臣一派の隆盛に起因するのかもしれない。つまりかつて左大臣家と源氏一族とは敵対関係にあったかもしれないのである。源氏の後見人が完全に欠落したことによって、ようやく左大臣との関係が持ち出されているのも奇妙ではないだろうか。いずれにせよ帝と左大臣との異常なまでの親密さには、どことなく胡散臭さが付きまとう。

桐壺巻始発時点では、左大臣は大納言位の身分であったかもしれない。それが前坊廃太子事件の裏で活躍し、前坊ばかりかその後見人たる六条大臣（御息所の父）までも追い落としてしまった。その活躍が評価され、空白の左大臣ポストは右大臣ではなく、この若き大納言が獲得したとも考えられるのである。ただしその時期に明石大臣もいたとすると、二大臣が一度に致仕するという異常事態が発生したことになる。

五、桐壺帝と大宮

この左大臣の正妻（大宮）が、桐壺帝の同腹の内親王であることにも留意しておきたい（これも間違いなく政略結婚）。『河海抄』では「昭宣公（基経）の母は寛平法皇の皇女延喜帝の御妹也」と注している。皇女との結婚としては、藤原良房と嵯峨天皇皇女潔姫の例が有名であり（ただし既に臣籍降下しており、内親王ではなかった）、『日本文徳天皇実録』の潔姫薨伝には、

正三位源朝臣潔姫薨。潔姫者嵯峨太上皇之女也。母当麻氏。天皇選聟未得其人。太上大臣正一位藤原朝臣良房弱冠之時、天皇悦其風操超倫。殊勅嫁之。（斉衡三年六月二六日条）

と出ている。左大臣のモデルとして、やはりこの良房は押えておくべきであろう。ところで多くの注はこの大宮を安易に桐壺帝の妹としているが、逆に姉とする説もある。(10) もしそうなら桐壺帝の年齢が少し若くなる。

大宮は臣籍降嫁したのであろうが、おそらく依然として内親王の資格（何品か）を有しているはずである。その大宮腹の葵の上（十六歳）や頭中将の年齢から逆算すると、左大臣が相当若い頃（少なくとも十七年以上前）に降嫁したことになる。もちろん年立からすれば、源氏元服の折に左大臣は四十六歳であるから、大宮との結婚は二十九歳以前となる。現実的な皇女との結婚の事例によれば、男性側は三十歳以上の場合が多いようである。(11) 大宮も二十代位になるので、そんなに若くはなかったことになる。その時既に桐壺帝が即位していたのか、あるいはまだ皇太子だったのか不明であるが、大宮姉説だと桐壺帝は二十歳前後となり、かなり若い頃に即位したことになる（在位期間も相当長くなる）。

ただ一つ気になるのは、桐壺帝の外戚が全く登場していない点である。本来ならば帝の母（皇太后）方の一族が後見人として存在し、権力を握るはずであろう。(12) しかしどうやら母も既に亡くなり、頼みの外戚もしっかりしていなかったようである（源氏のみならず桐壺帝も母性愛に飢えている？）。そのために帝は同腹の内親王を降嫁（政略結婚）させて、左大臣と手を結んでいるとも考えられている。(13) 極端に言えば、桐壺帝も劣り腹の帝だったのかもしれない（モデルたる醍醐天皇の母女御胤子は藤原高藤の娘であるが、高藤は既に権力の座を基経一族に奪われていた）。それは後の八宮事件（繰り返し）からも逆照射される。

もっとも本文では、大宮のことを「内裏のひとつ后腹」（桐壺巻48頁）と記しているし、前述の如く前坊とも同腹の兄弟であるとすれば、劣り腹という考え方は成立しえないことになる。もし可能性があるとすれば、この母后とは父帝（一院）の中宮ではなく、桐壺帝即位によって、自動的に与えられる皇太后（国母）でなければならないだろう。また后腹の内親王の降嫁よりは、やや劣り腹の内親王の降嫁の方が現実的ではある。物語において具体的に降嫁している内親王を調べてみても、朱雀院の落葉の宮（女二の宮）・女三の宮は共に后腹ではなかった。女三の宮の母は藤壺女御であるが、先帝の更衣腹の娘である。落葉の宮の母（一条御息所）など、まさに更衣であった。薫に降嫁した今上帝の女二の宮にしても、后（明石中宮）腹ではなく麗景殿女御腹であった。しかも女御腹の内親王の場合、その母女御は早くに亡くなっているのである。大宮の例もこれらと同列に考えると、母后崩御後に降嫁したことになる（母后が死後に后を追贈されたのであればなお都合がいい）。逆に后腹の内親王だとすると、それこそ何故臣下に降嫁しなければならないのかという疑問を解消しなければならなくなる。

一方の左大臣は、降嫁の際に左大臣であったとは考えにくいけれども、既に内親王を降嫁してもらえる程の実力を身に付けていたのであろうか。もちろん時平のごとく、左大臣の父（基経）がバックにいるのならば全く問題はない。あるいは一院の外戚でもあったのだろうか。左大臣の叔母あたりが桐壺帝の母后ならばもっとすっきりする。外戚たるべき人々が亡くなっていたとすると、この若い左大臣では重鎮たりえないからだ（伊周に類似）。しかしここではそうではなく、桐壺帝と左大臣の若き日に結ばれた密約めいたもの、大化の改新における中大兄皇子と中臣鎌足のような関係を想定してみたらどうであろうか。

どうやら桐壺巻開始直前に、桐壺帝の即位事件があったらしい。だからこそ更衣腹（非后腹）の源氏が即位する可能性を否定できないのであり、そう考えてはじめて源氏の存在に不安を抱く弘徽殿側の心理も納得されるのではないだろうか。

六、系図と年齢の想定

ところで桐壺更衣の年齢は、一体何歳位と想定すればいいのであろうか。桐壺巻においては、源氏以外の年齢は一切表示されておらず、そのためいつも頭を悩ませられる。例をあげれば、桐壺更衣ですら桐壺帝より若いとは限らないのである。一般的には弘徽殿とのかかわりを先妻（年上）後妻（年下）の図式にあてはめて考えているようだが、その証拠など物語のどこにも存在しない。
ここで紫の上の祖母を例にして考えてみよう。若紫巻において紫の上は「十ばかり」とあり、祖母は「四十余ばかり」（206頁）とあるから、これによって系図を想定すると、
祖母（四十歳前半）―故母（二十代後半？）―紫の上（十歳頃）
となる。故母は「亡《う》せてこの十余年にやなりはべりぬらん」（212頁）とあるので、十代で紫の上を生んだ後、久しからずして亡くなったのであろう。また祖母の夫たる故按察大納言については、「世に亡《な》くて久しくなりはべりぬれば」（同）とあることから、故母死去以前、つまり源氏誕生頃には既に亡くな

っていたと考えられる。つまり父の死によって娘の入内計画は御破算になってしまったのである。面白いことに源氏の系図もこれに非常に近似しており、これに準じた系図を想定してみたくなる。

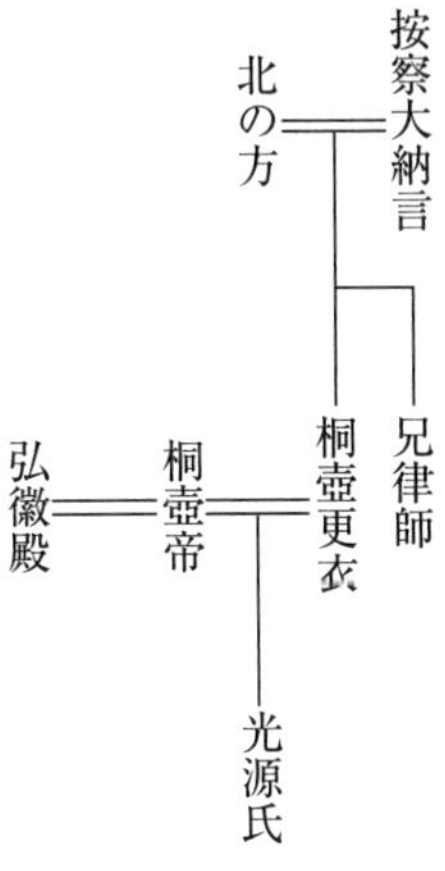

系図A

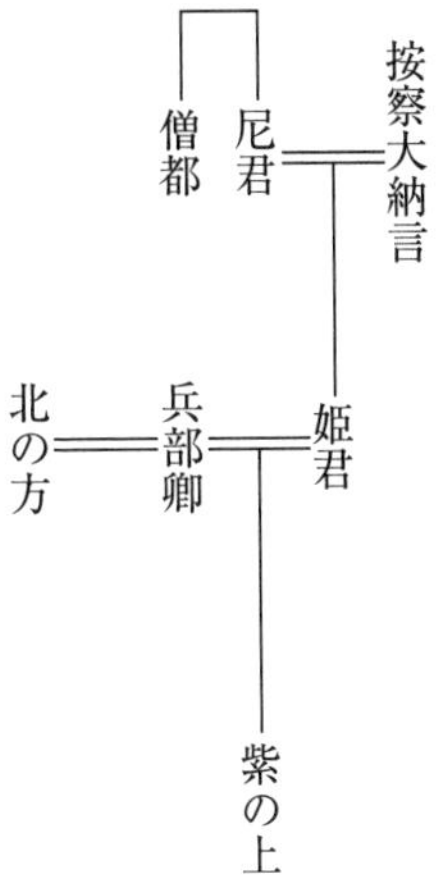

系図B

また源氏が三歳の時に母更衣は亡くなっているのだから、紫の上の系譜から七歳マイナスすると、

祖母（三十五歳位？）―故桐壺更衣（二十歳位？）―源氏（三歳）

と考えられる。そうすると尼君は祖母と呼ぶにはあまりにも若い年齢であった。もちろんもっと高齢でもいいのだが、少なくとも四十（媼）をはなはだしく過ぎてはいないと思われる。また更衣は一人っ子ではなく、兄の律師(14)の存在が語られているので（賢木巻116頁）、祖母の年齢を十歳引き上げて四十代半ばとしても、更衣の方は二十歳前半で大きな狂いはないだろう。

祖母（四十代半ば）―故更衣（二十代前半）―源氏（三歳）

一方、桐壺帝に関しては、その年齢はもちろん、いつ頃即位したかも物語に明示されていない。しかしたとえば紅葉賀巻（源氏十九歳）に「春宮の御母にて二十余年になりたまへる女御」（348頁）とあるのが参考になる。朱雀帝は源氏より三つ程年長なので、なるほど二十余年になるわけである（ただしこれは朱雀帝の立坊ではなく、誕生を基準としているのであろう）。それはちょうど源氏が誕生した直前でもある。弘徽殿は複数の内親王も出産しており、そうするともう少し前に入内していたことになる（更衣より五歳位年上か？）。また弘徽殿は「人よりさきに」（桐壺巻19頁）入内していたのだが、それは桐壺帝の東宮時代であろう。桐壺更衣の入内も桐壺帝即位以前の東宮時代であったとすれば、私がモデルとして考えている藤原原子とまさに照合する。(15)そうでなくても朱雀帝出産後と考えれば、入内後五年位で亡くなったことになる。こうしてみると桐壺帝は更衣と同年齢か、あるいは更衣よりも年下ということも十分考えられるわけである。また後の梅枝巻に「故院の御世のはじめつ方、高麗人の奉れりける綾」（403頁）とあり、この高麗人が相人の一行だとすると、桐壺巻の始発は桐壺帝即位の直後でなければ計算が合わなくなってしまう。

また前坊についても、島内景二氏などは桐壺更衣と前坊の密通を想定しておられる。(16) その当否は別にして、桐壺更衣の東宮（桐壺帝でも前坊でも）入内は物語の読みを面白くさせてくれる。あるいはこの東宮は、必ずしも桐壺帝の東宮ではないかもしれない。つまり桐壺帝がこの東宮を押し退け（廃太子）て即位したとしたらどうだろうか。もしそうなら、冷泉帝の東宮時代に右大臣側が八の宮を擁して東宮交替を計ったことも、むしろすんなり納得できることになる。

七、天皇親政の長期計画

桐壺帝即位前史に関してはさまざまな憶測が可能であるが、それは結局は藤原氏と源氏の権力闘争とは考えられないであろうか。つまり桐壺更衣の父大納言及び明石入道の兄大臣は、臣籍降下した源氏姓ではないかと思われるからである（もちろん祖母北の方が皇族であってもかまわない）。これについて村井利彦氏は、

桐壺一族全盛時代の陣容は、大臣二名、大納言二名、そして東宮。という布陣となる。大臣二名の内訳は、明石入道の父と六条御息所の父、大納言は紫上の祖父と光源氏の祖父、つまり桐壺更衣の父。強力な布陣である。相当の影響力があったと考えられる。この桐壺一族を源氏と今仮り

にすると、藤壺もこの中に加えられ、その頂点に「先帝」を考えることも可能となる。この勢力が消えたのである。天下大乱でなくして何か。

（「桐壺の夢」『源氏物語探究十』風間書房・昭和60年10月）

と述べておられる。加えて村井康彦氏は、二人の按察大納言（源氏と紫の上の祖父）の血縁を想定され、[17]また坂本共展氏は空蝉の父中納言と源氏一族の血縁を模索しておられる。[18]

確かに若紫巻の僧都の源氏に対する接し方はいやに馴れ馴れしいし、空蝉の二条東院（桐壺帝の所有）入居もその方が納得しやすいだろう。彼等の全てが源氏姓かどうか不明であるものの、単に藤原氏の同族争いとするよりも面白いのではないだろうか（ここに夕顔の父三位中将及びその兄弟の宰相を加えることも可能であろう）。またそう考えることによって、藤原氏得意の巻き返しが行われたと見ることもできる。そのための左右大臣連合だとすれば、次に藤原氏内の覇者争いが生じるのも納得できるのではないだろうか。

ただし紫の上の母の入内予定の時期を考えると、桐壺更衣が亡くなった後の「慰むやと、さるべき人々参らせたまへど」（桐壺巻41頁）という頃であれば問題ないが、源氏の年齢との兼ね合いからすると、まだ桐壺更衣が生存し寵愛を受けていた頃に入内の話が進められていたことになりはしないだろうか。つまりもし彼女が順調に入内していれば、おそらく桐壺更衣のライバルになっていたはずである。しかも紫の上の祖父大納言は、桐壺更衣の父大納言が亡くなった後、その按察職（筆頭大納言の資格?)[19]を継承しているようなので、必ずしも二人の大納言が同族で協力しあっているとは断言できず、むしろ逆に競い合っているライバル同士とも読める。

いずれにしても桐壺帝は、当然その描かれざる裏面史を全て見知っているわけである。そして桐壺更衣は、源氏と藤原氏による政権抗争の敗者の残影ということになる。だからこそ自らの地位確保のためとはいえ、故前坊事件に対する良心の呵責もあって更衣を寵愛しているのかもしれない。もし大納言一族が政界に君臨していたら、更衣は間違いなく女御となり、そして后への道を歩んでいたろう。逆に弘徽殿の更衣苛めの根源に、個人的な恨みのみならずこういった氏族間における闘争史(前史)を配したら、少しは物語がすっきり読めるのではないだろうか。

また桐壺帝に関する記事が異常に少ないことにも留意しておきたい。それは出自のみならず、年齢や帝としての資質まで含めてのことである。それを深読みすれば、桐壺帝は一見幼稚な帝に見えながら、実はまれにみる賢帝であり、常にバランスを保ちながら藤原氏の勢力を押え、来るべき天皇親政の時を凝視していたとは考えられないだろうか。そういった視点からすると、大宮降嫁も葵の上と源氏の結婚も、自ずから別の様相を呈してくる。つまり帝は必ずしも左大臣に全面的信頼を寄せているのではなく、最初は自分の即位のために手を組み、故前坊の廃太子にも利用したのであろうが、それだけではなく右大臣との均衡も充分に考慮して、左大臣が一方的に強大な権力を掌握しないように配慮しているとも読める。つまり左大臣だけが強大な権力を有することも許さないのだ。源氏の臣籍降下も、最終的には源氏による政権獲得という将来構想の上でのものではないだろうか（源氏と右大臣の娘との結婚も想定できる）。桐壺帝は目的のためには左大臣さえも裏切りかねないのである（光源氏も頭中将との友情を裏切って政権を獲得しているではないか）。こうして帝はいくたびかの勢力争いを誘導しながら、自らの力を強大なものにしていったのである。

この考えに立脚すれば、六条御息所の処遇にも違った説明がつけられる。本当は桐壺帝は御息所を自分の後宮に取り込み、六条大臣の後見を望んでいたのではないだろうか。その目論見は成功しなかったが、そのかわり娘がかなり無理をして斎宮に卜定されている点、桐壺帝の養女格として取り込まれたことになろう。また御息所取り込みにしても息子の源氏によって代行されており[20]、結果的に六条大臣家の財産は源氏の六条院に吸収されているのである。

続く源氏・夕霧にしても当然源氏であり、藤原氏は以後ずっと源氏の下位に位置付けられることになる。物語は天皇と源氏（皇族）が政権を担当することを理想としているのである。それがまさに藤原道長の全盛時代に書かれているのだから、源氏物語は必然的に藤原氏批判を内包せざるをえないわけである。

同様に后にしても、藤壺・秋好・明石姫君と、三代に亙って皇族・源氏から立后しており（朱雀帝の御代に立后者なし）、藤原氏の後宮政策は完全に否定されているのである（歴史的には冷泉天皇の后たる昌子（朱雀天皇皇女）を意識しているのであろう）。これでは藤原氏の后による春日大社の氏神奉仕なども滞るわけであり、いかに物語上であるとはいえ、当時の道長はそういった点を理由にして彰子を立后させているのだから、決していい顔などできなかったに違いない。しかもこの后三人は共にかつて政争で敗れた一族の娘という共通点を有している。藤壺は先帝の内親王であるが、その先帝の血筋は絶たれてしまっている。秋好は前坊の一人娘であり、父前坊は東宮を廃されている。また明石姫君に関しては、源氏の長女（一人娘）である。もともと源氏は朱雀院との立太子争いに敗れたわけだし、明石一族も同様に政争に敗れて明石に移り住んでいた。(21)

八、まとめ

以上のように桐壺帝は親政をめざしていたのであり、そのため彼の御代には左大臣以上の職（摂政・関白・太政大臣等）が置かれなかった。また譲位の後も院政（歴史の先取り）の如く権力を保有しており、そのため皇太子を擁する右大臣が権勢を入手したのは、桐壺院が崩御した後のことであった。冷泉帝も同様の政策を行っていると考えられる。その証拠に、上皇になった後もしばしば「院の帝」（若菜下巻・匂宮巻・竹河巻・橋姫巻）と称されているのである。薫にしても、帝よりも院の方に熱心に参上しているし、玉鬘の娘の入内も強行されているではないか。ひょっとすると桐壺帝の父（一院）も同様の傾向にあったのかもしれない（大宮と左大臣との婚姻も一院の考えだったかもしれない）。

こうして表面的な桐壺帝の後宮問題は、実は氷山の一角（露出部分）であり、描かれざる背景には、今までに述べてきたような大きな政治問題が潜んでいたのである。それが浮きつ沈みつしながら時折顔をのぞかせつつ、桐壺巻は複雑に展開しているのである。

残念ながら描かれざる事件を突き詰めても、構想や年立の矛盾を解消することはできそうもないが、桐壺巻がかなり後になって増補されたとすれば、むしろ後の物語の枠を尺度とすることもあながち無謀ではあるまい。桐壺巻の真の面白さは、こういった描かれざる部分を幻視し、かつ掘り起こす作業の中に潜んでいるのであった。

注

(1) 坂本共展(昇)氏「故前坊妃六条御息所」『源氏物語構想論』明治書院・昭和56年3月参照。

(2) 本論は「桐壺更衣の政治性」(本書所収)の一部を発展させたものである。

(3) 原田芳起氏「「一院」名義弁証」・「「先帝」名義弁証付「先坊」」『平安時代文学語彙の研究続篇』風間書房・昭和48年12月参照。

(4) 他に、原田芳起氏「「先帝」名義弁証付「先坊」」(注(3)論文)にも、『河海抄』による系図や原田氏自身の想定された系図が掲載されている。また藤本勝義氏「源氏物語に於ける先帝をめぐって」『太田善麿先生退官記念論文集』表現社・昭和55年、小山清文氏「源氏物語第一部における左大臣家と式部卿宮家をめぐって」中古文学42・昭和63年11月参照。

（5）浅尾広良氏「六条御息所と先帝―物の怪を視座とした源氏物語の構造―」中古文学35・昭和60年5月参照。

（6）当然藤壺と弘徽殿との後宮における権力闘争は、朱雀帝後宮における藤壺女御（藤壺の異母妹）と朧月夜（弘徽殿の妹）、さらには冷泉帝後宮における王女御（藤壺の姪）と弘徽殿女御（弘徽殿の姪）へと継承されていく。ただし朱雀帝では承香殿女御が、冷泉帝では秋好中宮が漁夫の利を得ることになる。また女三の宮の設定は、「藤壺と聞こえしは、先帝の源氏にぞおはしましける、まだ坊と聞こえさせしとき参りたまひて、高き位にも定まりたまふべかりし人の、とりたてたる御後見もおはせず、母方もその筋となくものはかなき更衣腹にてものしたまひければ、御まじらひのほども心細げにて、大后の、尚侍を参らせたてまつりたまひて、かたはらに並ぶ人なくもてなしきこえたまひなどせしほどに、気《け》おされて、帝も御心の中にいとほしきものには思ひきこえさせたまひながら、おりさせたまひにしかば、かひなく口惜しくて、世の中を恨みたるやうにて亡せたまひにし、その御腹の女三の宮を、あまたの御中にすぐれてかなしきものに思ひかしづききこえたまふ」（若菜上巻18頁）のごとく、明らかに桐壺更衣事件の焼き直しであった。

（7）藤村潔氏「前坊の姫君考」『源氏物語の構造第二』赤尾照文堂・昭和46年6月参照。ただし六条御息所が文化サロンを形成していること、そして娘故前坊の姫君が斎宮に卜定されていることからすれば、六条御息所一族は決して桐壺政権から疎外されてはいないことになる。廃太子側の人間でもそのように処遇されるのであろうか。

（8）林田孝和氏「弘徽殿女御私論―悪のイメージをめぐって―」国語と国文学61―11・昭和59年11月参照。
（9）藤村潔氏「古代物語における構想の枠と場面の重層的構造」『古代物語研究序説』笠間書院・昭和52年6月参照。
（10）島田とよ子氏「左大臣の婿選び―政権抗争―」園田国文5・昭和59年3月参照。
（11）今井源衛氏「女三の宮の降嫁」『源氏物語の研究』未来社・昭和56年8月参照。
（12）深沢三千男氏「桐壺巻ところどころ」『源氏物語の表現と構造』笠間書院・昭和54年5月参照。
（13）森一郎氏「桐壺帝の決断」『源氏物語の方法』桜楓社・昭和44年6月参照。
（14）この兄が、単なる後の付会でないとすると、何故桐壺更衣の後見をしないで出家しているのか不明。もちろん出生時に病弱であったための延命処置だったかもしれない。あるいは一家の未来に絶望しての出家とも考えられる。しかし仮に光源氏が皇太子になっても、外戚として活躍する男性官人が不在だとすると、桐壺更衣の入内そのものが無意味になってしまう。
（15）原子については「桐壺更衣の政治性」（本書所収）においてその妥当性を検討している。
（16）島内景二氏「光源氏の〈玉の瑕〉をめぐって―もう一つの『源氏物語』を読む―」『源氏物語の探究十三』風間書房・昭和63年7月参照。
（17）村井康彦氏「紫のゆかり」『源氏物語講座3光る君の物語』勉誠社・平成4年5月参照。
（18）坂本共展（昇）氏「源氏と空蝉」中古文学46・平成2年12月参照。
（19）高田信敬氏「按察大納言―源氏物語の官職管見―」むらさき30・平成5年12月参照。高田氏は歴史上の按察兼帯者を調査され、按察職が政権争いに関与する程の家柄ではないことを実証しておられる。もちろん桐壺更衣の父が按察兼帯であることは、須磨巻に至って初めて明かされる事実（補完）であるから、そこで人物の据え直しが行われたとも解釈できる（須磨巻以降の問題）。あるいは按察大納言の年齢・娘の入内・兄大臣の存在等、条件付きで考えると、また別の見方が可能かもしれない。また高田氏は按察よりも大将兼帯に意味を見出しておられるが、藤原道綱のごとく両職を経験しているものの、弟道長の政治判断によって大臣職を拒まれている実例もある。

（20）源氏の関係する女性には、現政治体制に敗れた人々が多いのではないだろうか。六条御息所は六条大臣の娘、明石の君は明石大臣の孫・近衛中将の娘、紫の上は按察大納言の孫・先帝の孫、空蝉は権中納言の娘、夕顔は三位中将の娘である（叔父も宰相）。末摘花の父常陸親王にもその可能性がある（常陸宮惟喬親王の投影）。藤壺の父先帝も同様である。源氏の祖父按察大納言も含めて、源氏は敗北者の怨念を一身に背負って政権争いをしていることになる。現左大臣の娘たる葵の上との疎遠もそこに起因しているのかもしれない。それとは別に源氏の潜在王権を考慮すると、父桐壺帝の後宮の再現として理解できる。つまり桐壺更衣は明石の君、弘徽殿は朧月夜、藤壺は紫の上、麗景殿は花散里という血縁の対応が認められるからである。もっとも朧月夜は六条院に入居していないので除外すべきかもしれない。その場合は紫の上が弘徽殿の実質を担い、そうして遅れて入居する女三の宮がまさに藤壺の代役となり、紫の上の地位を脅かすわけである。

（21）明石一族に関しては、明石巻において入道は六十歳位であり、明石の君は十八歳と推定されている。

この時源氏は二十七歳なので、逆算すると源氏誕生時点で入道は三十三歳位だったことになる。その時入道が近衛の中将だったかどうか決め手がないが、仮に中将だったとして、その程度の身分では桐壺更衣の後見人にはなれなかったのであろうか。なお坂本和子氏は、明石大臣と六条大臣及び中務宮との間に血縁関係を想定しておられる（「光源氏の系譜」國學院雑誌76―12・昭和50年12月）。秋山虔氏も明石大臣の家系を「溯源すれば帝と祖を一にする王家に属するのであろうか」と想定されている（「桐壺帝と桐壺更衣」『講座源氏物語の世界一』有斐閣・昭和55年9月）。同様に鈴木日出男氏も「この家柄の由緒正しさは皇胤が想定されてよいように思われる」と述べておられる（「主人公の登場―光源氏論（1）」『講座源氏物語の世界一』）。

〔補注〕桐壺帝に関してはその後、辻和良氏「桐壺帝の企て―源氏物語の主題論的考察―」国語と国文学72―2・平成7年3月、日向一雅氏「桐壺院と桐壺更衣―親政の理想と「家」の遺志、そして「長恨」の主題―」明治大学文芸研究75・平成8年2月などが出ているので、そちらも参照していただきたい。

二章　桐壺更衣

一、研究史

桐壺更衣に関する研究史を調べてみると、論文は意外に少なかった。試みに森一郎氏の御労作「源氏物語作中人物論・論文目録」（『源氏物語作中人物論』笠間書院）を見ても、独立した桐壺更衣の項はなく、その他の項の中にわずか六本の論文が掲載されているだけであった。その後（昭和五十四年以降）の膨大な研究史の中で、ようやくそれに十四本を追加することができた。それは次のようなものである。

①川添文子「桐壺更衣」『源氏の女性』（修文社）昭和9年8月
②関みさを「桐壺更衣」『源氏物語女性考』（建設社）昭和9年10月
③竹村義一「桐壺更衣」『源氏物語の女性』（光風館）昭和22年8月
④村井順「桐壺更衣」『源氏物語評論』（明治書院）昭和28年6月
⑤岡崎義恵「桐壺更衣の物語」『源氏物語の美』（宝文館）昭和35年7月
⑥野津龍「光源氏の母」野州国文学1・昭和42年12月

⑦森下幸男「長恨の人―桐壺更衣と紫の上―」日本文学研究8・昭和45年12月
⑧藤井貞和「光源氏物語の端緒の成立」『源氏物語の始原と現在』（三一書房）昭和47年4月
⑨関根賢司「桐壺の巻ノート―更衣の死をめぐって―」國學院雑誌76―11・昭和50年11月→『物語文学論―源氏物語前後―』（桜楓社）昭和55年9月
⑩新間一美「李夫人と桐壺巻」『論集日本文学・日本語2中古』（角川書店）昭和52年11月
⑪大石真弓「桐壺更衣論―その血筋の問題―」青山語文10・昭和55年3月
⑫秋山虔「桐壺帝と桐壺更衣」『講座源氏物語の世界一』（有斐閣）昭和55年9月
⑬田村厚子「「桐壺更衣」ノート」城南国文2・昭和55年12月
⑭神尾暢子「源氏物語の美的創造―桐壺更衣の美的規定―」『源氏物語の探究6』（風間書房）昭和56年8月→『王朝語彙の表現機構』（新典社）昭和60年10月
⑮藤原克己「桐壺更衣」『源氏物語必携Ⅱ』（学燈社）昭和57年2月
⑯廣田收「桐壺更衣の物語りと歌の位相」人文学143・昭和61年9月
⑰秋山虔「桐壺更衣」『源氏物語の女性たち』（小学館）昭和62年4月
⑱横井孝「桐壺更衣」静大国文32、33合併号・昭和63年3月
⑲笠目蔦男「桐壺の更衣の形象」解釈36―1・平成2年1月
⑳日向一雅「桐壺更衣／桐壺院」国文学36―5・平成3年5月

こうしてみると桐壺更衣論は、研究史的には案外不活発ではないだろうか（補注）。もちろん光源氏の母と言えども、更衣は桐壺巻のみにしか登場しない端役的人物であるので、あまり問題視されていないのであろう。あるいは悲劇のヒロインではあっても、それで大方の見解が一致しており、先人の研究を大幅に書き直すことが困難なのかもしれない。もしそうなら、これ以上桐壺更衣の人物論を続けることは、もはや不毛であろう。しかし更衣に対して、最初から何かしら先入観のようなものをもって読んでいないかどうか、そしてそのために大事な点を見落としていないかどうか、せめてその確認くらいは行っておきたい。

まず最初に、研究史を俯瞰することから始めてみよう。初期の研究は、ほとんど作中人物論中の一部として概説的梗概的に扱っており、更衣の比重そのものは非常に軽いようである。その上、これまでに雑誌「国文学」や「解釈と鑑賞」でしばしば人物論の特集が編まれたにもかかわらず、桐壺更衣が独立した一項として取り上げられたことは皆無に近かった。また最近の研究は、更衣に関する人物論というよりも、複雑な桐壺巻論の中で部分的に触れられる場合が多い。さらには現在流行の中国文学の影響の見直し作業の一環として、比較文学的な業績が多いようである。結局、桐壺更衣論は縮小再生産であり、逆にそれによって彼女の具象性が極めて稀薄であることが明確になっている。

そのためもあって、従来の桐壺更衣像としては、どうも悲劇のヒロイン的にロマンチックに流されるきらいがあったのではないだろうか。「長恨歌」との関係にしても、楊貴妃の悪役的な側面は除外さ

れ、むしろ負のイメージは全て弘徽殿に転化・添加されている。玉上琢彌氏なども、

楊貴妃の身分と性格は、弘徽殿の女御に比すべきであろう。どちらも皇后のいない時期でもあった。楊貴妃は「才智明慧善巧便佞」、老齢に及んだ皇帝をまるめこんだばかりでなく、宮廷の陰謀によく対処し、後宮の嫉妬を粉砕した。その強引なゆき方は弘徽殿に似ている。同僚の排斥にあって病気になる、弱い性格の桐壺の更衣。これが楊貴妃の移しとは。読者になかなか気づかれなかったのも無理ないほどの変え方である。

（「桐壺巻と長恨歌と伊勢の御」『源氏物語研究』角川書店223頁）

と述べておられる（皇后不在の指摘は鈴木日出男氏「光源氏前史」日本文学22—10・昭和48年10月よりも早い）。私も最初は玉上氏に近い見方をしていたのだが、それではかえって物語の面白さを消してしまうのではないか、と思うようになった。桐壺更衣は美しくも哀れな悲劇の主人公として造形され、いかにも大和撫子風のかよわい女性として偶像化されすぎているのではないだろうか。だからこそ帝をはじめとして、大方の読者も彼女には同情的な発言に終始しているように思われる。しかしそれはあくまで桐壺帝及び桐壺更衣側からの見方なのである。むしろ更衣に関する描写が、

・「いとあつしくなりゆき、もの心細げに里がちなるを」（17頁）
・「事ある時は、なほ拠りどころなく心細げなり」（18頁）
・「いとにほひやかにうつくしげなる人の、いたう面痩せて」（22頁）

・「まみなどもいとたゆげにて、いとどなよなよとわれかの気色にて」（22頁）
・「息も絶えつつ、聞こえまほしげなりことはありげなれど」（23頁）
・「いと苦しげにたゆげなれば」（23頁）
・「なつかしうらうたげなりしを思し出づるに」（35頁）

と「げ」によって朧化されている点をこそ読み取るべきであろう（「にほひやか」「たゆげ」は本書第三章参照のこと）。これらは必ずしも更衣の本質ではありえないからである。

視点を換えて、他の女御・更衣やその父兄である上達部・殿上人達の側に立つと、彼等の見る目も決して間違っていないことがわかる。そのことは神尾暢子氏が更衣の美的表現について、「作者は、桐壺更衣の女性美を客観的に描写することを、極力回避しようとしている」（論文⑭）と述べておられることとも通底する。しかしながら更衣に対する評価は決して単純ではなく、本文の中でも後宮の女御・更衣達と、「もの思ひ知りたまふ」人の二項対立的になっている点に留意しておきたい。つまり更衣論には複眼的な見方が必須なのである。

我々読者は同情の涙で眼が曇って、何かとても大事な点を見逃しているのではないだろうか。たとえそれが作者の狙い（物語の方法）だとしても、研究に従事する者としては、せめてその仕掛けくらいはきちんと分析検討しておくべきではないだろうか。桐壺更衣の考察なくして、藤壺へと継承される紫のゆかりの物語の考察は不可能なのだから。

二、桐壺の古代性

最初に、桐壺という場所が一体どのようなイメージを内包しているのか、それを押えておくのが常套であろう。少しばかり脇道にそれるが、『源氏物語』前後の文学作品を辿ってみたい。

調査してみて、桐壺という語の使用例が非常に少ないことにまず驚かされた。物語をざっと見渡したところ、『竹取物語』・『伊勢物語』・『平中物語』・『大和物語』・『落窪物語』・『住吉物語』・『うつほ物語』等には一切用いられていなかったからである。つまり平安前期物語における桐壺の文学史は皆無であり、『源氏物語』こそが桐壺の強烈なイメージを創始したことになるのである。それは他のジャンルを調べることによって一層明白になる。日記文学でも、『土佐日記』・『蜻蛉日記』・『和泉式部日記』・『紫式部日記』に用例は見つからなかった。随筆文学たる『枕草子』にも見当たらない。また歴史物語に目を向けても、『大鏡』・『栄花物語』に用例を見出すことはできなかった。さらに和歌の世界も同様であり、桐壺どころか〈桐〉そのものも歌語として成り立っているとは言い難い（漢詩には多い）。結局『源氏物語』以前の平安文学作品においては、桐壺の古代性どころか、言葉そのものすら登場していないことを、ここではっきり確認しておきたい。言い換えれば、それ程に後宮における桐壺の位置付けは低いわけであり、『源氏物語』以前の作品では、そういった桐壺に居住するマイナーな人物を登場させることなど、到底不可能だったのであろう（そもそも桐壺という舎の成立自体がそんなに古くないようであり、延喜年間以前の用例を見出せない）。

桐という植物についてなら、『万葉集』八一〇番の詞書に「梧桐の日本琴一面」とあり、和琴の材料であったことが知られる。その点から桐壺更衣の音楽の才が自ずと了解されることになる（清水泰氏「桐壺の巻の名」平安文学研究22・昭和33年11月参照）。また『枕草子』に「桐の木の花、紫に咲きたるは、なほをかしきに、葉のひろごりざまぞ、うたてこちたけれど、異木どもとひとしう言ふべきにもあらず。唐土にことことしき名つきたる鳥の、選りてこれにのみ居るらむ、いみじう心異なり。まいて、琴に作りて、さまざまなる音のいでくるなどは、をかしなど、世の常に言ふべくやはある、いみじうこそめでたけれ」とあるように、花の色は紫であり、後の紫のゆかりとも繋がりうる。『枕草子』においては「葉のひろごりざま」を非難しているが、それを逆手に取れば「長恨歌」の「秋雨梧桐葉落時」（『和漢朗詠集』にも所収）という一節も問題になってくる。あるいはこの桐が桐壺の喩として機能しているのかもしれない（新間一美氏「桐と長恨歌と桐壺巻」甲南大学紀要48・昭和58年3月参照）。いずれにせよ桐は、その葉に特徴があるようである。また鳳凰（帝）の留る木と考えれば、寵愛を一身に受けた桐壺更衣の比喩としても生きてくることになる(1)。

ついでに『源氏物語』以後の用例を探ると、『狭衣物語』に一例出ている以外、『浜松中納言物語』・『夜の寝覚』・『とりかへばや物語』等には見られず、やはり用例は非常に少ないことがわかる。しかも『狭衣物語』の一例は、狭衣帝が兵部卿宮（若宮—男）を桐壺に住ませるという記事であり（源氏の模倣）、やはり更衣の居所ではなくなっていた。要するに桐壺更衣像は、まさに『源氏物語』が創造した唯一無二の人間像だったのである。

ただし、桐壺を意味する淑景舎という用例ならば、かろうじて『枕草子』に八例、『大鏡』に一例、『栄花物語』に十五例が見られる。(2) 現実には当然ながら桐壺（淑景舎）と称された女性が存在していたわけである。また文学以外に歴史書類を調べてみたところ、

a「有淑景舎死穢」（『江次第抄』延喜十年〈九一〇年〉五月七日条）

b「今夜寅時、淑景舎顛倒、打殺七歳男子云々」（『日本紀略』延喜十五〈九一五〉年五月六日条）

c「是淑景舎顛倒。打殺七歳童穢也」（『扶桑略記』裏書延喜十五年五月六日条）

d「昨日有淑景舎犬死穢」（『西宮記』「御躰御卜」延喜十八年〈九一八年〉六月十一日条）

e「延長七年〈九二九年〉四月二十七日、丙寅、未一剋許、於淑景舎、書司女孺佐伯有子死去、五月十一日、乙卯、於建礼門、有大祓事、是去月廿七日内裏淑景舎嫗頓死」（『小右記逸文』長元三年〈一〇三〇年〉二月十五日条）

f「淑景舎北一宇〈中略〉淑景舎南一宇」（『扶桑略記』天徳四年〈九六〇年〉九月二十三日条）

g「虹立淑景舎北庭」（『日本紀略』康保三年〈九六六年〉二月二十四日条）

h「摂政右大臣於淑景舎有官奏」（『日本紀略』天禄元年〈九七〇年〉六月八日条）

i「於淑景舎除目」（『日本紀略』天禄元年八月五日条）

j 「於淑景舎叙位、廿日同」（『日本紀略』天禄元年十一月十五日条）
k 「内宴、詩題云、鴬啼宮柳深、於淑景舎有此宴」（『日本紀略』天禄二年〈九七一年〉正月廿一日条）
l 「於淑景舎除目」（『日本紀略』天禄二年正月廿七日条）
m 「右大臣（藤原兼家）息男（道信）於淑景舎御前加元服、摂政養子也、授従五位上有饗宴」（『日本紀略』寛和二年〈九八六年〉十月二一日条）
n 「於摂政直廬淑景舎、叙位議」（『日本紀略』永祚元年〈九八九年〉正月五日条）
o 「於摂政直廬淑景舎、除目始、廿八日、同、廿九日、同、二月一日、同訖」（『日本紀略』永祚元年正月廿七日条）
p 「諸卿起陣座、著淑景舎座、被行除目之事」（『本朝世紀』正暦元年〈九九〇年〉七月二十八日条）
q 「天皇移御摂政宿所淑景舎、諸卿殿上人有被物禄物等事」（『日本紀略』正暦二年〈九九一年〉十二月九日条）
r 「参摂政御宿所、淑景舎」（『小右記』寛仁三年〈一〇一九年〉正月五日条）
s 「暫候直廬、淑景舎」（『殿暦』康和二年〈一一〇〇年〉七月十七日条）
t 「今日依吉日渡居也、本宿所淑景舎」（『殿暦』康和四年〈一一〇二〉十二月十六日条）
u 「是初宿梅壺御直廬給、（日者御直廬桐壺）」（『中右記』康和四年十二月十六日条）
v 「今夜於淑景舎公家御祈被始修五壇法」（『中右記』康和五年〈一一〇三年〉二月二十二日条）

w「当時直盧淑景舎也」（『玉葉』承安二年〈一一七二年〉正月三日条、『山槐記』同日条）

x「桐壺（桐、近年不見、但荒廃之間、毎庭有桐）」（『禁秘抄』「草木」）

のような記事が見つかった。a〜eの例は淑景舎における死穢であり、あるいは桐壺では死穢が頻繁にあったので、更衣の北の方はその繰り返しを恐れて退出を急がせたのかもしれない。fは天徳四年の内裏焼亡後の再建計画にあげられているものであるが、南北二舎となっている点に関しての言及は見当たらない。多くはi・l・o・pのように除目やj・nのように叙位を行う公的な場所として用いられたり、mのように私的な元服を行う会場としても用いられていた。またn・o・s・u・wの「直盧」に関しては、『国史大辞典』「淑景舎」項に「女御・更衣らの住したところで、また摂政らの直盧となり、内宴の行われたこともあった」（福山敏男氏）と説明されている（q・r・tの宿所も同様）。桐壺は後宮女性の舎殿としては最低かもしれないが、男性の利用地（宿所）としてはむしろ最高の場所という表裏の実態が見えてきた。兼家や道隆はそのように利用していたわけである。こうなると源氏が桐壺を曹司として用いていることも、単に亡き母の思い出の場所というだけでなく、そういった政治的意味があるのではないだろうか（摂政的立場の表明）。桐壺が現実にh〜wのように用いられたとすれば、後宮としては機能できまい。

というよりも、ここにあげた淑景舎の例の中には、後宮として機能しているものは一例もないのである。従来、桐壺を後宮殿舎の一つとして考えてきたが、どうやら歴史的に舎は、後宮としては機能していなかったことがわかってきた（藤壺にしても同様である）。だからこそ入居した女性の記録が見当たらないのである。こうして歴史的な桐壺は、xの如く平安後期（摂関家の没落）には荒廃してしまう。

三、東宮女御藤原原子

ところで面白いことに、『枕草子』・『大鏡』・『栄花物語』の淑景舎の用例は、全て中関白藤原道隆娘原子（定子の妹）のことであった（角田文衛氏「歴代皇妃表」『日本の後宮』至文堂にも原子以外は見当たらない）。もっとも原子は一条天皇の後宮ではなく、その東宮（三条天皇）の女御である。そのため一条天皇の女御たちが、梅壺（定子—あるいは登花殿か）・弘徽殿（義子）・承香殿（元子）を占めていた（後に彰子（藤壺）も入内する）。それを勘案すれば、桐壺の意味はそれ程マイナスではないかもしれない。しかし東宮の女御を調べてみると、既に宣耀殿（娍子）・麗景殿（綏子—源頼定と密通）がおり、中関白道隆娘の入内先としてはやはり似つかわしくないようである。もちろん必ずしも東宮の居所から遠いわけではないので（明石姫君の東宮入内とも響きあうことになる）、あるいは先述の直廬と関係するのかもしれない。つまり藤原氏の中で伊尹・兼家・道隆等は直廬として淑景舎を用いていたので（石埜敬子・加藤静子・中島朋恵氏「御堂関白記注釈ノート五」言語と文芸97・昭和60年9月参照）、その道隆とのかかわりで死後に娘に引き継がれたのかもしれないからである（源氏と明石姫君も同様）。となると淑景舎は、逆に摂関家との関連をイメージさせることになる。ただし道長は娘彰子のいる藤壺を利用していた。

もちろんこれだけならば、桐壺更衣との密接なかかわりは見出せないけれども、『栄花物語』巻七鳥辺野の長保四年（一〇〇二年）の記事によれば、

あはれなる世にいかがしけん、八月廿余日に聞けば、淑景舎女御うせ給ぬとののしる。「あないみじ。こはいかなる事にか。さる事もよにあらじ。日頃悩み給とも聞えざりつるものを」などおぼつかながる人々多かるに、「まことなりけり。御鼻口より血あえさせ給て、ただ俄にうせ給へるなり」といふ。〈中略〉これを世の人も口安からぬものなりければ、宣耀殿いみじかりつる御心地はおこたり給ひて、かく思ひがけぬ御有様をば、「宣耀殿ただにもあらず奉らせ給へりければ、かくならせ給ひぬる」とのみ聞きにくきまで申せど、「御みづからはとかくおぼし寄らせ給べきにもあらず。少納言の乳母などやいかがありけん」など人々いふ。

（日本古典文学大系『栄花物語上巻』235頁）

とあり、まさに桐壺更衣と同じように横死（服毒死か）していたのである。この原子頓死の記事は他の記録にも、

・「今夜、東宮淑景舎女御卒去」　（『本朝世紀』長保四年八月三日）

・「臨昏為文朝臣来、告淑景舎君於東三条東対御曹司頓滅云々、聞悲無極」

（『権記』長保四年八月三日条）

・「故関白道隆娘於東三条頓滅事」（『小右記目録』長保四年八月四日条）

等と見えている（この用例が唯一後宮女性の名称として機能している例である）。もちろん原子の場合は、中関白家の娘という最高の家柄なのだが、既に父道隆は長徳元年（九九五年）に亡くなっており、その意味では更衣同様に落ち目になっていた。『本朝世紀』長保四年八月十四日条には「更衣藤原原子（淑景舎）今月三日頓滅」とあり、なんと更衣になっている。

一方相手も弘徽殿ならぬ宣耀殿（娍子―大納言藤原済時娘）であり、しかも両者の出自（父の官職）が逆転しているけれども、宣耀殿は第一皇子（敦明親王）の母であり、後に三条帝后となっている点でやはり無視できないのではないだろうか。ただし原子は桐壺更衣のようには寵愛されておらず、当然ひどい迫害を受けたという記述も見あたらない。

以上のように、原子頓死をめぐる三面記事が、桐壺更衣像に大きな影を落としていることは間違いあるまい。もちろん『源氏物語』が『栄花物語』を引用していると主張したいわけではない。この事件を含めて中関白家の没落そのものが、まだ人々の脳裏から忘れ去られていない時期であったからである。現在までに桐壺更衣のモデルとして、この淑景舎（原子女御）を想定した論を見ないが、当時の人々は楊貴妃や仁明天皇女御藤原沢子・村上天皇尚侍藤原登子以上に、淑景舎（桐壺を朧化）という特殊用語を通して、この原子を連想しえたのではないだろうか。具体的に桐壺に居住した人物は、歴史的にも原子以外に見出しえないことを重視したい。

「長恨歌」や「李夫人」など、中国文学の影響を拡散的に指摘するのも結構だが、もっと身近な歴史事実とのかかわりを見落としてはなるまい。「長恨歌」引用によって桐壺更衣の背後にカモフラージュされてはいるが、桐壺巻は中関白家没落の悲話をこそ真に語りかけているように思えてならない。彰子に仕える作者が、敵方である中関白家に同情を寄せていたとは断言できないが、既に勝敗は決定していたのだから、物語に取り込んでも不都合はあるまい。こう考えると桐壺更衣の入内時期は、桐壺帝の東宮時代という可能性も浮上してくる。

四、桐壺帝の後宮構成

桐壺巻の冒頭部分に「女御更衣あまたさぶらひたまひける」(17頁)とあった。その「あまた」とは一体何人位なのか、また具体的にはどのような人物が設定されているのか、それについて物語本文から抽出してみよう。

これに関して『河海抄』では、「醍醐天皇後宮事」として皇太后以下二十七名をあげ、それに続けて「桐壺帝後宮」として、「薄雲女院(先帝第四皇女冷泉院御母)・弘徽殿太后(二条太政大臣女朱雀院一品宮前斎院母)・承香殿女御(四宮母)・麗景殿女御(花散里上姉)・女御(宇治八宮母大臣女)・桐壺更衣(贈従三位按察大納言女六条院母)・後涼殿更衣・前尚侍(賢木巻ニ出家)」の八名をあげている。さらに

『古系図』類ではそれに、「螢兵部卿宮母・帥宮母・蜻蛉式部卿宮母」の三名を加えている。要するに桐壺帝の後宮構成は、

①弘徽殿　②桐壺更衣　③藤壺　④承香殿女御（紅葉賀巻）　⑤麗景殿女御（花散里巻）

⑥螢兵部卿宮母女御（花宴巻）　⑦帥親王母女御（螢巻）　⑧八宮母女御（橋姫巻）

⑨蜻蛉式部卿宮母女御（東屋巻）　⑩後涼殿更衣（桐壺巻）　⑪前尚侍（賢木巻）

⑫同じ程の更衣達　⑬下臈の更衣達

となっているのである。もちろんこの中には、本人は全く登場せず、ただ子供の存在から類推しているものもあるので、あるいは重複もあるかもしれない。いずれにせよ桐壺巻のみで考えれば、女御（定員四名）は「あまた」どころか弘徽殿たった一人しか登場していないわけである（女御一人と更衣あまたか?）。彼女は女御の代表として、一人で悪役を引き受けていたことになる。(3) この「あまた」は、醍醐朝に時代設定するための引用コードであろうか。(4) そうすると桐壺更衣が女御になれなかったのは、必ずしも女御の定員がつまっていたからではなかったことになる。

ところで後宮において舎殿名で呼ばれるのは、原則として女御以上であり、立地条件の悪い桐壺といえども、更衣に賜ること自体尋常ではなかったらしい。増田繁夫氏は「女御・更衣・御息所の呼称―源氏物語の後宮の背景―」という御論の中で、「更衣が舎殿名で呼ばれた例は見当たらない」ことを根拠に、「更衣では一つの殿舎を局に賜ることはなかった」と考えて、

光源氏の母更衣が桐壺といふ舎殿を局に賜ってゐたとすれば、それは更衣としてすこぶる例外的な待遇であったのである。

（『平安時代の歴史と文学文学編』吉川弘文館165頁）

と述べておられる。これによれば「御局は桐壺なり」（桐壺巻20頁）という一文の読みも、自ずと変更を余儀なくされる。どうも我々は、何の根拠もなしに勝手に更衣を桐壺の主人と思い込んで済ましていたのではないだろうか。つまり「局」という用法に従えば、更衣である以上は決して桐壺を一人で占有しているのではなく、まさしく分割された一部を局として賜っていることになるのである。もし更衣分際で舎殿一つを賜っているとすれば、自ずから桐壺更衣の家柄の良さや更衣に対する帝の寵愛の深さを表出しているわけであり、女御待遇であることが理解されるであろう（あるいは源氏出産後に御息所の資格で賜わったのかもしれない。その時更衣は既に女御格の四位であったろう）。まさに「時めき給ふ」わけである。その意味では「御局は桐壺なりけり」という一文も、必ずしも負的表現（マイナスイメージ）ではなくなることになる。そう考えると、読者はかなり更衣の身分を低く幻想（誤読）していることになる。

女御は基本的には大臣の娘（現実には左右大将や大納言の娘でも可）、あるいは皇族であるが、桐壺巻においても当然左大臣・右大臣が存在する。彼等がいつからそのポストを占めていたかわからないが、ここに登場する女御の父大臣達は、その前任者か後任者のどちらかということになろう。いずれにせよ大臣ポストの回転は、かなり早かったことになる（それが親政をめざす桐壺帝のねらいかもしれない)。また大納言以下の娘であっても、女御となった例は少なくない。第二皇子の母たる桐壺更衣が桐壺を賜っていることから鑑みても、いずれ女御に昇格する可能性は高かったのではないだろうか(もし按擦大納言が大納言の筆頭ならば、桐壺更衣の父は右大臣に次ぐ席次ということになる)。

なお、桐壺帝の後宮に関しては、藤壺が中宮になるまでずっと后が存在しないことと同様に、東宮(朱雀帝)女御達との雑居生活も描かれていない。(5) つまり朱雀帝や冷泉帝の場合のように、後宮に実子ならぬ東宮や東宮女御などが入り乱れることはないのだが、先述の原子等の例と比較してみれば、それもまた不思議なことではないだろうか。

五、桐壺帝の即位前史

続いて桐壺帝即位前史について、その問題点を探ってみたい。そもそも桐壺巻を読んでいて不思議なのは、桐壺帝の出自が一切語られていないことである。父は前帝(一院?)でまず間違いないとしても、母方の一族に関しては、どのように想定すればいいのだろうか。

仮に母方(外戚)の後見がしっかりしていたのなら、桐壺帝の即位によってこの一族が厳然たる権力を掌握しているはずである(深沢三千男氏「桐壺巻ところどころ」『源氏物語の表現と構造』笠間書院・昭和54年5月参照)。ところが外戚でない左右大臣が別個に存在するし、内大臣や太政大臣がいるような記述も見られない。とすると母方の一族は祖父・父兄などの後見人が不在か、あるいはいても身分が低いということになる（更衣腹の皇子だと一番面白い）。しかも桐壺帝が先制君主として実権を握っているとも読めない。おそらく母方の血筋は大臣家などではなかった可能性が出てくる（そこで勧修寺家の藤原胤子を母とする醍醐天皇がモデルとされている）。その母も早くに亡くなっていると見たい。もっとも大宮の説明に「母宮、内裏のひとつ后腹になむおはしければ」（桐壺巻48頁）とあるので、これを皇太后とでも処理しないかぎり、非大臣家説は成立しえない。逆に母后を内親王とすることも面白い（藤壺の場合と同様）。

普通の女御腹であるとすると、没落大臣家であろうか。あるいは桐壺帝の即位そのものに、何か抗争の気配は感じられないだろうか。先帝と一院は親子とも考えにくいので、そこに複雑な皇位継承事件があった可能性がある。しかもどうやら強大な権力を有する一族は見当たらず、言わば軍雄割拠の時代ではなかっただろうか。権力の座を狙う複数の家が、それぞれの利害によって天皇候補を擁し、相当にもめていたのかもしれない。あたかも『大鏡』に見られる陽成帝退位後の光孝天皇即位事件のごとくに。

もしそうだとするとそこには、

Ⅰ明石入道の父大臣・桐壺更衣の父大納言兄弟一派（源氏？）
Ⅱ六条御息所の父大臣一派（故前坊の外戚）
Ⅲ宇治八宮の祖父大臣・北の方の父大臣一派

Ⅳ麗景殿女御の父大臣一派

等の権力者達が想定される。しかもこれらは全く別の一族というのではなく、おそらくは叔父・甥等を含む相当に近い親族間における覇者争いであろう（紫の上の祖父按察大納言はⅠの一派であろうか）。坂本和子氏など、八宮の母を右大臣の中君（弘徽殿の妹）、北の方を藤大納言（後大臣）の娘と想定なさっている（「中君」『物語を織りなす人々源氏物語講座2』勉誠社・平成3年9月参照）。そうして最後に勝利を得たのは現桐壺帝を擁した、

Ⅴ現左大臣・右大臣一派

の連合政権（藤原氏）であった（醍醐朝だと仮定するとモデルは左大臣藤原時平・右大臣菅原道真となる）。その右大臣は、おそらく桐壺帝が東宮の時に娘を入内させ（弘徽殿）、次期政権担当を狙っていた。一方の左大臣は異常に若くて、(6)それにもかかわらず権力を把握している点は少々胡散臭いが、桐壺帝の同腹の内親王（大宮）との結婚によって、帝との親密さは容易に理解される。この左右大臣は、基本的には敵同志であろうが、孤立して他の政敵を押えるだけの力がないので一時的に協力し、言わば連立政権を立てたのであろう。そのために左大臣の長男頭中将と、右大臣の四の君との政略結婚が行われた（第一皇子と葵の上の結婚もその延長線上の予定であったろう）。

こう考えてみると、更衣腹の第二皇子光源氏に対して、弘徽殿が何故あれほどまでに不安を抱いたのかがようやく納得される。つまり桐壺帝自身がおそらく摂関家の后腹の皇子ではなかったのであり、

しかも第一皇子でもなかったからであろう。それを左大臣と協力して擁立した右大臣の立場からすれば、歴史は繰り返す可能性が高いのである。故に後宮における同一パターンたる源氏即位の可能性は物語においては十分にあったのだ。少なくとも右大臣一派はそれを恐れていたと見たい。

ところで左大臣の存在は、源氏の元服に際してようやく知らされる。といっても、桐壺帝の御在世では一の人なのだから、何故もっと早く源氏の後見をしなかったのか少々疑問である。源氏の祖父一族が没落したのは、ひょっとしたらこの左右大臣一派に敗れたからではないだろうか。そのために明石入道は中将という身分を捨てて明石に退去したのであろう。後に「かの先祖の大臣は、いと賢くありがたき心ざしを尽くして朝廷《おほやけ》に仕うまつりたまひけるほどに、ものの違い目ありて、その報いにかく末はなきなり」（若菜上巻128頁）と述懐しているのも参考になる。同様に葵の上の出産に際して、六条御息所の父大臣の怨霊が登場しているのも、源氏と御息所との直接的な愛情問題のみならず、やはり左大臣によって没落した恨みからなのではないだろう。(7) 六条御息所といい明石の君といい、源氏は没落一族との結託によって、家の再興を計っていることに留意しておきたい。なお坂本和子氏によれば、明石一族と御息所の一族にも血縁関係があるらしい（「光源氏の系譜」國學院雑誌76―12・昭和50年12月参照）。

こういった不安定な社会情勢を象徴するために、桐壺帝の後宮には外戚の期待を担わされた「あまた」の女御・更衣がひしめきあっていたと記されていたのである。帝の桐壺更衣への寵愛は、それ故に必要以上の嫉妬や迫害の要因となったのであり、それだけ源氏立太子の可能性（恐れ）もあったことになる。帝の「故大納言の遺言あやまたず、宮仕えの本意深くものしたりしよろこびは、かひあるさまにとこそ思ひわたりつれ、言ふかいなしや」（桐壺巻34頁）や「おのづから、若宮などの生ひ出でたまはば、さるべきついでもありなむ。寿《いのちなが》くとこそ思ひ念ぜめ」（同）という発言が、それを裏付けているのではないだろうか。

考えようによれば、桐壺更衣は数年の間帝の寵愛を独占したのであるから、一時的にせよ後宮の勝利者であり、むしろ弘徽殿女御達の方が被害者であったとも言えるのだ。多くの女性達の嫉妬は、愛の勲章でもあった。しかしその勝利は、更衣を死に至らしめることと表裏一体であった点に、物語の面白さが存するのである。

六、桐壺更衣と夕顔

肝心のヒロインたる桐壺更衣に関する記述は、必ずしもそう多くない。多分、更衣論が活発に行われない最大の原因はこれであろう。その中で次の一文は、帝の悲嘆が「長恨歌」引用によって語られており、古来有名な箇所であった。

絵に描ける楊貴妃の容貌《かたち》は、いみじき絵師といへども、筆限りありければいとにほひすくなし。太液芙蓉、未央柳も、げにかよひたりし容貌を、唐めいたるよそひはうるはしうこそありけめ、なつかしうらうたげなりしを思し出づるに、花鳥の色にも音にもよそふべき方ぞなき。
（桐壺巻35頁）

ここで帝は「うるはし」き楊貴妃と「らうたげ」な更衣を比較し、最終的に更衣に軍配をあげている。それはもともとこの部分が、亡き更衣に対する追悼・鎮魂のために描かれているのだから、当然といえば当然であろう。しかし「うるはし」と「らうたし」による女性美の対照は、後に源氏もそっくりそのまま用いており、奇妙な血の繰り返しを感じざるをえない（その意味で「らうたし」と形容されない藤壺は、桐壺更衣の形代たりえないことになる）。

もちろんその女性とは、「うるはし」き葵の上と「らうた」き夕顔の二人である（葵の上の美には権力的な威圧感さえ漂っている。両者の相違については、純粋な美意識のみならず、身分差という要素も大きいようである）。これに関しては、かつて「夕顔物語の構造」において、若き源氏の思い込みによって、夕顔の人物像が誤解されていることを述べたことがある。

恋に恋する若き源氏は、夕顔の真実に迫ることなく、表面的なかわいい姿を見て、自ら心の中に美しき虚像を創造した。両者の食い違いは巧みに描出されているが、実像の方はほとんど問題にされないまま、突然の死によって恋物語の幕は降りる。夕顔の性格の不統一が、この虚実を混同していることに起因しているのなら、両者の区別なしに夕顔を語ることは不毛であろう（といっても、明確に分けることも困難であるが）。夕顔物語は、源氏の美しき妄想に支えられた、刹那の愛であった。

（吉海『源氏物語研究而立篇』影月堂文庫12頁）

この考え方は夙に今井源衛氏（『源氏物語上』創元社日本文学新書・昭和32年3月、「夕顔の性格」『平安時代の歴史と文学文学編』吉川弘文館・昭和56年11月）が提示しておられるし、最近でも三谷邦明氏（「帚木三帖の方法」『物語文学の方法Ⅱ』有精堂・平成元年6月）や中島あや子氏（「夕顔論」『源氏物語とその周縁』和泉書院・平成元年6月）が追認しておられる。もはや通説になっているのではないだろうか。

その源氏の誤解という構造を援用して考えると、「らうたき」浮舟像や桐壺更衣像も、やはり再考の余地があると思われる。つまり源氏の父たる桐壺帝も、若さ故に美しき誤認をしていたのではないだろうか（残念ながら桐壺帝の年齢は一切不明だが、かなり若いと考えられる）。夕顔像から桐壺更衣像への逆照射という方法は、巻順からすれば後戻りになるが、桐壺巻の成立はむしろずっと遅れるとも考えられているので、必ずしも無効ではあるまい。

観点は異なるが、村井順氏も「桐壺更衣は夕顔型の女性である。更衣は夕顔の如く美しいけれども弱々しかった。又彼女は夕顔同様極端に愛される男性を持ってゐるが、女性には極端に怨を負ふべく運命づけられてゐた」（④論文）と述べておられる。しかもこの設定によって、源氏と桐壺帝の類似点というか、親子の好みが一致していることが露呈する。血は争えないものであり、源氏には桐壺更衣と帝の果たせなかった愛の命題が、潜在的に担わされているのである。もっとも紫の上との愛も、結局は桐壺巻の悲しい繰り返しにすぎないのだけれども、逆に考えれば運命的に過去が繰り返されていることこそが、『源氏物語』の重要なモチーフなのである。

そうすると、源氏同様に若き桐壺帝の思い込みは無かったのかどうか、つまり帝は更衣の虚像に眼を奪われて誤認していなかったかどうか、を検証しなければならなくなる。そうすることによって、はじめて従来の常識とは異なる一面が見えてくるからである。第一に更衣は、何故あれほど他の女御・更衣に嫌われなければならなかったのだろうか。もちろん後宮における愛の独占という問題も大きいけれども、それだけで本当に納得のいく説明がつけられるのであろうか。それ以外に何か見落としていることはなかったか否か、もう少し検証してみる必要がありそうだ。

七、誤読の恐れ

さて夕顔巻において用いた方法が桐壺巻にも有効ならば、実は肝心の我々研究者も帝の目に同調し、あるいは従来の画一的な研究史に拘束されて、十分な検討も経ないまま、思い込みによって桐壺更衣像をとらえている恐れがある。楊貴妃〈長恨歌〉の引用についても、更衣と弘徽殿への善悪二分割では到底不十分であった。そんな単純な引用ではなく、むしろ正当に積極的に楊貴妃のしたたかさを更衣自身が内包し継承していると考え直してみたい。後宮に入内するような高貴な姫君は、たとえ表面的には人形のような静的な存在として形象されているとしても、その能面のような顔の奥に、したたかさを備えているのではないだろうか。後宮で他の女性達との競争に打ち勝っていくためには、ある程度の自信やしたたかさも必須の条件であり、だからといってそれで更衣の人間性を疑う必要は全くあるまい（もちろんここでは乳母や女房をもひっくるめた総体として考えている）。

そうなると更衣は、ただいじめられるだけのか弱い女性だった、とは断言できなくなる。少なくとも父大納言の遺志を満身に受けて入内したのだから、入内した以上はその遺志にそって、それなりの働きをせねばならない。たとえそれが「すぐれて情念的な意志の発現」であり、「物語の論理」（日向一雅氏「光源氏論への一視点」『源氏物語の主題』桜楓社参照）であったとしてもである。その意味では帝の寵愛を受け、男皇子を出産したのだから、結論的にはそれこそかなりの働きぶりであった。もちろん皇子が誕生すれば、今度は無事に育てなければならないし、ある程度成長すれば、必然的に立太子の候補者に数えられることになる。ここに至って益田勝実氏の「さへ」重視説（「日知りの裔の物語―『源氏物語』の発端の構造―」『火山列島の思想』筑摩書房参照）は再考を要することになる。愛情を貫こうとすることに精一杯で、源氏の将来を空想してみる余裕を持たなかったのは、桐壺帝だけかもしれないからである。また全後宮の非難を浴びたのも、それは二人が愛情を貫こうとしたからだけではないかもしれない。物語はそんな単純なものではなかろう。

更衣という一段低い身分であっても、そして源氏が後見のない皇子であったとしても、だからといって最初からその将来の芽を摘む（法師にする）気など、更衣一族には毛頭なかったのではないだろうか。むしろ母として、積極的に我が子を皇太子に擁立する望みを抱いていた、とは考えられないだろうか。それが更衣本人の望みか家の意志かは別としても（この点は定子と敦康親王（一条帝第一皇子）に類似する）。そのことは従兄弟たる明石入道が、

故母御息所は、おのがをぢにものしたまひし按察大納言の御むすめなり。いと警策なる名をとりて、宮仕えに出だしたまへりしに、国王すぐれて時めかしたまふこと並びなかりけるほどに、人のそねみ重くて亡せたまひしかど、この君のとまりたまへるいとめでたしかし。女は心高くつかふべきものなり。（須磨巻211頁）

と述べていることによっても察せられる。だからこそ他の女性達は危機感を抱き、そのため後宮における更衣苛めは激烈化し、「あやしきわざ」（桐壺巻20頁）等の通行妨害が行われたのではないだろうか。更衣に対する怨みは、決して身に覚えのないものではないはずなのだ。しかしそのことが帝の耳に入り、それによって更衣に後涼殿の上局が与えられる（更衣に上局が与えられるのは異例―女御待遇）。その際、他に移された更衣の恨みを描きながらも、その更衣に対する桐壺更衣の同情など一切描かれず、待ってましたとばかり（無神経に）その局を頂戴し、そこでさらに一層帝の寵愛を受ける桐壺更衣を凝視すると、むしろ積極的に更衣が帝に泣き付き、盲目的になっている帝を動かした、とは読めないものだろうか。「常のあつしさ」（同21頁）にしても、その何割かは駆け引きとしての仮病が含まれていたのかもしれない。そういった更衣の陰の行動（演技）を想定することによって、何故弘徽殿があれほどまでに警戒したのか、容易に納得されるのではないだろうか。

一方「あいなく目を側め」（同17頁）る上達部・殿上人達の困惑・不安は、具体的にはどうなのであろうか。これが単なる比喩表現でないとしたら、そしてそういった世間の見る目が決して間違っていないとしたら、更衣の行為の方が謀反・反逆罪にあたることになりかねない。それこそまさしく楊貴妃の正当な引用なのであった。「ものの心知りたまふ人は、かかる人も世に出でおはするものなりけりと、あさましきまで目をおどろかしたまふ」（同21頁）や「もの思ひ知りたまふは、さま容貌などのめでたかりしこと、心ばせのなだらかにめやすく憎みがたかりしことなど、今ぞ思し出づる」（同25頁）とある人々（女御達）は、逆に現体制のはみ出しもので、直接利害にかかわらない、あるいは源氏擁立に賛成する少数一派の声なのかもしれない。

また「人の譏りをもえ憚らせたまはず」（同17頁）ぬ帝の、「わりなくまつはさせたまふ」（同19頁）耽溺ぶりは、常軌を逸した異常な行為であろう。それを承知で（むしろ喜んで）「おしなべての上宮仕」（同19頁）まで自ら奉仕する更衣であった。それは本来女官たる内侍等のやる仕事であり、高貴なお姫様はそんなことには無頓着なはずである。そこに更衣の家柄の低さが出ていると読めなくもない。更衣という身分の気軽さ故に、また後見人なき女性であるが故に、帝は「らうた」く感じているとも解釈しうるからである。プライドの高い取り澄ました女性ばかりを相手にしてきた帝にとって、そこまで献身的に尽くす更衣に対して、愛情が一層深まったのも無理からぬこと。それはちょうど源氏が夕顔に熱中したことと重なるが、なんとその夕顔を迫害したのも弘徽殿の妹（四の君）であった。

ただしそういった男女一対の愛の形態は、当然ながら後宮を擁する摂関体制にはそぐわないので、やはり夕顔同様に排除の対象とならざるをえない。もしこの解釈が正しければ、たとえ容貌がいかに酷似していようとも、藤壺は決して桐壺更衣の代償たりえないことになる。身分の高さが「らうたさ」と反比例するのだから。ひょっとすると源氏と藤壺の密通事件の一因に、桐壺帝と藤壺との心の溝を想定しうるかもしれない(8)。そう考えると女三の宮と柏木の密通がまさしくその繰り返しとなるわけである。少なくとも桐壺帝の藤壺寵愛が続いていたら、源氏の付け入る隙など生じえなかったのではないだろうか(9)。

八、桐壺更衣の悲願

更衣は自らの最大の欠点であるかよわさを、むしろ女の最大の武器として、帝の寵愛を勝ち取っている。それは決して他律的に自然に帝の寵愛を受けたというのではなく、更衣自らの積極的な働きかけを通して勝ち取ったものであった。はかなさ・かよわさは男の同情(救助願望)を買う魅力たりうるのだ。そのため、ただただ帝の愛にすがる女性として描かれているけれども、桐壺更衣の後宮における生は、案外強くたくましいものではなかったろうか。少なくともどんなに追い詰められても、決して宮仕えを放棄してはおらず、むしろ堂々と誇りをもって「まじらひ」続けているではないか(10)。「大殿籠すぐしてやがてさぶらはせたまひなど、あながちに御前さらずもてなさせたまひし」(同19頁)ことも、帝の一方的な求愛ではなく、異常なまでの合歓に帝を誘う更衣側の働きかけも認められるかもしれない。その結果として妊娠率が高まるわけである。二人の結び付きは前世の因縁以上に、更衣の努力の賜であったと読みたい。

更衣は単に故父大納言の遺言に従い、母北の方の言うがままに後宮に入内したわけではなかったのだ。従来はどうしても他律的入内として、更衣の死の責任を両親に負わせ過ぎているのではないだろうか。家の遺志を十分承知の上であっても、更衣は当初から帝の寵愛を獲得しようという希望を抱いていたに違いない。入内は女の理想であり、また「生まれし時より思ふ心ありし人」(同30頁)とある以上、そのように教育されてきたであろうし、本人も幼い頃から入内を夢見ていたはずである。あるいは「宮仕えの本意」が大納言の遺言と帝の発言に見えている点、両者の間に何か密約めいたものがあったのかもしれない。それは大納言の遺言だけでなく、帝からの強い入内要請もあったろう。だからたとえどのような迫害にあっても、決して自ら身をひくことはないのである。「もの心細く里がち」なのも、結果的にはそれによって帝の寵愛を一層深めており、一種のかけひきとしても十分読める。北の方のバックアップにしても、ただ娘に恥をかかせないようにという配慮だけでは済まされない。

この更衣に関して円地文子氏は、

更衣は帝に熱愛されたに違いないが、愛されることだけに生きたのではなく、自分も帝を愛し、愛することの深さによって他から軽蔑されたり迫害されたりする苦しみを精一杯耐えて、宮仕えをしつづけたのである。

（「桐壺に見る恋愛」『源氏物語私見』新潮社12頁）

と述べておられる。更衣自身も帝を愛していたとする卓見であるが、ここではさらに一歩進めてみたい。つまり「隙なき御前渡り」（桐壺巻20頁）も「うちしきる」（同）参上も、だからといって他の女御達にすまないと思うはずもなく、むしろ寵愛を誇示していると読める。だから「人の譏り」（同17頁）を受ける要素は十分に備わっていたのである。また「この皇子生まれたまひて後は、いと心ことに思ほしおきてたれば」（同19頁）も、必ずしも帝独自の深慮ではなく、更衣側の意思がそうさせているのではないだろうか。少なくともそう読む可能性は残されていよう。

最期の別れの場面における「息も絶えつつ、聞こえまほしげなることはありげなれど、いと苦しげにたゆげなれば」（同23頁）も、ここで言いたいのはやはり源氏立太子の悲願であろう。ここも病気が重いためにもはや口をきくこともできなかったと感傷的に読むよりも、口でお願いする以上の効果をあげるために、更衣が一芝居打っていると見たらどうであろうか。その効果を見抜いていたのかどうか、帝は更衣の言いたかったことを暗黙裡に了解していたと考えられている（藤井貞和氏「神話の論理と物語の論理」『源氏物語の始原と現在』冬樹社参照）。なお桐壺更衣は、このたった一言だけしか物語で発言していないのだから、やはり普通の会話として処理すべきではあるまい(11)。

冷静に考えてみると、更衣の入内は単に故大納言の遺志だけでは済まされないのである。これは後になって明かされる（付会される）ことだが、大納言は一族の筆頭ではなく、その兄として明石入道の父大臣がいた。はっきりしたことはわからないけれども、その氏長者たる大臣に入内の駒とも言うべき娘がいなかったとしたら、かわりに弟大納言の娘を入内させてでも、一族の安定・繁栄をはかるのではないだろうか。もしそうなら、桐壺更衣の入内は、個人的な大納言家の遺志を越えて、血脈としての没落寸前の兄大臣家の悲願として、据え直してみなければならなくなる。宮廷の人々も、桐壺更衣を孤立した存在とは見ていなかったのではないだろうか。となると、光源氏そのものの進むべき道として、王権とはまた別途に、血縁たる明石の君と一致協力した大臣家再興という命題も付随してくるわけである。

天皇親政、あるいは源氏による新体制の夢は、藤原氏の連合の前にあっけなく潰されてしまった。桐壺帝と桐壺更衣の問題は、表面的には後宮における愛情問題のように描かれているが、実は弘徽殿との対立などではなく、源氏と藤原氏の氏族間の政権争いの縮図だったのかもしれない。少なくとも光源氏の栄華は藤原氏の勢力を押え込んだ源氏主体のものであるし、后にしても三代に亙って皇族出身者なのである。これこそが一個人としての源氏の物語ならぬ、『源氏物語』の求めた理想世界であった。

九、まとめ

人物論そのものの不毛さは、人一倍理解しているつもりであるが、視点の相違という新たな見方を導入すると、今までに蓄積された人物論の成果そのものが怪しくなってくる場合もある。本稿で提示した桐壺更衣に対する深読みは、従来の悲劇の主人公的な偶像の化けの皮をはぐ試論であり、あるいは多くの読者の反発を買うことになるかもしれない。それを承知の上で、言わずもがなのことまで強引に論じてみたわけである。私としてはむしろこの方が自然であると思うのだが、とにかく通説化している人物像の見直しを迫る意味でも、戦略としての挑発・刺激と考えていただきたい。

桐壺更衣の入内は決して単なる遺言の実行なのではなく、そして帝との交わりも単なる純愛物語を描いているのでもなかったのだ。もちろん更衣は死を前提として異常なまでに帝に寵愛されていると も読めるけれども、後宮に入内することの重みを正しく理解し、桐壺という舎殿の背景や言葉の有するイメージを勘案し、その上で桐壺帝即位の裏面史を斟酌すれば、桐壺巻の読みも忽然として変貌し、生々しい宮廷の歴史を引きずっていることがわかる。『源氏物語』の作者のまなざしは、予想以上に深遠であり、かつ非常に現実的であることを再確認しておきたい。

それにもかかわらず、桐壺巻は叙情的な「長恨歌」を引用することによって覆い隠されており(12)、また読者は桐壺帝の心情に同調することによって、一方的に可憐な桐壺更衣像を幻想させられている。こうして『源氏物語』における紫と夕顔の両ゆかりの物語は、ともに男の誤解から始発していくのである。たとえそれが男の身勝手であっても、物語は女の内的思考を閉ざしたままで進行していく(吉海「夕顔のゆかりの物語」『源氏物語研究而立篇』参照)。『源氏物語』の主要なモチーフであるゆかりの構想は、まさしく男側の論理のみによって構築されている偏見の世界なのであった。

このやや奇異な試論は、あるいは曲解として一笑にふされるかもしれないが、私にとっては夕顔論同様に、桐壺更衣に捧げる鎮魂譜であることを付け加えておきたい。

注

（1）『枕草子』「木の花は」章段では、梨の花において長恨歌の「梨花一枝春帯雨」をあげているものの、桐と「長恨歌」とのかかわりには全く言及していない（あるいは梨壺を近接する桐壺にずらしたのかもしれない）。むしろ「木の花は」章段は、その全体が宮廷に植えられた花であり、その意味では桐は淑景舎（原子）の美的比喩となっているのかもしれない（定子は梅壺であり、「木の花は、濃きも薄きも紅梅」と真っ先に出している）。ただしこの時代は里内裏に居住することが多かったので、正式な内裏図を想像してもあてはまらない。仮に『源氏物語』においても里内裏であれば、桐壺の位置など問題にならなくなってしまう。彰子の場合も決して藤壺に居住しているわけではなかった。

（2）淑景舎は『堤中納言物語』中の「はなだの女御」にも一例見られる。そこには「淑景舎は「朝顔の昨日の花」となげかせたまひしこそ、ことわりと見たてまつりしか」とあり、桐壺更衣とは逆に寵愛の衰えた女性として形象されている。むしろこの設定の方が淑景舎にすむ女性としては相応しいかもしれない。また後の例だが、『あきぎり』には「桐壺中宮」が登場しており、もはや桐壺の負性は消滅している。

（3）十三名余りの後宮構成員を桐壺巻に引き戻すと、麗景殿女御の父など、どのように設定すればいいのであろうか。左右大臣以前の大臣の娘であるとすれば、将来性はないわけだし、大納言の娘であれば弘徽殿と共に更衣を苛めたメンバーと言うことになりかねない。しかし後の光源氏とのかかわりにはほとんど支障が生じていない点、あるいは麗景殿女御の妹花散里には、桐壺更衣に対する贖罪の意識があったのかもしれない。もっとも桐壺更衣死後の入内であれば、全く問題はなくなる。従来の花散里論はこのことを全く考慮していないのではないだろうか。

（4）左大臣にも「御子どもあまた腹々にものしたまふ」（桐壺巻48頁）と、類似した表現が用いられている。同様に頭中将も「腹々御子どもいとあまた次々に生い出で」（澪標巻283頁）とあり、子孫繁盛の家系であった。しかし左大臣の妻としては、大宮以外に登場しておらず、大宮が妻の代表として描かれているようである。

（5）ただし故前坊及びその妃たる六条御息所は、一時的にせよ東宮妃として桐壺帝後宮のどこかの舎殿に居住していたはずである。それは桐壺帝が「故宮のいとやむごとなく思し、時めかしたまひしものを」（葵巻18頁）、あるいは「やがて内裏住みしたまへ」（同53頁）と述べていること、また「十六にて故宮に参りたまひて、二十にて後れたてまつりたまふ。三十にてぞ、今日また九重を見たまひける」（賢木巻93頁）という記述等から察せられる。その他、複数の東宮妃を想定することも可能であろう。

（6）子である葵の上（長女）や頭中将（長男）との年齢差からして、相当に若い左大臣のように読める（時平は二十九歳で任左大臣）。しかしながら澪標巻に「太政大臣になりたまふ。御年も六十三にぞなりたまふ」（283頁）とあり、この年齢を基準にして逆算すると、光源氏元服時にはなんと四十六歳位だったことになり、若いという印象は消滅してしまう。しかしそうなると葵の上は三十歳の時の子供となり、大宮との結婚が非常に遅かったのか、あるいはなかなか子供が生まれなかったことになる。ただこの年齢表記にしても、貞観八年（八六六年）に良房が六十三歳で摂政（太政大臣ではない）になった例を踏まえていると考えられており、そのために矛盾が生じているのかもしれない。

（7）桐壺巻始発当時、左大臣は大納言程度であったろう。ところが東宮廃太子に成功し、それに連動して六条左大臣（御息所の父）が致仕することになる。本来ならば自動的に右大臣が左に移るわけだが、活躍を認められた大納言が内覧を得、右大臣を飛び超えて左大臣のポストに就いたとは考えられないだろうか。桐壺巻は桐壺更衣と源氏のことを中心に描かれているが、実はこのような政争の真只中だったのである。吉海「左大臣の暗躍」（本書所収）参照。

（8）藤壺の人物像に関しては、子（冷泉帝）の誕生によって、したたかな政治家に急変したと説かれるけれども、それは変貌ではなく最初ほとんど描かれなかった藤壺像が、子の将来を案じて表面化したのではないだろうか（吉海「藤壺入内をめぐって」本書所収）。その意味では、したたかさを内包した桐壺更衣像と相通じることになる。ただし桐壺巻においては、桐壺更衣の代償であることについて、藤壺の思考はほとんど全く吐露されておらず、やはり桐壺帝や源氏という男性側の論理の中に自我を埋没させられているようである。もっとも身分から言えば、藤壺は最初から桐壺更衣を越えているので、明白に形代とは断言できないかもしれない。

（9）桐壺帝の藤壺寵愛は単に愛情だけではなく、多分に弘徽殿に対する牽制・あてつけの意味あいが感じられる。左大臣家との親密さや立后問題も含めて、あるいはもっと積極的に弘徽殿・右大臣家に対する帝の精一杯の報復としても読めるのではないだろうか。

(10)「かかる事の起こりにこそ」(桐壺巻17頁)について、『孟津抄』では「起こり」以外に「驕り」という解釈が存在したことを提示をしている。「驕り」で考えれば、更衣側が帝の寵愛を驕っていたとも読めることになる。もちろん『孟津抄』はそれを否定し、「起こり」説を支持しているのだが、少なくとも「驕り」説が存在したことは確かなようだ(近世の絵入源氏の本文には「をごり」とある)。

(11)楊貴妃に関しては、歴史的な人物像と「長恨歌」における登場人物とで大きな差異がある。白楽天自身、「長恨歌」の他に「上陽白髪人」や「李夫人」をも著し、複雑かつ対照的な楊貴妃像を浮き彫りにしている。そもそも史実としての人物関係を見ると、玄宗には武恵妃(恵妃は妃の称号)という愛妃がおり、その間に寿王という子が誕生していた。本来ならばこの寿王が皇太子となるはずだったが、武恵妃の死去により立太子の可能性は消え失せた。それのみか寿王の愛妃であった玉環(貴妃)までも玄宗に奪い取られたのである。父子の三角関係は既にここに存していた。このように騒乱の中の楊貴妃像には、かなり重層したイメージが付きまとっているわけだが、引用のコードとしてそれをどのように読み込んでいくべきなのであろうか。そもそも日本における「長恨歌」引用は極めて叙情的なものであり、それ故に桐壺帝自身も更衣との関係を「長恨歌」に重ね合わせて、悲劇仕立てにしているわけである。しかしながら「長恨歌」のストレートな引用であれば、帝の無力を認識せねばならないし、更衣の死にしても他殺としてとらえなければなるまい。また楊貴妃に子供がいない点も相違する。単純な引用としてではなく、子供の有無を含めて両者の相違点も明確に把握した上で、その二重構造を読み取りたい。

(12) ただし不思議なことに、更衣の我が子源氏に対する愛情は全く描かれていない。更衣程の身分であれば、源氏の養育は乳母達に完全に一任されるだろうから、それで当然なのかもしれない。もしそうなら源氏の藤壺思慕も再考を要することになりはしないだろうか。

〔補注〕本論刊行後、

㉑高橋和夫氏「源氏物語の方法と表現―桐壺巻を例として―」国語と国文学68―11・平成3年11月

㉒増田繁夫氏「源氏物語の後宮―桐壺・藤壺・弘徽殿―」解釈と鑑賞63別冊・平成10年10月

㉓植田恭代氏「御局「桐壺」考」跡見学園女子大学国文学科報29・平成13年3月

㉔吉海直人「宮中殿舎の幻想を問う―「桐壺」を中心として―」『系図を読む／地図を読む―物語時空論』(勉誠出版叢書想像する平安文学7) 平成13年5月

などの論文が書かれているので、あわせて参照願いたい。

また桐壺更衣に特徴的に用いられている「時めく」「上衆めく」については、吉海直人『『源氏物語』の特殊表現』(新典社) 平成29年2月を参照していただきたい。

三章　藤壺

一、問題提起

藤壺の人物像に関しては、光源氏との間に不義の子（冷泉帝）が誕生したことによって、したたかな政治家に急変したと説かれることが多い。(1) けれどもそれは必ずしも変貌ではなく、最初ほとんど描かれなかった藤壺の意思が、子の将来を案じて表面化してきたとは解釈されないのだろうか。もちろん女が母となり、我が子の存在を自覚することによって、大きく変容したと考えてもかまわない。しかし問題は変貌云々ではなく、桐壺巻における入内当初の藤壺の内面が、全くと言っていい程吐露されていないことの方にあると思われる（その意味では、したたかさを内包した桐壺更衣像とも相通じることになる）。

例えば桐壺帝の寵愛にしても、それは決して藤壺自身に対するものではなく、あくまでも亡き桐壺更衣の代償行為であったはずである。藤壺がそのことに気付かない程愚かな人間でないとすれば、自らが形代であることをどのように受けとめているのか、彼女の精神性を深く分析しなければなるまい。また源氏とのかかわりについても、単に宿命的受動的に密通へと誘われていくだけなら、藤壺は極めて人間性に乏しいことになろう（女三の宮との類型）。

もっとも肝心の物語は、あくまで藤壺を物言わぬ人形の如くに描いており、彼女の内面などほとんど表出させていない。というよりも、若い源氏の理想像という限定された視点から、極めて観念的に美化され朧化されて描かれており、藤壺の内面や発言が直接描出されることはほとんどないのである。当然血の通った夫婦としての桐壺帝と藤壺などどこにも存在していない（両者間には会話も歌の贈答も皆無に近い）。そのためこういった疑問に対する答えを、本文中に模索することすら不可能に近い状況であった。やはり桐壺帝や源氏という男性側の論理の中に、藤壺は自我を埋没させられているのであろうか。

どうやら『源氏物語』の作者は、主要な女性達については直接描くことをせず、他視点から浮き彫りにする方法を好んで用いているらしい。そのため女性の内面的苦悩や政治性等は背景に潜んでしまうのだが、しかしそういつまでも抒情的にばかり読んではいられない。そう考えて桐壺巻を注意して読んだところ、わずかながらも藤壺の内面を察知しうる記述があることに気付いた。本論では今まで看過されてきた桐壺巻における藤壺の思考に注目し、そのわずかな記述を丹念に縫い合わせることによって、従来の理想化された藤壺像とはやや異なる実像を提示してみたい。なおこの試みは、私にとって夕顔・桐壺更衣に続く三人目の人物検証になる(2)。

二、母后登場の意味

さて、亡き更衣の代償を求め続ける桐壺帝の元に、三代の帝に仕えるという老練な典侍から耳寄りの情報がもたらされる。先帝の四の宮が桐壺更衣に瓜二つだと言うのである。それに乗せられるようにして、早速四の宮の入内話が持ち上がったのだが、

母后、「あな恐ろしや、春宮の女御のいとさがなくて、桐壺更衣のあらはにはかなくもてなされし例もゆゆしう」と思しつつみて、すがすがしうも思し立たざりけるほどに、后も亡せたまひぬ。（桐壺巻42頁）

と母后の強硬な反対にあって、入内はスムーズには行われない。そのため物語はすぐ後に「后も亡せたまひぬ」と、邪魔者を抹殺してまでも四の宮入内を実現させるのである。もっとも作者は細心の注意を払っているようで、帝側は二度に亙って「ねむごろに聞こえさせたまひけり」（同42頁）・「いとねむごろに聞こえさせたまふ」（同）と入内を要請しており、また四の宮側も同様に二度に亙って「心細きさまにておはしますに」（同）・「かく心細くておはしまさむよりは」（同42頁）と心細さを強調している。ここに「后も」とある以上、既に父である先帝は崩御しているのであろうが、それだけで果たして内親王の生活が不如意になるのだろうか。どうも母后の発言は、入内などしなくても生活には困らないことを前提にしているようにも受け取れる（当時の内親王は、ほとんど入内も降嫁もしなかった）。

まして四の宮のバックには、「さぶらふ人々、御後見たち、御兄弟の兵部卿の親王など」（同）が付いているのである。(3) そうすると「心細さ」は、入内のための方便ということになる。

思うに物語が四の宮入内の方向で展開しているとすれば、この母后の抵抗などほとんど意味を持たず、わずかばかり入内の時期が延引されただけになる。しかしそのためだけに母后が登場しているのではないとすると、何か別の存在意義があるはずだ。例えばこの母后の言葉は、外部から桐壺更衣の死を語った証言として重要であろう。やはり更衣の頓死には、弘徽殿が絡んでいると見られていたわけである。少なくとも藤壺側はそのように理解していたのである。もっとも、ここで母后が弘徽殿に対して強い懸念を発露していることは、決してそれだけでは済まない。この発言は、どこにも描かれてはいないけれども、弘徽殿が入内に反対していることを受けてのものであろうし、必然的に娘四の宮の耳にもそれが聞こえているはずだからである。これについて三田村雅子氏は、

その不賛成の言葉だけを残してこの世を去ってしまう母后の言葉が何故ここで必要だったのかと言えば、先帝の后腹の皇女である藤壺までも圧倒しかねない弘徽殿女御の脅威を語って、不本意ながら入内することとなる藤壺に、厳しい心構えをあらかじめ迫るものであったと言えよう。この母の懸念の言葉を遺言のように心に刻んで入内する藤壺は、もはや無邪気な姫宮ではありえない。「桐壺更衣のためし」の二の舞になるまいという決意は、当初から弘徽殿との激しい拮抗関係をもたらしたに違いない。「桐壺更衣のためし」は、藤壺に桐壺更衣の場所を継ぐ者としての自覚

と決意を迫るものであった。

（「〈方法〉語りとテクスト」国文学36—10・平成3年9月）

と述べておられる。母后の死によって入内の道を余儀なくされる四の宮にとって、この言葉はまさに母の遺言であり、なるほど入内以前に後宮における抗争をしっかりと自覚させられることになる。つまり四の宮は一見無邪気な内親王のようでありながら、その実弘徽殿という脅威の存在と抗する心構えが、既にこの時点においてできていたことを読み取るべきであろう。ただし内親王と更衣では自ずから条件が相違するけれども、その点に関しては言及されていない。

さらには入内話そのものが、真に四の宮の魅力によって生じたのではなく、亡き桐壺更衣の代償であることも承知していたのではないだろうか。だとすればこの入内は、四の宮にとって決して手放しで喜べるものではないはずである。もはや今までのような内親王としての安穏な生活は望めないだろうから。弘徽殿の君臨する桐壺帝後宮に入内する以上、その傘下に入って一生を終えるのでなければ、弘徽殿を凌駕するしか四の宮の生きる道はないのだ。これからの四の宮が最も意識すべき人物は、故桐壺更衣ではなく、後宮に君臨している弘徽殿女御なのである。そのため後述の如く、入内後しばしば弘徽殿との対立意識が表出することになるのだ。

かくして先帝の内親王が後宮（飛香舎）に入内し、藤壺と称される。それにしても「女御更衣あまたさぶらふ」桐壺帝後宮であるにもかかわらず、よく今まで藤壺が空いていたものだと、つい余計な心配をしてみたくなる。いかにも弘徽殿以上の待遇であることを表明するために、四の宮用に最初から用意してあったような感じだからである（もちろん無理に先住者を追い出したと考えることも可能ではある）。逆に考えれば、もともと弘徽殿に匹敵すべき女御が不在だったことになる。というよりも、桐壺巻には弘徽殿以外に女御は登場していないのである。「女御更衣あまた」は、女御一人に更衣あまたと解釈すべきであろうか。

ただし『源氏物語』以前において、藤壺は必ずしも後宮において一等地ではなかった。というよりも藤壺そのものの成立が、弘仁七年（八一六年）以前には遡れないのである。史実としても村上天皇の中宮安子以外には、一条天皇の彰子まで例が見られない。また物語では『うつほ物語』のあて宮が藤壺と称されているけれども、帝ならぬ東宮入内の際に藤壺に入居しているだけなのである。安子にしても、藤壺のみならず梨壺や弘徽殿にも居住しており、その当時は固定した舎殿に住むという意識はなかったようである（安子は弘徽殿のイメージが一番強い）。むしろ後宮舎殿の固定化は、『源氏物語』の幻想であり、藤壺の一等地としてのイメージも、『源氏物語』の流行の中で創作され、そして何よりも一条帝中宮彰子の栄達（『栄花物語』の描写）によって生じたものであろう。つまり『源氏物語』自身が後宮舎殿の格付けを行い、そこに価値観を付与しているわけである。そして面白いことに、〈藤〉が藤原氏の象徴であるにもかかわらず、『源氏物語』は藤壺を皇族女性の占有にしている（女御ではなく内親王の居所？）。

この藤壺入内によって、「思しまぎるとはなけれど、おのづから御心うつろひて、こよなう思し慰むやうなる」（桐壺巻43頁）と、帝の寵愛は故桐壺更衣から藤壺へとバトンタッチされる。しかし後宮の秩序を乱すことから言えば、藤壺といえども排除の対象外ではないはずだ。要するに第二の更衣が登場したことになる。しかも藤壺の場合は身分も高く（高貴な桐壺女御の復活？）、まさに「いとやむごとなき際」（同17頁）であった。さらに兄兵部卿宮や後見人（乳母は不在）も生存しているのである。だから今度は弘徽殿も簡単には手が出せないわけで、更衣の場合よりもなおさら始末が悪いことになる。両者における身分の違いは大きい。

三、桐壺帝の計略

このように大騒ぎをした藤壺入内ではあるが、しかしそれによって後宮の秩序が大きく乱されたとは書かれておらず、その点藤壺は桐壺更衣程には寵愛されなかったとも読めなくはない。もちろん最高の身分の女性が寵愛されるのだから、弘徽殿がどんなに抵抗しようとも、原則としては秩序の乱れようもないわけである。これで一応後宮に平穏が戻ったことになる。しかし藤壺と桐壺更衣の類似点は唯一容貌だけであって、その他の全て―家柄・血筋・年齢・性格等々―は大きく相違しているはずである（他人の空似であってゆかりではありえない）。それは藤壺と一緒に生活すればすぐにわかるはずだから、たとえ容貌がいかに酷似していようとも、藤壺は決して桐壺更衣の代償（形代）たりえないのではないだろうか。むしろそこから桐壺更衣の人生とは正反対の藤壺の人生がスタートするのである。

そもそも身分の高さが「らうたさ」（桐壺更衣の美的特性）と反比例するわけだし、(4)周囲の反対という逆境のエネルギーもないのだから。ましてあれから五年以上（?）の歳月が経過しており、帝自身もそれなりに成長したに違いない。それでもかつて更衣に注いだ情熱を、この若い藤壺に同じように注げるだろうか。その答えは、やはり否である。以前は盲目的であったのに、今回は極めて冷静であり、決して藤壺に夢中になどなってはいないのだから。どうも藤壺よりも、桐壺更衣死後の桐壺帝こそが、大きく変貌しているのではないだろうか。

実は桐壺帝にとって、藤壺は選びに選んだ最後の切り札なのであった。「慰むやと、さるべき人々参らせたまへど」（桐壺巻41頁）とあるのは、単に女性漁りをしているのではない。当初は桐壺更衣の死を悼んで、他の女性達との交わりを拒否していたのだが、それが批判されたことによって、今度は新しく女性達を大量に入内させているのであろう。表向きは更衣の代償であるが、その実やはり桐壺更衣を迫害した古参の女御更衣達を拒絶しているのである。もっとも左右大臣が定まっている現時点では、臣下の中に女御として入内しうる女性は存在しないはずなので、更衣ばかりが増えることになる。しかし更衣では束になっても弘徽殿の勢力に対抗できはしない。臣下に適当な女性が見つからないので、遂に内親王に白羽の矢が立てられた。(5)そこでこの典侍の登場となるのだが、どうも彼女の演技はオーバー過ぎて嘘くさい。これなど帝と典侍の仕組んだ狂言回しなのかもしれない（更衣との類似もこの二人以外には誰も保証していない)。桐壺帝が本当に必要なのは藤壺という個性なのではなく、あくまで桐壺更衣の代償であり、なおかつ弘徽殿を凌ぐような強い女性(内親王)なのである。

穿った見方をすれば、帝は弘徽殿(右大臣側)への当て付け役として、高貴な内親王(藤壺)を入内させたのではないだろうか。高橋和夫氏も藤壺入内を、弘徽殿の独走を抑えるためのものと考えておられる。(6) 歴史的な見解だと、当時の内親王は入内しても女御とはならず、「妃」(皇后の次妻―『令集解』朱説)となるらしい。面白いことに藤壺は物語においては常に〈宮〉であり、女御と呼ばれたことは一度もなかった。藤壺が「妃」である可能性については、夙に北山谿太氏によって「日」は単に「ひ」の変体仮名であるから、それを「妃」として「かがやく妃の宮」と見る説が提唱されており(「「かゞやく妃の宮」「人めきて」など」平安文学研究15・昭和29年6月)、その後今西祐一郎氏がそれを発展継承しておられる(「「かかやくひの宮」考」文学50―7・昭和57年7月)。当時、妃の制度がまだ存続していたとは断言しにくいが、少なくとも妃という設定の方が、弘徽殿女御と対抗する際に身分的にはずっと有利になるであろう。(7)

かくして藤壺は「人の御際まさりて、思ひなしめでたく、人もえおとしめきこえたまはねば、うけばりてあかぬことなし」(桐壺巻43頁)と、新参者ながら後宮のトップに躍り出るのである。「まさりて」とあるのは、諸注桐壺更衣よりもまさってとしているが、もっと積極的にそれを弘徽殿とすれば、妃(藤壺)と女御(弘徽殿)との対比となって面白いのではないだろうか。またここに「うけばる」

という語が用いられていることにも注目したい。「うけばる」とは他に気がねすることなく振る舞うことである。諸注この主語を藤壺としており、(8) そうすると藤壺は決して控えめな女性でないことが明白になる（もちろんこれは藤壺個人の問題ではなく、乳母や女房・後見人等をひっくるめてのことである）。この言葉の中に、入内した藤壺の秘められた意思を見たい。

しかし帝の寵愛が本物でないとすれば、表面的な寵愛の素振りとは裏腹に、心の隔てを想定することも可能となる。その証拠になるかどうかわからないけれども、帝と藤壺の間には後朝を含めて和歌の贈答が一度もなされていないのである。桐壺巻においては、両者の間に会話すら交されていない（もちろんわざわざ描く必要がないだけかもしれない）。だからこそ恋愛に不必要な（邪魔な）子（源氏）の存在が許容されるのだ。性的関係も淡泊だったと考えざるをえない。となると藤壺に皇子懐妊の可能性は希薄となり、後宮における絶対的な地位の確保も危うくなる。後宮の中で生きる覚悟を決めた藤壺にとって、皇子出産は、たとえそれが帝ならぬ源氏の種であろうとも、必要不可欠の要素だった。帝にとっても源氏の身代りたる冷泉帝の即位は、かつて果たせなかった夢の再現であり、また償いでもあったはずである。だからこそ密通露見の危険を伴いながらも、源氏と冷泉帝の容貌は酷似していなければならないのである。

そういった両者の心の間隙を縫って、源氏と藤壺の密通事件が生じたとしたらどうだろうか。それは若菜下巻において、源氏と女三の宮の心の溝が、柏木との密通を可能ならしめている構図によって、逆照射できるのではないだろうか。というよりも桐壺更衣と藤壺の関係が、藤壺と女三の宮の関係と相似だとすると、藤壺の実像は案外女三の宮的（内親王的類似）だったのかもしれない（源氏も柏木のように虚像を恋していた?）。少なくとも桐壺帝の藤壺寵愛が続いていたら、源氏の付け入る隙など生じえなかったはずである。[9]どうやら藤壺は、最後まで桐壺更衣の形代から脱皮することができなかったらしい（もちろんそれは桐壺帝の見方にこそ問題があるのだけれども）。そうして面白いことに、藤壺にとっての源氏は、桐壺帝にとっての藤壺が桐壺更衣の代償であったように、まさに桐壺帝の代償であったのだ。

四、朱雀帝後宮への妨害

やはり桐壺帝の藤壺寵愛は決して純粋な愛情なのではなく、多分に弘徽殿（右大臣家）に対する牽制的意味あいが強いのではないだろうか。源氏と左大臣との突然の縁組にしても、まさに右大臣への当て付けと見れば面白い。源氏と葵の上という取り合わせは、世間の誰もが納得し祝福する理想のカップルではなかったからである。左大臣にしても、純粋に源氏を婿に切望したというのではあるまい。そんな単純な縁談ではなく、明らかに帝と左大臣の密談によって成立した、一種の政略結婚なのである。左大臣にすれば源氏を我が方に取り込むことで、新興の右大臣一派の勢力を凌ぐわけだし、帝にしても勢力のある源氏の後見がほしいわけである（そこに将来の源氏即位という幻影を見ることも可能ではある)。

本来、葵の上は東宮（朱雀帝）に入内する予定であった。その縁組が頭中将と右大臣の四の君の結婚ともども、左右大臣による連合政権の約束事だったに違いない。そのため「春宮よりも御気色あるを」（桐壺巻46頁）と入内の勧告があったのだが、左大臣がそれを一方的に反故にしたのである。これは左大臣の述懐に「故姫君を、ひき避《よ》きてこの大将の君に聞こえつけたまひし御心を、后は思しおきて、よろしうも思ひきこえたまはず」（二賢木巻103頁）とあり、また弘徽殿の述懐にも「致仕の大臣も、またなくかしづくひとつ女を、兄の坊にておはするには奉らで、弟の源氏にていときなきが元服の添臥にとりわき」（同148頁）と出ていることからもうかがえる。ここに至って左右大臣の連合政権は崩壊し、桐壺帝・左大臣一派と、東宮を擁する右大臣一派の政権抗争が開始されたと読みたい。

当然、その前哨戦たる源氏の元服は、帝と左大臣の結託といった政治性を内包しており、そのため繰り返し東宮との比較がなされる。その上で左大臣家のバックアップもあって、なんと「春宮の御元服のをりにも数まさ」（桐壺巻47頁）る禄が用意されているのである。これでは右大臣側は承知すまい。というよりも、この場に右大臣一派は誰も出席していないのではないだろうか。一見宮廷をあげての儀式のごとくに描かれているけれども、既に臣籍降下した一介の源氏の元服であるから、実はむしろ私的な行事と見た方が適当であろう。かくして左大臣家は、

この大臣の御おぼえいとやむごとなきに、母宮、内裏のひとつ后腹になむおはしければ、いづ方

につけてもいとはなやかなるに、この君さへかくおはし添ひぬれば、春宮の御祖父にて、つひに世の中を知りたまふべき右大臣の御勢ひは、ものにもあらずおされたまへり。（桐壺巻38頁）

と、桐壺帝の御世における絶対的権力を確保したのである。もっとも左大臣にすれば、葵の上を東宮に入内させ、皇子誕生・立太子となれば、いずれ外戚となる可能性もあったわけである。葵の上と源氏との縁組は、決して唯一最良の選択ではなかったのではないだろうか。むしろ現実的には選択を誤っているのだが、それが物語においては光源氏の王権に奉仕する枠組みになっている点に留意しておきたい。もちろん物語はそれを最良の選択とするのだから、そこに現実と異質な物語の価値観が存在することになる。(10)

このような帝と左大臣家との異常な親密さや、後の藤壺立后問題も含めて、藤壺入内を積極的に弘徽殿・右大臣家に対する帝の報復と考えてみたい。今の桐壺帝に必要なのは、桐壺更衣の代償ではなく、弘徽殿の勢力を押えうる（相対化する）高貴な女性なのであったから。そうなると容貌の類似は、内親王を入内させるための方便でありカモフラージュということになる。

なお朱雀帝の後宮に対する妨害行為は、一人この葵の上に留まらず、源氏と朧月夜（弘徽殿の妹で后候補）の密通や、斎宮（冷泉帝の中宮秋好）の入内拒否にまで及んでいる。また先帝の更衣腹の皇女（女三の宮母女御）が朱雀帝（東宮）に入内している点から想像すると、藤壺の桐壺帝入内にしても、年齢的には朱雀帝に入内する方が相応しかったのではないだろうか（葵の上より二歳年長）。物語には何も述べられていないけれども、藤壺に右大臣側から東宮入内の働きかけがなされていたとすれば、やはり桐壺帝の横取りというまさに楊貴妃物語の枠組みが見えてくる。その他、源氏とかかわりのある朝顔斎院・花散里そして何より紫の上も、本来的には朱雀帝後宮入内の可能性を有していたのかもしれない。結局朱雀帝後宮にはめぼしい女性がおらず、誰も立后できなかった。

五、藤壺と弘徽殿の対立

桐壺更衣と藤壺の類似は、典侍と桐壺帝の証言によってのみ保証されていることを先に述べた。具体的には、「いとよう似たまへり」（桐壺巻43頁）という典侍の発言と、「つらつき、まみなどはいとよう似たりしゆゑ、かよひて見えたまふも似げなからずなむ」（同35頁）という帝の発言が見られる。といっても桐壺更衣付きの女房や、上の女房の反応（証言）は全く描かれていないのである。ともかくその言葉に踊らされる形で、源氏の藤壺思慕は次第に募っていく。しかし源氏自身、藤壺の魅力にストレートにひかれるているのではなく、父や典侍の言葉によって暗示にかけられていることに留意しておきたい。つまり父帝の言動（潜在的な王権獲得への意思）こそが、源氏を藤壺に異常接近させているのである（当然密通事件も承知していたはず）。

「幼心地にも、はかなき花紅葉につけても心ざしを見えたてまつる」（同44頁）とある点、花が春の桜であり、紅葉が秋の紅葉であるなら、ここにさりげなく月日の経過が込められていることになる。

源氏は時宜にかなった贈り物によって、藤壺の心をひき続けているのである。しかしそれは、一時なりともかわいがってくれた弘徽殿（継母）に対する完全な裏切り行為である。弘徽殿にとって藤壺は強力なライバルなのだから、再び後宮に緊張感がみなぎることにならざるをえない。しかもさりげなく「弘徽殿女御、また、この宮とも御仲そばそばしきゆゑ」（同）と述べられる。いつからそうなったのかは不明であるが、藤壺との不和がここにはっきり弘徽殿によって暴露されているのである。また「弘徽殿女御、中宮のかくておはするををりふしごとに安からず思せど」（花宴巻353頁）ともあり、具体的な描写は一切ないけれども、これは必ずしも弘徽殿の一方的な思い込みではなく、藤壺側の意識や働きかけもあったであろう。それにもかかわらず物語は、弘徽殿側を加害者・藤壺側を被害者として形象しているのである。藤壺が「かがやく日の宮」と称されることを、弘徽殿は女としてどのような思いで見ていたであろうか。

既にこの時点において、後宮における両者の確執は相当深刻なものとなっているようだ。もちろんそれは入内当初からのものであり、むしろ藤壺側からすれば順調に後宮制覇を進めていることになる。なお「そばそばし」に関しては、左右大臣間においても「大臣の御仲ももとよりそばそばしうおはする」（二賢木巻102頁）状態であった。

後宮における両者の対立は、皇子（冷泉帝）出産後における藤壺の、

命長くもと思ほすは心憂けれど、弘徽殿などのうけはしげにのたまふと聞きしを、空《むな》しく聞き

なしたまはましかば人笑はれにや、と思しつよりてなむ、やうやうすこしづつさはやいたまひける。

（二紅葉賀巻325頁）

と言う記述によっても再確認される。ここでは誕生した皇子のためと言うより、我が身を呪詛した弘徽殿を悔しがらせるために命を惜しんでいるのである。これは女の戦いなのだ。

そもそも藤壺入内は、桐壺帝とのかかわりのみが問題であり、たとえ源氏が亡き更衣の忘れ形見であろうとも、だからといって藤壺側に源氏をかわいがる必然性は何もないはずである。藤壺にしてみれば、源氏をどのように扱うかという選択が行われ、慎重に検討した結果、後宮における強力な武器として、光源氏を我が方に手懐けておく方が都合が良いという判断が下されたのではないだろうか。光源氏をかわいがることが、即ち藤壺の文化サロンを賑わせることになるし、また帝の頻繁な訪れを促すことになるからである。逆に弘徽殿にとって源氏の離反は、必然的に帝の訪れが遠ざかるという苛酷な現実を象徴している。後宮の玉とも言うべき源氏の引っ張り合いにおいて、弘徽殿は完全に敗北したのである。そのためか紅葉賀巻における源氏の青海波舞いの反応、

春宮の女御、かくめでたきにつけても、ただならず思して、「神など空にめでつべき容貌かな。うたてゆゆし」とのたまふを、若き女房などは、心憂しと耳とどめけり。藤壺は、おほけなき心のなからましかば、ましてめでたく見えましと思すに、夢の心地なむしたまひける。

（紅葉賀巻312頁）

や、花宴巻の詩作における、

中宮、御目のとまるにつけて、春宮の女御のあながちに憎みたまふらんもあやしう、わがかう思ふも心憂しとぞ、みづから思しかへされける。（花宴巻355頁）

といった藤壺と弘徽殿の対立は、いずれも源氏の評価をめぐって展開されているのである。(11) 弘徽殿が「あながちに憎む」のに対して、藤壺はその反対に「かう思」っている。ここに藤壺の源氏に対する隠れた愛情が吐露されているとも読めるのだが、少なくともそれが弘徽殿を意識した上でのものであることには注意しておきたい。また桐壺帝退位後の生活においても、

今は、まして隙《ひま》なう、ただ人のやうにて添ひおはしますを、今后は心やましう思すにや、内裏にのみさぶらへば、立ち並ぶ人なう心やすげなり。（葵巻17頁）

と互いに牽制し合っている（桐壺更衣の処遇に類似）。桐壺帝の臨終場面などにも、

大后も参りたまはむとするを、中宮のかく添ひおはするに御心おかれて、思しやすらふほどに、おどろおどろしきさまにもおはしまさで隠れさせたまひぬ。（賢木巻97頁）

とあり、結局弘徽殿は桐壺帝の臨終に立ち合えなかったのである。両者は呉越同舟どころか不俱戴天の関係になっていたのである（どうも后同士は同席しないらしい）。要するに藤壺側の事情としても、源氏の存在を最大限に利用しなければならないわけである。紅葉賀巻や花宴巻に明示された両者の対立を、桐壺巻以来の「そばそばし」き関係の延長と見ることは可能であろう。

六、「聞こえ通ひ」の解釈

元服後の源氏は、もはや藤壺と直接対面することは許されない。そのため視覚から聴覚へと切り替えられ、「琴笛の音に聞こえ通」（桐壺巻39頁）う他はなかった。この「通ひ」に関して吉沢義則氏は、「聞き通ひ」であるから聞くことによって思慕の情の往来する意である。藤壺はこと（弾物）源氏は笛である。簾を隔ててではあるが、藤壺はことの音に思慕の情を載せ、源氏は笛の音に思慕の情を載せ、その思慕の情を載せた楽声が往来するのである。恋したのは源氏ばかりでなく、藤壺もまた源氏を思っていたことを隠微ながらも巧妙に物語ってゐるのである。

（『源氏随攷』晃文社94頁）

と述べておられる（「聞き通ひ」は河内本等の本文）。さらには若紫巻の、

例の、明け暮れこなたにのみおはしまして、御遊びもやうやうをかしき空なれば、源氏の君もいとまなく召しまつはしつつ、御琴笛などさまざまに仕うまつらせたまふ。いみじうつつみたまへど、忍びがたき気色の漏り出づるをりをり、宮もさすがなることどもを多く思しつづけけり。

（一若紫巻235頁）

との関連をも指摘しておられる。この卓見は萩原広道の『源氏物語評釈』にも「琴は藤つぼ、笛は源氏の物の音にあつる説よし。次下にも似たる事あり。凡和漢ともに物の音によりて情をかよはすこと

おほし」とある。現代注などでも肯定されており、本文解釈上はほぼ定説となっているようである。しかしながら藤壺の理想性に反するということで、藤壺研究においては無視されるか、または否定されている。木船重昭氏など、源氏の才能を語る「琴笛の音にも雲居をひびかし」（桐壺巻39頁）を証拠として、琴も笛も光源氏のものと断じておられる。(12)これをあくまで源氏の一方的な片思いとするのは、(13)本文を離れて藤壺に対する先入観・思い込みがあるのかもしれない。ここはやはり「通ひ」という言葉を普通にとって、積極的に藤壺も源氏に心を通わせているとすべきではないだろうか。どうも藤壺像に関しては、享受者自身が本文を越えて理想化しすぎている傾向が強いように思われる。もちろん解釈が二様に分かれるとしても、それを二者択一としてとらえるのではあまりに単純すぎよう。前述の如く藤壺は、後宮掌握の手段として源氏を引き付けているのである。合奏で源氏と心を通わせているからといって、それが即藤壺の源氏に対する愛情とは結び付くまい。(14)むしろ問題は、それを愛と誤解しているであろう源氏の側にこそ存するのだ。

繰り返すことになるが、源氏は母の顔を知らないで育った。そのため典侍や父から藤壺が亡き母に生き写しだと洗脳され、それを信じて藤壺を慕うのである。藤壺もまた源氏を引き付けるために、あえて母親役を演じていたのかもしれない。桐壺帝の桐壺更衣寵愛と言い、源氏の夕顔思慕と言い、それが共に誤解の論理に基づく理想像であることはかつて論じたところである。(15)そうするとこの藤壺の理想像もまた、桐壺帝の策略と藤壺の後宮戦術の中に発生した幻影なのではないだろうか。結局源氏を藤壺に異常接近させたのは、他ならぬ桐壺帝自身の意思だったのである。[16] そして若き源氏は藤壺の内面的思惑等全く理解できず、いつも虚像にすぎない一方的な理想像を追い求め続けるのだった。藤壺論の危険性は、まさにその点に存するのである。

七、まとめ

後宮の静寂の中で、多くの女性達がうごめいている。そこは一対の男と女の恋愛形態など存在しない、おぞましい世界である。一旦そこに入内したら、もはや無邪気な内親王ではいられない。まわりの女性達は、生き抜き勝ち残るために必死になっている。食うか食われるかのサバイバルゲームにおいて、善良さなど何の役にも立ちはしない。よしんば「妃」という特別待遇ではあっても、自分以外は全て敵である（ひょっとすると侍女の中にもスパイが紛れ込んでいるかもしれない）。帝の寵愛を受ければ妬まれるし、ちょっとでも隙を見せれば付け込まれる。邪魔な女性はあらゆる方法を駆使して排除しなければならない。そうして弘徽殿は桐壺更衣を闇の中で始末した。今度は自分が狙われるに違いない。帝の寵愛は名ばかりで、全く実体の伴わないものである。黙って手をこまねいていたら、簡単に相手の罠にはまってしまうだろう。後宮で勝ち抜くためには、こちらから積極的に手を打たなくてはならない。

藤壺はほとんど生の声を発さないが、だからと言って何も考えていないわけではあるまい。彼女は入内の前から既に強い自覚があり、入内後は沈黙の中で苦悩しつつも、勝利に向かって戦っていたのである。その結果として、桐壺更衣同様に「げに、春宮の御母にて二十余年になりたまへる女御をおきたてまつりては、引き越したてまつりたまひがたきことなりかしと、例の、安からず世人も聞こえけり」（紅葉賀巻348頁）と世間の批判を浴びながらも、弘徽殿を押し退けて立后しているのである。もっとも「引き越し」という表現を重視すると、それまでは弘徽殿の方が上位にあったとも読めるので、必ずしも藤壺が弘徽殿より上位に位置していたとは断言できないことになる。これはおそらく反対派（藤原氏）の一方的な意見であろうが、彼等にとっては内親王も妃も既に恐れるに足らない存在となっていたのである。むしろここで后になることによって、藤壺は無理矢理に弘徽殿に決定的な差をつけたわけである。また桐壺帝の退位と引き換えに、不義の子であることを十分承知の上で、我が子冷泉帝の立太子を切望し、そして実現させていることも見逃せない（二葵巻17頁）。この達成には、もちろん帝と左大臣の協力が必要ではあったが、それは決して純真な藤壺寵愛のなせるわざではなく、前述の如く藤壺が桐壺帝を独占し、弘徽殿側の意見等を排斥しているからでもあろう。また右大臣家（弘徽殿）の勢力拡大を抑制するという両者共通の利害関係が一致していることも重要ではないだろうか。少なくとも藤壺は、不明瞭な男女間の愛情ではなく、もっとはっきりとした形あるものを求めていたと思われる。

そのため帝の崩御により左大臣が没落・致仕してしまうと、「今はいとど一族のみ、かへすがへす栄えたまふこと限りなし」（賢木巻138頁）と右大臣家一色になってしまう。こうなってはかつて母がそうしたように、后という自らの高い地位をフルに活用して、「わが身をなきにしても春宮の御世をたひらかにおはしまさば」（同）と冷泉帝即位を実現させるしかない。そのためにも後見人たる源氏に早く大人になってもらわなければならない。こうして突然の出家によって内面までも変貌したかの如く、今まで無言であった策略家藤壺が舞台で脚光を浴びることになる。彼女はもはや源氏の視点人物（理想女性）ではなく、自立した強い母として物語に表出し、むしろ源氏をさえリードする存在なのである。これは藤壺が源氏に奉仕しているのではなく、冷泉帝擁立が藤壺にとって最大の関心事だからであろう。

桐壺帝後宮における藤壺には、自分が桐壺更衣の形代でしかないという女としての愛の渇きがあったに違いない。その苦悩と背中合わせで、権勢への道が紡ぎ出されていくと読みたい。藤壺は決して母になってから変貌したのではなく、入内当初から彼女なりにしたたかに生きていこうと決意していたのだ。そのことを桐壺巻における母后の発言や、「かがやく妃の宮」・「うけばりて」・「そばそばし」・「聞え通ひ」といった言葉の吟味を通して紡ぎ出してみたわけである。桐壺更衣の場合と同じく、後宮に生きるということは、否応無くこういった政治性を引きずっていくことなのであった。

本論の読みは抒情性には欠けるかもしれないが、意外にたくましく生きる後宮女性の一面は提示できたと思う。従来の藤壺論を否定するつもりはないが、ここで提示したような読みもまた全面否定できないのではないだろうか。そうであってこそ藤壺は、まさに桐壺更衣の再来たりうるのである。

注

（1）後藤祥子氏「藤壺」国文学13―6・昭和43年5月、大朝雄二氏「藤壺」『源氏物語講座三』有精堂・昭和46年7月、鈴木日出男氏「藤壺はなぜどのように変貌したか」国文学25―6・昭和55年5月、伊藤博氏「藤壺中宮」源氏物語必携Ⅱ・昭和57年2月、中野幸一氏「藤壺」国文学36―5・平成3年5月等参照。特に鈴木氏の「藤壺の人物造型を、恋の人間像から政権の人間像へ変貌したとみるのは、必ずしも妥当ではない。しかしながら、特に桐壺院の潜在的な皇権の意思に導かれて政治的状況のなかではげしく相対化されるために、彼女の懸命の保身の術があたかも政権的であるかのような印象を与えることにもなる。したがって、ここから人物像の変貌を指摘するとすれば、むしろ、状況が熾烈さを加えるのに応じて自己凝視の度合を強化せざるをえなくなるという点が、もっとも重要であろう」という指摘は、桐壺院側の働きかけという点で私見と一致する。ただし私見は藤壺自身の描かれざる意思を前提としているので、結論は自ずから相違する。

（2）吉海「桐壺更衣」（本書所収）。その他、葵の上・空蝉・夕顔・紫の上・女三の宮・浮舟等も本人自身と外部視点による像とにズレが生じており、それによって筋の展開が導かれている。

（3）藤壺は普段の生活が心細いから入内させられている。ところが桐壺更衣は、逆に後宮が「もの心細げ」（桐壺巻17頁）なので「里がち」になっていた。また藤壺は母の遺言に反して入内しているが、更衣は父の遺言に従っての入内であった。後見人の有無や身分差等を含め、両者は容貌の類似以外は全て正反対の女性なのである。なお先帝に関しては、退位に際して我が子（第一皇子は兵部卿宮？）を立太子できなかったようである。もちろん前坊が先帝の第一皇子であれば話は別だが、あるいは急死（含暗殺）とか出家等が想定されないだろうか。複雑な皇位継承問題もそれ故に発生することになる。しかしながら先帝一族もそれなりに帝位奪回・皇族勢力挽回を計っており、その証拠に桐壺帝一族と網羅的に姻戚関係を結んでいる。その手始めが藤壺入内であり、それによって兵部卿宮の立太子の可能性も再浮上するかもしれない。そうでなくても後に藤壺腹の冷泉帝が即位するわけである。続いて藤壺女御の朱雀帝入内、兵部卿宮（式部卿宮）娘の冷泉帝入内が行われており、こういった政治的な動きも無視できない。

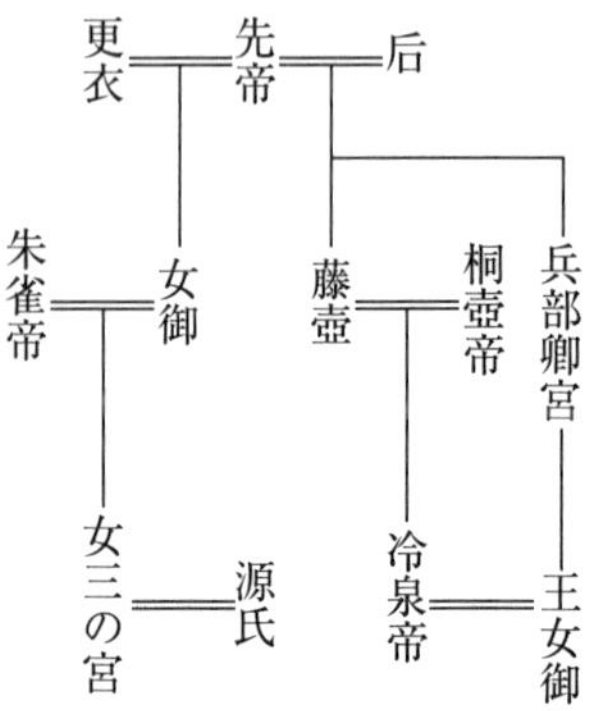

(4)原則として藤壺は「らうたし」とは形容されない。ただし源氏は、密通場面において心憂く思う藤壺を「なつかしうらうたげに」(若紫巻231頁)と見誤っている。しかしこれは桐壺帝の桐壺更衣に対する「なつかしうらうたげなりし」(桐壺巻35頁)という述懐(誤解)の焼き直しにすぎない。夕顔に対する誤解といい、若き日の源氏の眼はあまりあてにならないようである。

(5)もちろん左大臣の娘たる葵の上が入内する可能性も考えられる。少々若すぎるとしても、藤壺とは二歳程しか離れていないのである。この時期既に源氏は七歳をとっくに過ぎているのだから、葵の上はおそらく十二歳以上にはなっているはずである。道長は彰子の成長を気長に待って、十二歳で一条帝に入内させている。藤原氏の左大臣が長期政権を望むとすれば、絶対に娘を宮廷(帝・東宮・皇子)に入内させるはずである。それを源氏の添臥にした点、歴史的には明らかに「錯誤の人」であった(朱雀院と同列)。もっとも桐壺帝入内となれば、源氏の存在感が薄くなってしまうから、この道は物語の論理として最初から閉ざされざるをえない。また桐壺更衣のゆかりとしては、宇治十帖のように新たに更衣の異母姉妹を登場させるとか、紫のゆかりのように更衣の姪等も可能なはずであるが、それでは身分的な問題の解決にはならないし、第一源氏との密通という問題が近親相姦になってしまう。そこで打開策として、他人の空似が創造されたのではないだろうか。

(6)高橋和夫氏「源氏物語の方法と表現—桐壺巻を例にして—」国語と国文学68—11・平成3年11月。もっと穿った見方をすれば、桐壺帝は天皇親政を望んでおり、左大臣家が強大な権力を持つことも不都合なので、両家(共に藤原氏)を争わせることによって、両方の力を減少させているのかもしれない。

このような読みが可能ならば、桐壺帝には皇族の勢力挽回に努めた宇多天皇（賢帝）が投影されていることになる。当然藤壺と弘徽殿には、為子内親王と穏子との勢力闘争が考えられる。歴史的には為子の死（桐壺更衣の投影?）によって、穏子腹の朱雀天皇が帝位を継承するのであるが、物語では藤壺の活躍によって皇族（先帝一族）の勢力も強大化されていく。

（7）ただし増田繁夫氏は、尊子内親王が「昨夜二品女親王（承香殿女御）云々」（『小右記』天元五年四月九日条）と呼ばれていることを根拠に、『源氏物語』以前の内親王が全て妃として入内しているとする今西説に反論されている（「弘徽殿と藤壺—源氏物語の後宮—」国語と国文学61—11・昭和59年11月、「藤壺は令制の〈妃〉か」人文研究43・平成3年12月）。その他、小松登美氏「『妃の宮』考」跡見学園短期大学紀要7、8・昭和46年3月、後藤祥子氏「藤壺の宮の造型」『源氏物語作中人物論集』勉誠社・平成5年、吉野誠氏「藤壺『妃の宮』の出産と生死をめぐって—物語における『史実』考—」物語研究2・平成14年3月もある。

（8）北山谿太氏のみ主語を桐壺帝としておられる（『源氏物語の新研究桐壺篇』武蔵野書院・昭和31年1月、178頁）が、それは藤壺の理想的女性像に反するという著者の先入観によるのではないだろうか。

（9）藤壺の懐妊・出産にしても、予定日は十二月でありながら、実際は二月中旬に出産しており、二か月ものズレが生じている。藤壺が里下がり中に懐妊（密通）したことを隠蔽するために妊娠時期を二か月早めに報告し、宮中出仕中に帝の子を身ごもったことにしたための誤差であろうが、それで世間が疑問を抱かないのは不審である。少なくとも当事者である帝は気付いているのではないだろうか。

（10）秋山虔氏「光源氏論」『王朝女流文学の世界』東京大学出版会・昭和47年6月参照。
（11）清水好子氏はこの部分に関して、「わたしはこの藤壺に幻滅を感じる。そして、今までの藤壺とすこし違うとも思う。〈中略〉弘徽殿ごときに対抗心をもやすとは―、弘徽殿と同列になってしまう―。」（「侍女たち」『源氏の女君』塙新書・昭和42年6月）と述べておられるが、これも源氏側の視点に立脚しての発言に他ならない。むしろ清水氏が幻滅を感じた箇所にこそ、藤壺の本性が露見しているのではないだろうか。なお清水氏は後の「『源氏物語』の作風―藤壺と紫の上について―」『論集源氏物語とその前後1』新典社・平成2年5月においては、「藤壺の生臭さ」を感じとっておられる。
（12）木船重昭氏「琴笛の音にきこえかよひ―藤壺像の修正―」『源氏物語の研究』大学堂書店・昭和44年9月
（13）木船重昭氏「かがやく日の宮―解釈と准拠―」『源氏物語の研究』大学堂書店・昭和44年9月、大朝雄二氏「藤壺」解釈と鑑賞36―5・昭和46年5月参照。ただし大朝氏が藤壺の積極的な感情を肯定しないのは、やはりそこになにがしかの既成概念が存するからではないだろうか。
（14）伊井春樹氏は「それは性愛などとは異なった親しみの情愛であり、光源氏の一途に自分を慕う思いへのほほえましく思う反応でもあった」（「光源氏と藤壺の運命」『源氏物語の探究十六』風間書房・平成3年11月）と述べておられるが、本論ではもっと積極的な藤壺の意図を考えている。
（15）注（2）論文参照。
（16）同様のことは既に坂本共展（昇）氏が論じておられる（「冷泉帝誕生に関る疑惑」『源氏物語構想論』明

治書院・昭和56年3月)。

〔補注〕藤壺に関しては、後に深沢三千男氏「藤壺物語主題論―イノセント光源氏の一環として―」『源氏物語の主題上』(風間書房源氏物語研究集成一・平成10年)が私見を踏まえて論じておられる。また、黒川真未氏「殿舎「藤壺」考―史実と『源氏物語』の視座―」日本語日本文学33・令和3年6月参照。

四章　左大臣

一、従来の研究史展望

『源氏物語』の人物論は少なくないけれども、その中から左大臣に関する論文を収集するのは容易ではない。従来の人物論に関する雑誌特集等を丹念に調べてみても、独立した一項目として左大臣が設定されたことは皆無に近かった。そのことは森一郎氏の御労作『源氏物語作中人物論』（笠間書院・昭和54年12月）の付録「源氏物語作中人物論・論文目録」を参照すれば一目瞭然であり、左大臣関連論文は一本も見出しえない。(1) 幸いなことに、最近の研究において端役・脇役に対する関心が強まったこともあり、十五年後に姉妹編として編まれた同氏編『源氏物語作中人物論集』（勉誠社・平成5年1月）に至って、ようやく左大臣が取り上げられ、そこに石原昭平氏の御論が掲載されている。(2)

問題の左大臣は光源氏元服の折に初めて登場し、その引き入れ役を務めると同時に、一人娘である葵の上を源氏の添臥にしている。そのため左大臣に関する問題の大半は、娘の結婚の是非をめぐって行われていると言っても過言ではあるまい。一家の繁栄を望むのであれば、当然娘の東宮（後の朱雀帝）入内を第一に考えるはずだからである。この難問に明確な読みを提示されたのは秋山虔氏であり、錯誤とも言うべき左大臣の判断に対して、「この結婚を踏みきる左大臣は、具体的な帝王身分に優位する超世間的な価値を追及したこと明らかである。〈中略〉世俗と異次元たるべき価値が、そのまま世俗的秩序と深く相渉る物語世界の進行の文脈を読むほかないことになる」と物語的な価値観を分析しておられる。(3)

この点についてはその後、島田とよ子氏(4)によって政治的文脈が提起され、また前述の石原氏論によって、大胆な光源氏即位の可能性が論じられており、徐々に研究の成果が蓄積されてきたと言えよう。結果的には源氏と葵の上との結婚及び源氏と朧月夜との密通が、朱雀帝後宮の貧弱化を招き、朱雀帝の御代は立后すべき有力な女御不在のままその幕を降ろしている。

本論ではこれらの研究史を参照しつつも、従来とはやや異なる左大臣の存在意義を考察してみたい。それはすなわち、光源氏元服以前に描かれざる左大臣の暗躍（右大臣との勢力争い）が想定できるからであり、そう仮定してみると桐壺巻の読みがまた新たなる様相を呈してくる。そもそも後宮の争いに左大臣たるものが荷担しないのはかえって奇妙であるし、むしろ何も書かれていないことに不気味ささえ感じてしまう。

二、右大臣と左大臣の政権争い

桐壺巻は、読み手の視点によって玉虫色に変化する物語である。私は本論に先だって桐壺巻の注解

を通して、
①桐壺更衣一族の立場からの読み
②藤壺（先帝一族）の立場からの読み
③桐壺帝の立場からの読み
という三視点から主要人物の再検討を行い、従来の恋物語的な理解とは異なる桐壺巻の政治的な読み方を提示してきた。(5)その過程において左大臣の存在（あるいは不在）の不思議さが見えてきたのである。そこで今回は新たに、
④左大臣家の立場からの読み
の考察を行ってみる次第である。

さて、繰り返すことになるが、左大臣は桐壺更衣生前の後宮問題には全く姿を見せなかった。そればかりか、藤壺入内や第一皇子の立太子問題といったかなり重大な政治がらみの事件にも、その存在は一切描かれていないのである。いわば源氏元服の時点までは、物語展開に無縁の存在であったことになる。そのことは虚構の作品たる物語の必然として、あえて問題視すべきではないかもしれない。しかし、もし左大臣の不在が意図的なものであったとしたらどうだろうか。

例えば光源氏誕生に伴って、それと対照されるように弘徽殿側の描写がなされているのであるが、その際、

一の皇子は、右大臣の女御の御腹にて、寄せ重く、疑ひなきまうけの君と、世にもてかしづききこゆれど、（桐壺巻18頁）

と記述されている。従来の解釈では、この記述によって故大納言腹の桐壺更衣と大臣腹の弘徽殿女御の身分差（落差）のみを読み取っていたようである。ところがよく注意すると、ここは単なる大臣ではなく、わざわざ「右大臣」と記されているのである。この「右」に特別の意味を認めるとすれば、読者は弘徽殿女御と桐壺更衣の身分差以外に、右大臣の上位に位置する左大臣の存在を暗黙のうちに了解するのではないだろうか。つまり弘徽殿が右大臣の娘であるとすれば、その弘徽殿より上位に立ちうる左大臣の娘はどうなっているのか、どうして入内しないのか、などという疑問を抱いてしかるべきなのである。

それにもかかわらず、物語は左大臣の存在をなかなか表面化しようとはしない。と言うよりも、その時点における左大臣が葵の上の父親であるとすら断定できないのである。何故ならば、娘の年齢などから換算すると、葵の上の父左大臣は右大臣より相当若いように読めることになり、そうなるとどうして年齢の若い左大臣が右大臣の上席を占めているのか、という素朴な疑問が浮上してくるからである。しかも桐壺巻の始発から左大臣の登場する源氏元服までに、優に十二年以上もの物語歳月が経過しているわけであるから、この若い左大臣が源氏誕生以前からずっと左大臣として君臨していたとは考えにくい。つまり物語始発の時点において、葵の上の父親とは違う別の左大臣（たとえば六条御

息所の父六条左大臣）が存在していた可能性は大なのである。(6)

現左大臣が桐壺帝の外戚（叔母か姉が生母）でもあれば、こういった疑問はいとも簡単に氷解するかもしれない。しかしそのような読みの可能性はほとんど閉ざされている。つまり左大臣は桐壺帝の外戚としてではなく、桐壺帝の同腹の内親王（姉か妹かは未詳）を正妻にしていること（臣籍降嫁）によって、左大臣の地位を獲得・保持していると考えられるからである。そうなるとその地位は桐壺帝一代限りのものでしかなく、桐壺帝が退位すれば政権はあっさりと他に移ってしまうような不安的なものであった。だから左大臣が一族の安定と将来の繁栄を考慮すれば、当然外戚政策を確立するために、天皇や皇太子に娘を入内させせなければならないことになる。しかし葵の上は、桐壺帝後宮に入内するにはあまりにも若すぎたために、源氏の添臥にされているのである。(7)

いずれにせよ、本文にわざわざ「右大臣」と明記しているのは、それによって「左大臣」の存在を想起させる装置であることを、ここで改めて確認しておきたい。

三、後宮政策における左大臣の暗躍（一）――桐壺更衣をめぐって――

桐壺巻では、後宮における右大臣の優位が、桐壺更衣・光源氏との対比として語られている。そのことは当事者たる故大納言一族のみの問題ではなく、むしろ左大臣家の将来にとってもゆゆしき問題であったはずである。

近い将来における政権の交替は、為政者たるもの常に想定していることであり、それを黙って見ているようでは有能な為政者とは言えない。もし左大臣が有能であるのなら、当然描かれざる部分であらん限りの政治活動を行っていると見るべきではないだろうか。そのように仮定して本文を読むと、そういった左大臣の暗躍ととらえられなくもない箇所がいくつか浮上する。例えば光源氏誕生後の記述に、

この皇子生まれたまひて後は、いと心ことに思ほしおきてたれば、坊にも、ようせずは、この皇子のゐたまふべきなめりと、一の皇子の女御は思し疑へり。（同19頁）

とある。桐壺更衣への寵愛故に、帝が源氏を皇太子にするのではと弘徽殿の不安が語られているところであるが、立太子決定に至る常識的な政治の動向からして、少なくとも帝の独断でそれが決定されることはありえまい。また立太子の条件として、皇子の美貌や才能は必ずしも絶対ではないはずであるが、物語においては源氏の美点を繰り返し語ることによって、あたかも一の皇子を凌ぐような錯覚に陥ってしまう。もちろんそれを現実より優先する物語の論理と見ることも可能ではあるが、そういった表層的な比較の背後に、源氏の美を評価し承認する勢力が存在すると考えたらどうであろうか。というよりも逆に右大臣の孫を皇太子にしたくない政治家の筆頭として、必然的に左大臣一派の勢力が透視されてくるはずなのである。

つまり、右大臣は必ずしも帝が桐壺更衣を寵愛していることをのみ恐れているのではなく、また光

源氏の美貌や才能を警戒しているのでもなく、むしろ本当の敵は描かれざる左大臣一派の挙動であり、彼等が帝の寵愛深い桐壺更衣や源氏を巧妙に利用することをこそ最も懸念しているのではないだろうか（そのことは右大臣が宇治八の宮を担ぎ上げたことによって逆照射される）。

そうなると源氏の袴着における、

この皇子三つになりたまふ年、御袴着のこと、一の宮の奉りしに劣らず、内蔵寮、納殿の物を尽くしていみじうせさせたまふ。（同21頁）

という記述も同様のことが言える。ここにおける一の皇子（朱雀帝）と源氏の対比について、従来は帝の寵愛という面ばかりが強調されていたが、本当に天皇が独断でそんなことができるのか、あるいはそれによって右大臣に圧力をかけて得をする人物は誰かと考えた時、やはりここでも見えざる左大臣の存在、つまりそれを容認あるいは積極的に奨励している左大臣の暗躍が想定されてくるのである。

もしこういった想定が可能ならば、物語をもっと遡らせて、桐壺更衣入内の経緯を振り返ってみたい。残念ながら桐壺更衣の入内に際して、左大臣がどのような役割を果たしたのかは皆目わからない。従来までは、更衣の入内は単純に故大納言の遺志を北の方が忠実に守った結果として読まれていたようだが、仮に故大納言の遺言の前提として、大納言が亡くなったとしても左大臣が裏で後見するという密約が交されていたとすればどうであろうか。左大臣が弘徽殿の勢力に対する抵抗を目論んで、養女ではないにせよ、桐壺更衣の入内を積極的に奨励していたとすれば、当然右大臣側は強固に反対したであろう。その結果として、大納言の娘でありながら女御になれなかったというのであれば、桐壺更衣の設定としてそれなりに納得できるかもしれない（従来は父の死去のみをその根拠にしていた）。もちろんだからといって左大臣は、大納言家の再興・繁栄を願っていると考える必要はない。とにかく右大臣との抗争を有利にするために、あえて弘徽殿の対抗馬を求めていたと考えれば、それなりに論理的に納得できるのではないだろうか。

桐壺更衣臨終直前の輦車の宣旨、さらに追贈三位についても、おそらく左大臣の後押しなくしては、帝といえども独断で押し切ることはできなかったと思われる。もちろん輦車は重病人故にやむをえないとしても、更衣死後の三位追贈に対しては、「これにつけても、憎みたまふ人々多かり」（同25頁）とある点、弘徽殿側は強く反対したようである。この場合も、右大臣が強く反対していることを天皇の独断で、換言すれば更衣に対する愛情を優先させる形で本当に決定できるのであろうか。その時点で既に桐壺帝は親政可能なほどに強大な権力を有していたのであろうか。もしそうでないとすれば、やはりこの決定にも左大臣が関与していると考える方が妥当であろう（もちろん右大臣が桐壺更衣のたたりを恐れて、しぶしぶながらも承知したと読めなくもない）。

一の皇子の立太子にしても、物語は桐壺更衣の死去を経て、その延長線上に、

明くる年の春、坊定まりたまふにも、いとひき越さまほしう思せど、御後見すべき人もなく、また、世のうけひくまじきことなりければ、なかなかあやふく思し憚りて、色にも出ださせたまは

ずなりぬるを、（同37頁）

と語っているが、ここもすんなり皇太子が決定したことの明示として意味があるのではなく、左大臣がここまで延期してきたとも読める。

高麗の相人にしても、右大弁は帝の命令で動いているというよりも、背後にいる左大臣の指令で動いているとは考えられないだろうか（当然ながら右大弁は左大臣側の人間であり、元服の折に再登場する）。そう見た方が次期政権担当者たる「春宮の祖父大臣」（同40頁）という表記が、「右大臣」という表記以上の重みをもってイメージされるし、それに対して桐壺帝と左大臣の現勢力が抵抗しているという見取図が容易に描けることになる。もっと深読みすれば、こういった予言の実現に関しても、左大臣の思惑が関与している可能性すらあるわけである。

四、後宮政策における左大臣の暗躍（二）――藤壺をめぐって――

藤壺入内に関しても同様のことが考えられる。表面的には帝の亡き桐壺更衣への変わらぬ愛情が、その面影を宿す先帝の四の宮入内を要請しているように読めるのだが、それはあくまで体裁であって、入内した藤壺に必然的に求められるのは、寵愛に伴う弘徽殿との後宮把握闘争であった(8)。少なくとも母后の「あな恐ろしや、春宮の女御のいとさがなくて、桐壺更衣のあらはにはかなくもてなされにし例もゆゆしう」（同42頁）という過剰なまでの恐れは、後宮における弘徽殿への恐怖のみならず、右大臣側からの入内反対の圧力が加わっていたことも考えられよう。もしそうなら、ここにも桐壺帝と左大臣の政治的配慮が考えられてしかるべきではないだろうか。

実は藤壺と葵の上の年齢差はわずか二歳であった。つまりこの時点で葵の上の桐壺帝入内という可能性も存するはずなのである（朱雀帝よりも年上）。もちろん葵の上の容貌は桐壺更衣に似ているわけではないが、右大臣に対する牽制という意味では、かなり効果的なはずである。しかしこの可能性は従来吟味されることすらなく、東宮入内へと単純にズラされている。

もっとも不可解なのは、第一皇子の立太子及び弘徽殿の立后がかなり強引に延引されていると思われる点である。皇太子に関しては、廃太子事件とも絡むので一概には論じられないけれども、それにしても何故皇太子の空白期間を長く設定しなければならないのかわからない。物語はそこに帝の私的な感情（桐壺更衣の寵愛）を描いており、だからこそ光源氏立太子の可能性が読めることになる。しかしそれだけでは完璧に答えたことにはなるまい。つまり、それならば桐壺更衣の死後早々と立太子及び立后が記述されるはずだからである。それにもかかわらず弘徽殿の立后が延引されているのは、やはりその背後に右大臣への権力集中を妨害・阻止しようとする左大臣の暗躍を想定すべきではないだろうか。要するに右大臣が勢力を増して最も都合が悪いのは、他ならぬ左大臣その人だからである。弘徽殿の立后拒否などはその最たるものであろう。それにもかかわらず物語では、あくまで帝の意思として桐壺更衣への寵愛が、その死後は藤壺への寵愛が描かれているのである。

桐壺帝の背後には常に左大臣の存在があり、桐壺帝の意思は左大臣の意思でもあった。こう読むことは、物語の展開からしても政治的な文脈からしてもあながち無謀ではあるまい。左大臣の暗躍すべき政治的事件としては、ライバルたる右大臣の勢力拡大を阻止することが第一だからである。そのラインで考えれば、左大臣による桐壺更衣への後押し、藤壺入内の促進、第一皇子の立太子及び弘徽殿立后の延引、最終的な藤壺立后といった政治的策略の意味がたちどころに氷解するわけである。物語といえども、こういった政治から無縁でありえないとすれば、描かれざる左大臣の暗躍も、あながち全面否定できないのではないだろうか。むしろこのような政治家の意図が絡み合う後宮世界こそが、主人公光源氏の出発点として適しているように思えてならない。

左大臣は右大臣との政権抗争、特に摂関政治体制においては最も重要な後宮問題で遅れをとってしまった。その遅れを取り戻す窮余の策として、右大臣に対抗できそうな桐壺更衣・光源氏・藤壺を次々と利用し、その後見を最初は陰で、源氏元服以後は葵の上の婿として正面切って堂々と行っているのである。その結果、

この大臣の御おぼえいとやむごとなきに、母宮、内裏のひとつ后腹になむおはしければ、いづ方につけてもいとはなやかなるに、この君さへかくおはし添ひぬれば、春宮の御祖父にて、つひに世の中を知りたまふべき右大臣の御勢ひは、ものにもあらずおされたまへり。（同48頁）

と、権勢を確固たるものにしていた。これに関して森一郎氏は、

源氏物語は、かような左大臣の心情や動機の委細を語っているわけではない。しかし、右に述べてきたごとき世界を、十分に論理的に読みとらせる書き方になっているのである。と述べておられる。(9) 本論では森氏の御説をもう一歩進めて、その語られざる左大臣の政治活動をいささか深読みしてみたわけである。

五、後宮と政治

こういった仮説を前提にすると、源氏と葵の上はまさしく政略結婚となる。左大臣からすれば、女婿として源氏を取り込んだわけであり、夫婦の愛情以上に婚姻関係そのものが重要であった。左大臣と右大臣の勢力争いを述べた後に、

御子どもあまた腹々にものしたまふ。宮の御腹は、蔵人少将にていと若うをかしきを、右大臣の、御仲はいとよからねど、え見過ぐしたまはで、かしづきたまふ四の君にあはせたまへり。（同48頁）

と、左大臣家の子供達が多いとわざわざ記されるのも、やはり政治的な意味あいを有しているのである。もっともこの記述にはやや誇張がある。「腹々」といっても左大臣の妻として大宮以外の女性の存在は語られない。また「あまたものしたまふ」はずの子供にしても、葵の上以外に娘はいないようだし、息子にしても頭中将以外に異母兄弟はわずかに左衛門督（藤大納言？）・権中納言（東宮大夫？）・左中弁（蔵人弁）の三人しか見当たらない（重複の可能性もある）。これで子供達が多いといえるので

あろうか。またこの時点で跡取りたる頭中将の地位はやっと蔵人少将であり、左大臣の後継者となるにはまだ相当時間がかかりそうである。左大臣としては頭中将を右大臣の婿にしてでも、もうしばらくは今の安定を保持していくしかあるまい。

物語はこういった左大臣家の事情を内包しながらも、表面的には源氏の藤壺思慕をベースとして、帚木三帖以下の中の品物語が展開していく。ひょっとすると頭中将が源氏につきまとっているのは、単にライバルとして対抗意識を燃やしているだけでなく、「忍ぶの乱れや、と疑ひきこゆる」(帚木巻53頁)左大臣の内意を受けて、源氏の行動を密かに監視していたのかもしれない。その証拠に頭中将は、「雨夜の品定め」の直後や末摘花邸で出会った後など、極力源氏を左大臣家に連れていっているではないか(源氏の藤壺思慕にも薄々気付いているかもしれない)。夕顔巻における重病時には、「大殿も経営したまひて、大臣日々に渡りたまひつつ、さまざまのことをせさせたまふ」(183頁)とあるし、また若紫巻においても「大殿より、「いづちともなくておはしましにけること」とて、御迎への人々、君たちなどあまた参りたまへり」(222頁)と左大臣が心配しているのは、単に女婿に対する愛情という以上に、左大臣政権において源氏という存在がいかに重要であるかを如実に物語っているのではないだろうか。

こうした弛まぬ努力によって、左大臣はしばしの安定政権を獲得した。桐壺帝の譲位後も院政的な状態であり、右大臣の野望(栄華獲得)はかなり延引されている。しかしそれも束の間、桐壺院崩御という不測の事態によって、左大臣も、公私ひきかへたる世のありさまに、ものうく思して、致仕の表たてまつりたまふを、帝は、故院のやむごとなく重き御後見と思して、長き世のかためと聞こえおきたまひし御遺言を思しめすに、棄てがたきものに思ひきこえたまへるに、かひなきことと、たびたび用ゐさせたまはねど、せめてかへさひ申したまひて、籠りたまひぬ。（二賢木巻138頁）

と形勢は一挙に逆転し、左大臣は辞任して閉塞してしまう。しかしながら敵対勢力の長たる右大臣（太政大臣）の死去・弘徽殿の病気・朱雀帝の早期退位などによって、再び政界に帰り咲くことになるのである。そもそも源氏が須磨・明石から帰還できたのは、朱雀帝が桐壺院の霊からにらまれる夢を見たことにより、眼病を煩ったことを契機とする（三条帝の譲位に類似）。もちろんその前に、「その年、朝廷《おほやけ》に物のさとししきりて、もの騒がしきこと多かり」（二明石巻251頁）と、しばしば天の啓示があったと記されることも重要であろう。

源氏召還と時を同じくして朱雀帝の譲位、東宮（冷泉帝）の即位が行われ、源氏は内大臣となる。権力を握った源氏は「致仕の大臣、摂政したまふべきよし譲りきこえ」（澪標巻283頁）て、左大臣も摂政太政大臣として返り咲くのである（藤原良房に類似）。こういった問題を全て天変地異や物のさとし、あるいは予言の実現として理解するのも悪くはない。しかし結果論として、一人源氏が浮上しただけでなく、左大臣家も一緒に浮上していることを見逃してはなるまい。もちろん潔く身を引いていた左大臣を、若い源氏があえて登用したと読むこともできなくはない。ただここで考えておきたいのは、天変地異は常のことであり、それを政治家達が利用してきた長い歴史があるということである。換言すれば、右大臣に対抗する一派がそれを朱雀帝譲位に利用したとしてもおかしくはなかろう。天皇の交替は単に天皇家の問題のみならず、それを補佐する臣下にとってもゆゆしき問題だからである。朱雀帝が譲位し、右大臣（太政大臣）まで亡くなった右大臣家がその後どうなったかを見れば、そのことは明瞭となる。結局、藤大納言を筆頭とする右大臣の息子達の力では、そのまま政権を保持することなどできなかった（それは朱雀院の御代における左大臣家の繰り返しでもある）(10)。

もちろん彼等とて、みすみす指をくわえて事の成り行きを見ていたわけではなかろう。彼等は彼等なりに政権を継承・保持すべく努力したはずである。その努力が実らなかったのは、それ程に源氏の勢力が絶大だったからと言えるだろうか。その答えはもちろん否である。源氏は須磨に流謫していたのだし、もともと源氏にはしっかりした後見など不在であったのだから。そうなると右大臣一派の必死の抵抗を制圧するだけの勢力を有しうるのは、やはり左大臣一派しかあるまい。つまり源氏が須磨に流謫している間に、政権奪回のレジスタンスは水面下で着々と進められていたわけである(11)。須磨巻において頭中将がわざわざ源氏に会いにやってきたのも、単なる友情の表出ではなく、そういった政治的な要素を含んだ使者としての一面も考慮すべきかもしれない(12)。物語はかくのごとく政治を孕んで進行するのである。

光源氏須磨流謫が、高麗の相人の予言した「乱れ憂ふること」（桐壺巻40頁）であるとすれば、それを回避できたのは決して源氏一人の力ではなく、かくのごとき左大臣の暗躍あってこそであった。

まとめ

こうして左大臣の深慮遠謀により左大臣家は復興し、「とりわきて宰相中将、権中納言になりたまふ。かの四の君の御腹の姫君十二になりたまふを、内裏に参らせむとかしづきたまふ」（澪標巻283頁）と、次期政権担当者たるべき頭中将の昇進並びに娘の入内準備が記されている。しかし窮余の策として左大臣が選択した冷泉帝の後見たる源氏の台頭と、手を結んだはずの源氏の押す斎宮女御が立后したために、弘徽殿女御立后の夢は崩壊してしまう。弘徽殿女御が冷泉帝の皇子を出産しなかったのが一番の誤算であろうか（そのため東宮に明石姫君を入内させた源氏の方が有利となる）。そうなると冷泉帝に皇子誕生が描かれないのは、単に源氏側の問題のみならず、左大臣側にとってもゆゆしい問題であったことになる。こうして頭中将以下の藤原氏は、完全に源氏に押え込まれてしまうのである（絵合巻における絵合せの勝敗がその象徴）。

左大臣と右大臣の抗争は、どちらが勝利しても藤原氏内部の私的な問題なので、摂関政治が崩壊する心配は皆無であった。ところが内部抗争の勝利のために打った秘策が、いつしか藤氏全体の首を締める最悪の事態を招いてしまう。結局、左大臣の個人的な選択は、物語のめざす天皇親政（源氏補佐）というもっと大きな政治の中に利用されてしまったと言えようか。もちろんそこに左大臣以上にすぐれた政治家としての光源氏像を想定することも可能であろう。

以上見てきたように、左大臣は決して人の良いだけの人物（錯誤の人）ではなかった。むしろ長期的展望のできる有能な政治家であったことを、ここで改めて強調しておきたい。本論の論題を「左大臣の暗躍」としてもよさそうである。こうして左大臣は薄雲巻において、「そのころ、太政大臣亡せたまひぬ」（442頁）と、六十六歳の生涯を終えた。面白いことに左大臣（太政大臣）の死去の直後に天変地異と物のさとしが記されており、明石・澪標巻の繰り返しのような感すらある（藤壺も死去）。そうなると天変が再び政治に利用されることになり、当然冷泉帝の譲位に伴う政権交替劇の可能性が読めることになる。(13) もちろん冷泉帝の譲位は描かれず、代わりに冷泉帝は源氏が実の父であることを知らされる。これによって源氏と帝の提携は一層強まるわけで、光源氏政権はかえって磐石なものとなった。ここに譲位や政権交替が行われなかったということは、そういった反対勢力を光源氏が描かれざる部分で一掃したからであろう。

そう考えると、左大臣死去の記事が置かれた意味は大きいことになる。もしこの英明な左大臣がもう少し長生きしていたら、源氏にかわって頭中将が政権を獲得できたかもしれないからである。(14)

注

（1）かろうじて古賀昭子氏「「源氏物語」における左大臣家」香椎潟19・昭和48年10月、目加田さくを氏

「左大臣系性格」『源氏物語論』（笠間書院）昭和50年5月、藤村潔氏「摂政太政大臣の薨去」『古代物語研究序説』（笠間書院）昭和52年6月、小山清文氏「源氏と左大臣家の御仲らひの物語―六条院物語に於ける三条宮をめぐって―」中古文学論攷7・昭和61年10月、同「源氏物語第一部における左大臣家と式部卿宮家をめぐって」中古文学42・昭和63年11月があるが、そのほとんどは左大臣本人を論じたものではなく、左大臣家の論である。

（2）石原昭平氏「英明なる重鎮・左大臣―賜姓源氏の「帝になり給ひ」「ぬべき君」に賭ける―」『源氏物語作中人物論集』（勉誠社）平成5年1月。

（3）秋山虔氏「光源氏論」『王朝女流文学の世界』（東京大学出版会）昭和47年6月。

（4）島田とよ子氏「左大臣の婿選び―政権抗争―」園田国文5・昭和59年3月。その他、島田氏には「致仕太政大臣の致仕について」園田国文7・昭和61年3月、「左大臣の選択―右大臣家姫君の存在―」園田国文14・平成5年3月もある。

（5）吉海「桐壺更衣」「藤壺」「桐壺帝」（ともに本書所収）参照。

（6）伊井春樹氏「光源氏の栄花と運命」『源氏物語の探究二』（風間書房）昭和51年5月、坂本共展氏「『源氏物語』正篇の公卿補任」駒場東邦研究紀要24・平成7年3月参照。

（7）森一郎氏は「源氏はむしろ左右大臣家の対立激化の種となり、自らも争いの渦中の人となることが予定されたようなものである」と述べておられる（「桐壺帝の決断」『源氏物語の方法』桜楓社・昭和44年6月）。それは必ずしも左大臣の性格云々ではなく、左大臣という地位の問題ではないだろうか。

（8）三田村雅子氏「〈方法〉語りとテクスト」国文学36―10・平成3年9月。

（9）注（7）参照。なお森氏は、葵の上を源氏と結婚させた根拠として、源氏と右大臣の娘（例えば六の君）との結婚を回避するためとしておられる。もし源氏が右大臣の婿になれば、桐壺とのかかわりが崩壊するからである。結果的には朧月夜と関係してしまうのであるが、そのことが発覚したのは桐壺院が崩御し、左大臣も致仕した後なので、もはや右大臣側には源氏を取り込む必要性は消失していた。

（10）右大臣家の失敗・没落にはいろいろな理由が考えられるが、最も重要な要素は、おそらくしっかりした後継者が養成できなかったことであろう。右大臣の年齢を考慮すれば、たとえ本人が亡くなっても、その息子達さえしっかりしていれば、簡単に政権を譲り渡すはずはないからである。あるいは弘徽殿の焦りも、わが兄弟達の無能さを知っているからこそなのかもしれない。

（11）天変地異や桐壺院の霊の出現以外に考えられるのは、例の宇治八の宮の一件である。右大臣側は自分達の利益にならない現東宮（冷泉帝）を廃太子として、代わりに後見のいない八の宮の立太子を計画したようであるが、逆にそこを左大臣一派につけこまれたのではないだろうか。また最も勝ち気であった弘徽殿が「去年《こぞ》より、后も御物の怪なやみたまひ」（二明石巻262頁）と物の怪に悩まされている。その正体については一切触れられていないが、あるいは桐壺更衣を含めた故大納言一家の怨霊と考えてはどうだろうか。

（12）三谷邦明氏も「頭中将は、間諜や密偵というと大袈裟だが、〈都〉から派遣された観察者でもあったのだ」（『物語文学の言説』有精堂388頁）と読んでおられる。私は決して大袈裟ではなく、頭中将は明らかに政治的な使命を帯びて来訪していると読みたい。

（13）この点については、浅尾広良氏「薄雲巻の天変―「もののさとし」終息の論理―」大谷女子大国文26・平成8年3月から示唆を受けた。ここで源氏が押えた反対勢力は旧右大臣一派であろうか、それとも左大臣の後継者たる頭中将一派であろうか。

（14）左大臣の死去に際して、源氏は「後の御わざなどにも、御子ども孫に過ぎてなん、こまやかにとぶらひ扱ひたまひける」（薄雲巻443頁）と、いかにも喪主のように振舞っている。澪標巻において桐壺院の法華御八講を主催したのと同レベルで考えれば、これによって源氏が左大臣の正当な後継者となったことを主張しているわけで、それを阻止できなかったということは、頭中将が源氏の傘下に入ったことを意味するのではないだろうか。

五章　右大臣

一、右大臣の位置付け

右大臣に対する物語読者の評判は、あまり芳しくないようである。それはひとえに右大臣の娘である弘徽殿女御が、桐壺更衣や光源氏をいじめる悪役（敵役）として形象されていることに連動しているためと思われる。『源氏物語』が光源氏を主人公とする物語である以上、それはある意味ではやむを得ないことであった。しかしながら、ひとたび視点を右大臣側に移してみると、従来の読みとは大きく異なる物語世界がそこに立ち現れてくる。

というのも、右大臣はこれといって法律を犯すような悪い事は行っていないからである。今井源衛氏は、「弘徽殿大后と同じく光の敵方の大黒柱であるが、大后に比して、おだやかであり、また軽率で間がぬけたところがあり、「思ひのままにこめたる所おはせぬ本性に、いとど老いの御ひがみさへ添ひ給ひ」とある(1)」人物とされている。それに比べると、むしろ主人公光源氏の方が藤壺と密通したり、人妻の空蝉や東宮入内を目前にした朧月夜と無理矢理肉体関係を結んだりしており、どちらが本当の悪者であるかは一目瞭然であった。善玉悪玉は視点によって置換可能なのである。

そのことは弘徽殿においても同様かもしれない。弘徽殿には皇子女が三人も誕生している点、それなりに桐壺帝から寵愛されていたと考えられる。それが桐壺更衣の出現によって帝の寵愛を奪われるのであるから、弘徽殿でなくても桐壺更衣に恨みを抱くのは当然であろう。これを単なる帝の寵愛をめぐる女のたたかいと見るのではなく、その背後に潜む政治状況に目を向けた時、右大臣の存在が急速に現実味を帯びてくるのではないだろうか。

本論ではあえて右大臣側の視点に立脚し、右大臣の言い分にも耳を傾けることで、桐壺帝を取り巻く政治構造の一端を明らかにしてみたい。なおこの試みは、これまで桐壺更衣・藤壺・桐壺帝・左大臣・兵部卿宮と再検討してきた論の続編であり、この右大臣論によって一応この目論見は完結することになる（弘徽殿については既に十分再検討されている）(2)。

二、弘徽殿女御の存在感

物語は桐壺巻の冒頭で「女御、更衣あまた」（17頁）と後宮の賑わいを述べておきながら、その実、後宮の寵愛争いは桐壺更衣と弘徽殿女御の二人だけに絞られており、それ以外の女御・更衣の存在はほとんど語られない。要するに弘徽殿は、桐壺更衣側からすれば敵役の代表（典型）として設定されていることになる。右大臣に関する論とはいえ、この強烈な個性を有する弘徽殿の存在抜きに論じることはできそうもない。というよりも「弘徽殿女御が表舞台で活躍し、その父の方は影のごとき存在に見える」(3)とまで言われているように、右大臣家はこの弘徽殿女御に代表されているのであった。そのため右大臣と弘徽殿の違いが見えにくくなっているのかもしれない。

物語を読み進めていくと、桐壺帝後宮の陣容（全体像）も徐々に明らかになってくる。桐壺更衣の死後に登場する藤壺はさておき、承香殿女御や麗景殿女御などの存在が、あまたの女御の一人であったことが察せられるからである。しかしながら物語は後宮の複雑な女性達の愛憎図を描くことなく、桐壺更衣と弘徽殿の対立のみを焦点化し、それに光源氏と朱雀帝の皇位継承問題を絡めることで、愛情のみならず政治的な側面までも問題化している。

そもそも弘徽殿女御の存在は、

一の皇子は、右大臣の女御の御腹にて、寄せ重く、疑ひなきまうけの君と、世にもてかしづきこゆれど、（桐壺巻18頁）

とあり、一の皇子（朱雀帝）の母として紹介されていることに注目したい。ここでは後宮の弘徽殿に住む女御というストレートな紹介ではなく、桐壺更衣の光源氏出産に呼応して、桐壺帝の一の皇子の母であり、かつ右大臣の娘であることが強調されているのである。これによって光源氏が第二皇子であること、弘徽殿女御が桐壺更衣よりも上位にあること、一の皇子が皇太子候補であったことが一度に明らかにされた。というよりも桐壺更衣腹の第二皇子誕生が、弘徽殿女御にとって好ましくない事態（驚異）であることがはっきりと表明されたわけである。(4)誕生したのが皇子ではなく皇女であったら、もっと違った展開になっていたに違いない。

皇子であったが故に、桐壺帝自身の異常なまでの光源氏寵愛に対しても、

坊にも、ようせずは、この皇子のゐたまふべきなめりと、一の皇子の女御は思し疑へり。（同19頁）

という弘徽殿の不安と懐疑を伴って描かれている。(5) これに続いて弘徽殿入内の経緯が過去に遡って、

人よりさきに参りたまひて、やむごとなき御思ひなべてならず、皇女たちなどもおはしませば、（同）

云々と語られるが、これをどのように解釈すればいいのだろうか。誰よりも先に桐壺帝（東宮時代）に入内し、第一皇子のみならず複数の皇女をも出産しているというのであるから、表面的には弘徽殿が後宮で最も羨ましがられる存在であったことは間違いあるまい。

後宮における女たちの争いは、純粋に帝の寵愛を得ること以上に、その結果として皇子が誕生するか否かに比重があった。つまり単に桐壺更衣が寵愛されているという段階では、特定のライバルは登場しておらず、桐壺更衣が光源氏を出産した途端に、第一皇子の母たる弘徽殿の存在が浮上しているのである。(6) つまりこれは女としてではなく、皇子の母という資格での争いということになる。

もちろん桐壺更衣の父大納言は既に亡くなっているのだから、皇子の後見不在では、歴史的に見ても立太子することなど不可能なので、光源氏の誕生もあだ花でしかないはずである。それにもかかわらず弘徽殿が、「坊にも、ようせずは、この皇子のゐたまふべきなめり」と、異常なほどに警戒してい

るのは何とも不思議である。これを物語特有の価値判断とすることも可能だが、その前に後見不在の光源氏を擁立して、政権獲得を企む人物の存在が想定できないかどうかを検討してみたい。弘徽殿にしても、バックに父右大臣が控えているから積極的な発言が可能なのである。という以上に弘徽殿の発言は、即ち右大臣の代弁と受け取られているのではないだろうか。

そうなると桐壺更衣にしても、政界とのパイプを持たなければ、たとえ帝の寵愛がどんなに深くても、光源氏の存在がこれほど恐れられることはあるまい。私はそこに左大臣の存在があったことを想定したい。描かれざる部分での左大臣との連携を想定してこそ、桐壺更衣の言動が意味を持ってくるのではないだろうか。

三、左大臣の影

さて弘徽殿の紹介に付随して、父右大臣が登場していることにどんな意味があるのだろうか。右大臣は直接ではなく、弘徽殿女御の父という間接的な人物として、名のみの初登場であった。ここから弘徽殿の入内は、右大臣家の未来の存亡を賭けた政治判断だったことが読み取れる。それが本人の意志かどうかはわからないが、少なくとも右大臣の意向だったことは容易に推測できる。つまり弘徽殿は単独で存在しているのではなく、常に右大臣家の娘という看板を担っていることになる。もちろんこれは後宮の女性全てに共通することであろう。

ここで最も注目したいのは、「右大臣」と明記されたことの意味である。本来女御になる資格は、父が大臣クラスであることとされている。その意味では、弘徽殿が女御として入内できる資格を有していたことが証明されたことになる（桐壺更衣の父は大納言）。そのことは弘徽殿に住んでいることからも十分納得される。ただここでは、「右」大臣と明記されていることによって、妙に「左」大臣の不在が気になって仕方がないのである。

一般的には左右に大臣がおり、しかも左大臣の方が右大臣よりも上席であるわけだから、政界において最も権力を有しているのは左大臣のはずである。つまりここにあえて「右」大臣と表記されることで、必然的に「左」大臣の存在が読者に想起させられることになる。その左大臣の娘が後宮にいれば、それこそ弘徽殿以上の存在感があるに違いない。

ところで、右大臣と左大臣は同族であろうか。それとも別の氏族であろうか。興味深いことに、左大臣の方が右大臣よりも年齢がずっと若いらしい。その点を重視すれば、歴史上のモデルとして、宇多天皇の御代における左大臣藤原時平と右大臣菅原道真の権力闘争がすぐに想起される（それが後の源氏の須磨流謫と響き合う）。ただし右大臣は藤原氏のようなので、仮に左大臣が源氏というのでなければ、ともに藤氏（同族）ということになる。その点では左大臣藤原道長と右大臣藤原顕光（甥・叔父）の方がモデルとして似つかわしいかもしれない。

また帝との提携ということでは、右大臣は娘の弘徽殿を桐壺帝に入内させ、既に第一皇子（後の朱雀帝）のみならず皇女二人（女一の宮と女三の宮）を儲けている。その第一皇子が立坊すると、さらに娘（弘徽殿の妹六の君、朧月夜）と孫（息子藤大納言の娘）を入内させ、次期政権の安泰・継承を計っており、盤石と思えるほど慎重に地盤固めを進行させているのであった（摂関政治の典型）。ここに政策の誤りは微塵も認められない。唯一の誤算は、朱雀帝の皇子が誕生しなかったことである。

それに対して左大臣はその若さがあだとなり、一人娘（葵の上）が幼少であったために桐壺帝への入内は望めず、後宮政策においては大きく出遅れていた（妹も存在しないらしい）。ただし桐壺帝の同母妹（内親王）が左大臣に降嫁しており、その直接的な縁組みによって当分の間は政治的緊張が保たれている。そして興味深いことに両大臣家は、協力体制保持のためにか、左大臣の長男頭中将と右大臣の四の君とを政略結婚させることで、表面上は連合政権（融和政策）を築いていたようである。(7)

それはさておき、右大臣側が後見のない光源氏の存在を過剰に恐れるのは、必ずしも光源氏自身の資質の高さによるのではなく、描かれざる左大臣家の暗躍があったからではないだろうか。(8)左大臣からの右大臣への妨害を具体的に想定すると、

①第一皇子の立坊延期・②弘徽殿の立后延期・③右大臣の息子達の昇進延期

などが考えられる。また間接的には、

④桐壺更衣への三位追贈・⑤葵の上との政略結婚による光源氏の後見・⑥光源氏及び頭中将の昇進促進・⑦藤壺入内の促進・⑧藤壺立后の促進・⑨冷泉帝立坊の促進

などもあげられる。そもそも桐壺更衣の入内からして、それが弘徽殿への牽制になるとしたら、左大臣の後押し（後見）があったと見るのもあながち的はずれではあるまい。

従来は故大納言の遺言ばかりが取り上げられてきたが、それ以外に左大臣との密約も考慮すべきであろう（もちろんそこに桐壺帝を加えることも可能）。その左大臣家の頭中将にしても、冷泉帝に入内させた娘（弘徽殿）に皇子が誕生せず、政権を維持することはできなかった。

四、描かれざる大臣達

ついでに当時の大臣について調べてみたところ、次のような人々の存在が浮上してきた。

1六条御息所の父大臣（御息所は故前坊妃）
2明石入道の父大臣（桐壺更衣の父大納言の兄）
3複数の女御の父（大臣格の地位のはず）
4複数の親王の祖父（大臣格の地位のはず）

桐壺帝の御代を平面的にとらえると、左大臣と右大臣以外の存在は全く気にならない。しかしながら桐壺帝の前代のこと、また桐壺帝の御代が長期に亘っていることを考慮すると、その間にかなりの大臣交代劇があったと見ることもできる。しかもそれは自然な移動ではなく、尋常ならざる事件を伴うものだった可能性も存する。肝心の左大臣にしても、物語の冒頭から既に左大臣であったと考える

必要はあるまい。ここではある時期に世代交代があって、右大臣を飛び越えて左大臣になったと考えてみたい。(9)

そこで真っ先に浮上するのが①六条御息所の父大臣である。と言ってもこれは桐壺巻には全く記述がなく、具体的には葵巻に至って初めて出自が明かされる中で、「故父大臣」（葵巻35頁）と唐突に記されているので、これを桐壺巻に引き戻して当てはめることは問題かもしれない。いずれにせよ六条御息所は故前坊に入内しているのだから、桐壺帝の一の皇子が立太子する以前に、その故前坊（桐壺帝の弟？）が皇太子として存在していたことになる。そのために一の皇子の立太子が遅れたとも読める。もしこの故前坊が順当に即位していれば、恐らく六条御息所の父大臣が政権を担当したはずである。そこに描かれざる廃太子事件を読むこともできよう。

六条大臣――六条御息所
　　　　　　　　＝――斎宮女御
　　　　　故前坊

また2明石入道（元近衛中将）の父も、

大臣の後にて、出で立ちもすべかりける人の、世のひがものにて、まじらひもせず、近衛中将を棄てて申し賜れりける司なれど、（若紫巻202頁）

とあって、かつて大臣であったことがわかる。加えて明石入道の父は桐壺更衣の父大納言と兄弟であるから、もしこの兄弟が健在であれば、桐壺更衣は女御あるいは后の座を獲得できたかもしれない。しかしながら兄弟二人とも志なかばで逝去してしまったらしい。明石入道が近衛中将を辞したのは、必ずしも「世のひがもの」だったからではあるまい。

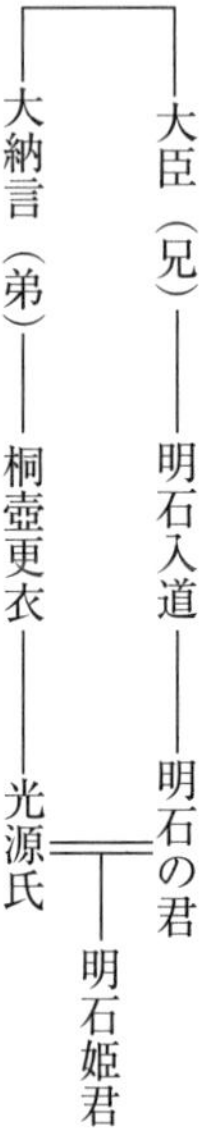

それから3は不毛な分析かもしれないが、承香殿女御や麗景殿女御の存在も気になる。もともと桐壺帝後宮には女御・更衣がたくさんいたという設定になっていた。しかし大臣の数は限られているのであるから、そんなに多くの女御がいるはずはなかろう。太政大臣や内大臣がいたと考えることもできるが、ここでは現大臣以前の元大臣の娘としておきたい（内親王や親王の娘の可能性も十分考えられる）。具体的に登場しているのは、花散里の姉女御（麗景殿）・四の御子の母女御（承香殿）の二人である。もちろん大納言の娘でも女御になりうるが、そうなると筆頭大納言とされている按察大納言の娘が女御になれなかったことの説明が必要になる。

同様に4の可能性も指摘しておきたい。桐壺帝には男は冷泉帝までの十人、女は女三の宮までの三人が存していた。その出自はよくわからないものの、螢兵部卿宮・帥の宮・八の宮・蜻蛉式部卿宮の母方の祖父などは、大臣経験者である可能性が高いのではないだろうか。続編に至って登場する八の宮や蜻蛉式部卿宮は、後の補完と考えてもいいのだが、坂本和子氏は右大臣の娘（次女）が姉弘徽殿に続いて桐壺帝に入内し、八の宮を出産した後で亡くなったと推定されている。(10) それなりの説得力は認められよう。

このように推測に推測を重ねて、ようやく「あまたの女御」の存在が実体化してきた。

五、描かれざる右大臣

左大臣の存在が隠蔽されていることは前に述べたが、実は右大臣にしてもほとんどその肉声は描かれていない。それがこれまで右大臣の論がほとんど書かれなかった最大の原因であろう。右大臣は桐壺巻から明石巻まで登場しているのだが、本文に記されているのは弘徽殿に付随した「右大臣」か、東宮に付随した「祖父大臣」という呼称が主であった。

「右大臣」という呼称に関しては、前述のように桐壺更衣腹の光源氏（第二皇子）が誕生した際、既に右大臣の娘が第一皇子を出産していることを語ることで、帝の寵愛争奪戦が立太子争いへと変容することを象徴していた。続いて光源氏の元服に際して、ようやく左大臣が引入れ役として表舞台に登場している。ここであえて東宮の元服よりも盛大にしている点については、

源氏の元服は、帝と左大臣の結託といった政治性を内包して、ここでまたしても東宮との比較がなされる。しかも今度はおそらく左大臣家のバックアップもあって、なんと東宮以上の禄が用意されているのである。これでは右大臣側は承知すまい。というよりも、この場に右大臣一派は出席していないのではないだろうか。（吉海『源氏物語の視角─桐壺巻新解─』翰林書房・平成4年139頁）

と分析した。本来、両大臣が出席すべき式に欠席することが、右大臣の意志表示（批判）なのである。それに対して左大臣は一人娘の葵の上を光源氏の添臥としたことで、

春宮の御祖父にて、つひに世の中を知りたまふべき右大臣の御勢ひは、ものにもあらずおされたまへり。御子どもあまた腹々にものしたまふ。宮の御腹は、蔵人少将にていと若うをかしきを、右大臣の、御仲はいとよからねど、え見過ぐしたまはで、かしづきたまふ四の君にあはせたまへり、（桐壺巻48頁）

と右大臣の勢力を圧倒しているが、考えてみるとこの左大臣の動きも異常であろう。それにもかかわらず右大臣は、左大臣の長男（頭中将）を娘四の君の婿にしている。この一文による限り、右大臣の行動には何ら非難されるような点は見あたらず、凡庸な人物という判断もできそうにない。

ここに「春宮の祖父」とある点に注目すると、一般的な「右大臣」（左大臣の下位）という呼称との微妙な相違が感じられる。桐壺帝が光源氏を高麗の相人に観相させた一件でも、

春宮の祖父大臣など、いかなることにかと思し疑ひてなんありける。（同40頁）

と称されていた。これは必ずしも正式な官職名ではないのだが、一の皇子の立太子によって次期政権担当者（外戚）となった右大臣をこのように称することで、発言に重みが増し、皇位継承問題の緊張感を高めているのであろう。弘徽殿も同様に、「一の皇子の女御」から「春宮の女御」（42頁）へと呼称が変更（格上げ）されている（この場合の「春宮の女御」は、「春宮の母女御」の意味）。

ただし桐壺帝の御代においては左大臣が一の人なので、葵巻で桐壺帝が譲位するまでは、

・右の大臣のいたはりかしづきたまふ住み処は、この君もいとものうくして、すきがましきあだ人なり。（帚木巻54頁）

・かの右の大殿よりいと恐ろしきことの聞こえ参で来しに、（夕顔巻185頁）

・右大殿の弓の結に、上達部、親王たち多く集へたまひて、やがて藤の宴したまふ。（花宴巻363頁）

のごとく「右大臣」と称され続けていた。もっとも前の二例は光源氏ではなく、頭中将に関わるものである。婿をかしづく右大臣に問題のないことは言うまでもない（左大臣と光源氏の関係に相似）。また夕顔巻の用例は、右大臣自身ではなく右大臣邸のことであり、そこに住む四の君を指している。これも葵の上を「大殿」と称することと対をなすものであろう。

賢木巻で桐壺院が崩御すると、必然的に朱雀帝の外祖父として右大臣が左大臣に代わって政権を担当することになる。右大臣は外祖父であることを強調するかのように、

a帝はいと若うおはします。祖父大臣、いと急にさがなくおはして、その御ままになりなん世を、

いかならむと、上達部、殿上人みな思ひ嘆く。（賢木巻98頁）

b母后、祖父大臣とりどりにしたまふことはえ背かせたまはず、世の政御心にかなはぬやうなり。（同104頁）

と称されている（「春宮」及び「右」が意図的に消去されている）。この場合、左大臣はまだ致仕していないので、恐らく右大臣に内覧の宣旨が下されたのであろう。ここでようやく実権を掌握した右大臣であるが、その途端に性格の悪さが表面化しており、上達部・殿上人のみならず朱雀帝の不本意さまでもが暴露されている。政界には左大臣側の人が多かったのであろう。

なお明石巻に至って、唐突に「太政大臣亡せたまひぬ」（明石巻253頁）とその死が報じられており、そこからいよいよ光源氏の召還へと物語は大きく転換していく。もしここで右大臣が亡くなっていなければ、源氏の召還はもっと遅れたに違いない。やはり弘徽殿よりも右大臣の存在の方が政治的には重かったのだ（律令社会における女性の政治関与の限界）。

ところで右大臣が太政大臣になったのはいつであろうか。呼称からすると亡くなる際に初めて「太政大臣」と称されたことになる。ただし本文異同を調べてみると、賢木巻のa「祖父大臣」には、「おほきおとど」（河内本、別本―陽・相・国）となっている本が存していることがわかった。これによれば既に賢木巻で太政大臣になっていることになる。

六、右大臣の後継者

次に右大臣の後継者について考察してみたい。右大臣が左大臣から太政大臣になるに際して、後継者を大臣のポストに任命しているはずだからである。そうでないとせっかく手に入れた政権をみすみす手放すことになりかねない。

明石巻で退位を決意した朱雀帝は、

右大臣のむすめ、承香殿女御の御腹に男御子生まれたまへる、二つになりたまへば、いといはけなし。（明石巻261頁）

と判断し、東宮（冷泉帝）への譲位を前提に、後見人である光源氏の召還が実現する。この朱雀帝の負の決断によって、祖父大臣政権に終止符が打たれたわけである。じっと耐えてようやく獲得したにもかかわらず、わずか三年半あまりの短期政権となってしまった。ところでこの「右大臣」はもちろん祖父大臣のことではなく、承香殿女御(11)の父大臣のことである。外戚政策を積極的に推し進めた右大臣であったが(12)、入内させた娘や孫に皇子が誕生しなかったことが最大の敗因であった。

なお朱雀帝の御代において、左右の大臣ポストが塞がっていたようで、須磨流謫から戻った光源氏も、

源氏の大納言、内大臣になりたまひぬ。数定まりてくつろぐ所もなかりければ、加はりたまふなりけり。（澪標巻282頁）

とやむをえず員外の内大臣になっている。頭中将にしても、少女巻で源氏が太政大臣になった後、やはり内大臣になっているので、左右大臣のポストは依然として塞がっていたことになる。ではこの時の左大臣は一体誰であろうか。髭黒の父「右大臣」は、東宮の祖父なので未来があるとして、ここで問題とすべきは、祖父大臣の息子の存在である。父の右大臣は、比較的堅実な外戚政策を展開してきたはずである。当然朱雀帝の御代において息子達の昇進にも力を注いできたに違いない。少なくとも賢木巻に、

大宮の御兄弟の藤大納言の子の頭弁といふが、世にあひはなやかなる若人にて、思ふことなきなるべし。姉妹の麗景殿の御方に行くに、（賢木巻125頁）

とあるのだから、その時点で長男は大納言の地位にいたことになる。右大臣は孫である麗景殿の入内も果たしていた。では息子の大納言を無理にでも大臣に据えることはできなかったのであろうか（道隆の息子伊周は内大臣になっている）。その点に関して坂本和子氏は、時の左大臣こそは右大臣の息子（藤大納言）であるという読みを提示しておられる。(13)右大臣は太政大臣就任に連動して、息子の大納言を左大臣に任命したのであろう。

もしそうなら、この左大臣はそう簡単に光源氏に政権を委ねるはずはあるまい。ここに何らかの抵抗があったことが想像される。あるいは源氏に従属することで、その地位を保ったのであろうか。これが梅枝巻で東宮に三の君（麗景殿）を入内させた左大臣と同一人物であるとすれば、かつての右大

臣一派は政治的弾圧を受けていないことになる。そもそも右大臣には同一腹か否かは別にして、息子が二人と娘が六人いた。二人の息子は花宴巻に「四位少将・右中弁」(359頁)と記されている。(14)このどちらかが後の藤大納言であろうが、もう一人の兄弟についてはその後の記述が見あたらない。一方、六人の娘は長女が弘徽殿、三女が帥宮北の方、四女が頭中将の北の方、六女が朧月夜である(次女が桐壺帝女御だとすると、唯一五女については詳細不明。異腹の可能性もある)。これを見ると右大臣は、娘たちに相応しい婿を選んでいることがわかる。

敵方の光源氏に対しても、正妻葵の上が亡くなった後、

げに、はた、かくやむごとなかりつる方も亡せたまひぬめるを、さてもあらむになどか口惜しからむ。(葵巻75頁)

と、源氏を朧月夜の婿に迎えることも悪くないと述べている。(15)こういった娘の婚姻においても、右大臣に落ち度は見あたらない。そうなると肝心の藤大納言が、不甲斐ない凡庸な後継者だったのであろうか。

これに連動して島田とよ子氏は、右大臣が朧月夜ではなく孫の麗景殿を立后させなかったことに疑問を抱いておられる。(16)確かにその方が得策ではあるが、単に三后が塞がっていたのかもしれない(東宮の母である承香殿の立后も描かれていない)。たとえ立后させたとしても、皇子不在では先の望みはない。そういったことをひっくるめて、左大臣(致仕大臣)の暗躍も想定可能であろう。

七、朱雀帝と光源氏の対立

ついでに、朱雀帝と光源氏の対立についてもふれておきたい。桐壺巻で誕生した光源氏は、ことあるごとに兄朱雀帝と比較され続けてきた。それは必ずしも政治的な対立ではないものの、美貌や才能といった個人的資質において、常に光源氏の優位が語られるのであるから、皇位継承者としてどちらが相応しいかといった物語の読みが発生するのも必然であろう。

その朱雀帝の仕返しでもなかろうが、春宮（次期天皇候補）として源氏を威圧していると読める一文が花宴巻に認められる。

春の鶯囀るといふ舞いとおもしろく見ゆるに、源氏の御紅葉の賀のをり思し出でられて、春宮、かざし賜はせて、切に責めのたまはするにのがれがたくて、立ちて、のどかに、袖かへすところを一をれ気色ばかり舞ひたまへるに、似るべきものなく見ゆ。（花宴巻354頁）

これは朱雀帝が紅葉賀巻における光源氏の青海波のすばらしさを思い出し、余興に舞わせた場面である。紅葉賀巻に遡ると、試楽ではなく行幸の当日に、「春宮もおはします」（紅葉賀巻314頁）とその存在が付け足されていた。またその折はかざしの紅葉が散ったので、左大将が機転を利かせて菊に差し替えたのを思い出して、春宮がそれを模倣しているのかもしれない。それに対して花宴巻では、最初にわざわざ「后、春宮の御局、左右にして参上りたまふ」（353頁）と記されている。この一件について

清水好子氏は、

帝は春宮が次代の帝王として振舞うことを許し、春宮を立てて、自分は後ろに下った大らかさを見せている。

と卓見を述べられている。[17] 清水氏は背後にいる桐壺帝の意図を読んでおられるのである。それに対して私は、朱雀帝新体制による源氏の臣下としての据え直しが行われたと考えたい。花宴を絶好の機会と見た右大臣が、春宮をして源氏に舞を舞わせることで、兄弟から臣下へのけじめをつけたと解釈したわけである。

これは続く葵巻において、再度繰り返されている。

御禊の日、上達部など数定まりて仕うまつりたまふわざなれど、おぼえことに容貌あるかぎり、下襲の色、表袴の紋、馬、鞍までみなととのへたり、とりわきたる宣旨にて、大将の君も仕うまつりたまふ。（葵巻21頁）

朱雀帝の御代の最初に行われる斎宮の御禊に、大将であった光源氏が特別に奉仕させられているのであるが、これは必ずしも名誉な役ではなかった。その大将の随身として、

大将の御仮の随身に殿上の将監などのすることは常のことにもあらず、めづらしき行幸などのをりのわざなるを、今日は右近の蔵人の将監仕うまつれり。（同25頁）

と、こちらも特別に蔵人の将監が指名されている。これについて村口進介氏は、「とりわきたる宣旨」

を「光源氏が規定外の特別な勅使として御禊に加わることを言い表した一節」と解釈された上で、清水説に依拠して、

葵巻の光源氏の御禊奉仕は、この南殿の花宴とひと続きに捉えるべきではないだろうか。朱雀帝は自ら「とりわきたる宣旨」を出し、「大将」光源氏を御禊に奉仕させる。さらに殿上人を仮の随身につけるという趣向を凝らし、あたかも御禊の主役は光源氏であるかのごとく、衆目を一身に集めた。ここには明らかに朱雀朝における君臣の関係が認められ、さらに光源氏を儀式の中心に据えて盛儀を演出する方法は、桐壺朝聖代のあり様を継承するかのようである。そして花宴よりも遠景にあるとは言え、この御禊にも桐壺院の姿が揺曳していたのは看過できない。

と分析されている。(18) 村口氏はこの一件の背後にも、桐壺院の意図を想定しておられるのである。

これに対して私は、右近の将監を光源氏の分身と見て、「その抜擢の異常性を表明することで、同時に光源氏の抜擢がいかに特異であったかも自ずから浮き彫りになる仕掛け」と解釈した。(19) 斎宮の御禊を通して朱雀帝（右大臣一派）が、やはり光源氏を臣下として待遇しようとしていると読んだわけである。

まとめ

以上のように右大臣側の視点から再検討してみたところ、右大臣は必ずしも凡庸というのではなく、

政治家として大きな失策は認められないことがわかった。桐壺院崩御後に、

帝はいと若うおはします、祖父大臣、いと急にさがなくおはして、その御ままになりなん世を、いかならむと、上達部・殿上人みな思ひ嘆く。（賢木巻98頁）

とあることにしても、左大臣が「故院の御代にはわがままにおはせしを」（同102頁）とあるのと違いはあるまい。また「舌疾にあはつけさ」（同145頁）・「いと急に、のどめたるところおはせぬ」（146頁）・「思ひのままに、籠めたるところおはせぬ本性に」（同）という性格にしても、直情径行型というだけでは悪人とすることはできそうもない。要は右大臣が主人公側にいないことが最大のポイントなのである。

朧月夜との密通など、非は正式結婚を拒んだ光源氏にあるし、しかもその後も密会を重ねていたのだから言語道断であろう。二人の密会が発覚した後の言動にしても、増田繁夫氏は「右大臣の言葉は、さすがに執政の座にある人だけあって、常識者の立場からする穏やかなものである」云々とプラス評価しておられる(20)。

葵の上をめぐっては左大臣に裏切られ、朧月夜の一件では光源氏に拒否され、また朱雀帝との比較でも常に源氏に遅れを取りと、軽視され続けた右大臣であった。それでも二十年近くも忍耐強く我慢してきたことを思えば、直情径行型という評価さえも不当であったことになる。仮に右大臣が弘徽殿の性格と同化して受け取られたために、そういったズレが生じているのなら、これまでの右大臣観は

かなり割り引いて考えた方がよさそうである。という以上に、もともと右大臣と弘徽殿は一枚岩ではなかったのであるから、(21)逆に弘徽殿の個性が右大臣の意図を逸脱してしまい、かえって右大臣政権の足を引っ張ったとも考えられる。

あるいは外戚という本道を歩むことで、策略の面で左大臣や源氏に後れを取ったことが、右大臣を凡庸な人物に仕立てているのかもしれない。もしそうなら、逆に左大臣や光源氏のやり方も問題ではないだろうか。いずれにせよ最終的には天皇親政・源氏補佐を理想とするのが源氏物語なのであった。

右大臣家系図

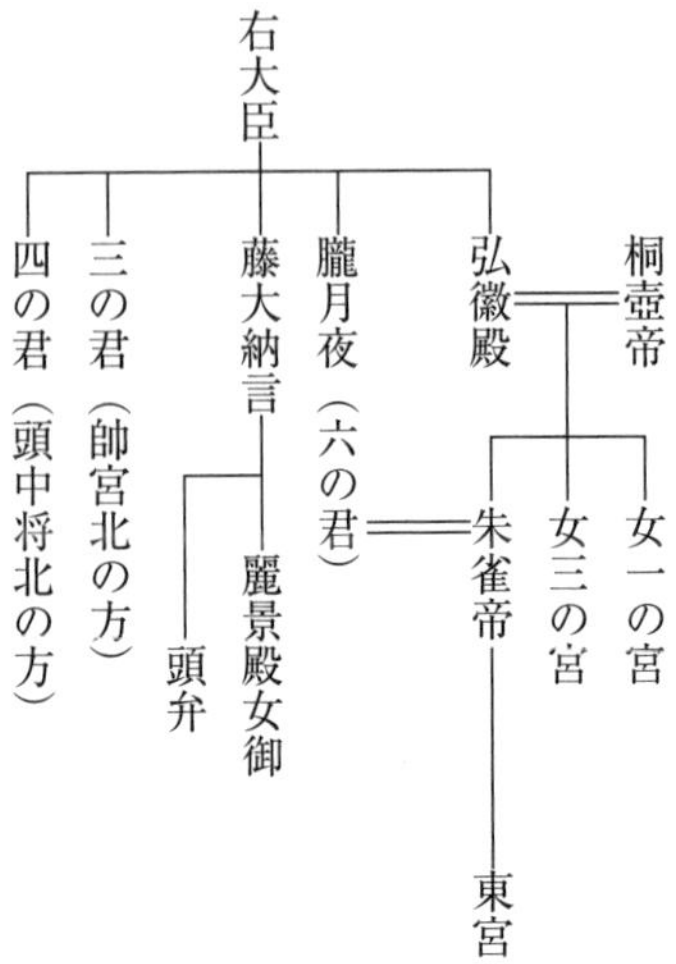

注

（1）今井源衛氏「源氏物語登場人物の性格と役割（「右大臣」項）」解釈と鑑賞24—12・昭和34年9月。また「弘徽殿大后」項には「古来「悪后」と異名をとったいぢわる女の代表である。しかし、光に対する妬視反感を、ただその個性にだけ帰するのはやや不当で、彼女の背後にある外戚右大臣一族の浮沈をかけた戦の場として、彼女の後宮が存在していることも考慮に入れなければならない」とある。林田孝和氏も「悪を描かないのに悪の印象を醞醸する人物、これが弘徽殿女御であるといえる」『源氏物語の精神史研究』（桜風社・平成5年）と説かれている。

（2）桐壺更衣から左大臣までの論は、吉海『源氏物語の新考察』（おうふう・平成15年）に所収、兵部卿宮の論は吉海『人物で読む源氏物語④藤壺の宮』（勉誠出版・平成17年）に所収している。

（3）鬼束隆昭氏「源氏物語における政治世界と右大臣」『源氏物語作中人物論集』（勉誠社・平成5年）。

（4）田坂憲二氏「弘徽殿大后私論」『源氏物語の人物と構想』（和泉書院・平成5年）。

（5）「一の皇子の女御は」の「は」について、上野英子氏は「この時点では、世間の人々もまた右大臣ですらも、第一皇子の立坊は当然のこととして未だ何らの疑いも抱いていなかったのを、唯一人「一の皇子の女御」だけは、心中ひそかにこの恐ろしい疑惑を抱き始めていたということか」（「右大臣家の姫君たち」『源氏物語の探求15』風間書房・平成2年）と読んでおられる。上野氏も弘徽殿を特化しておられることになる。

（6）そもそも桐壺更衣の「すぐれて時めきたまふありけり」（桐壺巻17頁）の解釈にしても、単に寵愛が深いだけとするのは、そこに善玉としての桐壺更衣という先入観が含まれているからではないだろうか。

(7)これに加えて葵の上の東宮入内が計画されていたようだが、左大臣が右大臣を裏切って光源氏との連帯に走ったので、連合政権は脆弱なものとなった。これにしても右大臣の落ち度というわけではなかろう。

(8)吉海「左大臣の暗躍」『源氏物語の新考察』(おうふう・平成15年)。

(9)田坂憲二氏は、「物語の始発から実に二十三年間左右大臣の職は、葵の上・頭中将の父と、弘徽殿女御の父によって占められてきた」(「髭黒一族と式部卿宮家」『源氏物語の人物と構想』和泉書院・平成5年)とされているが、冒頭からそうであったとする確証はなさそうである。増田繁夫氏も「弘徽殿が東宮妃として入内した時には、その父が大臣であったかどうかは判らない」(「弘徽殿女御―母親というもの―」『源氏物語作中人物論集』勉誠社・平成5年)と述べておられる。なお左大臣の発言に「ここらの齢にて、明王の御代、四代をなむ見はべりぬれど」(花宴巻88頁)とあるが、四代の天皇に仕えたからといって、ずっと左大臣として仕えたわけではあるまい。

(10)坂本和子氏「中君」『源氏物語講座二物語を織りなす人々』(勉誠社・平成3年)。

(11)承香殿女御に関しては、賢木巻に「承香殿の御兄弟の藤少将、藤壺より出でて月のすこし隈ある立蔀の下に立てりけるを知らで、過ぎたまひけんこそいとほしけれ」(106頁)とあった。新編全集本の頭注五に「藤少将は、その兄だけに、右大臣方の勢力に連なる」と、藤少将を右大臣方にしているのはいかがであろうか。この少将は後の髭黒大将と考えられる。もちろん別の兄弟でも可能であるが、そうだとするとその後一切登場しないことになる。なお桐壺帝後宮の承香殿との関係も想定されている。

(12)浅尾広良氏も「自ら摂政となり家父長として王権を代行し、さらに尚侍や蔵人頭など、帝をめぐる主要ポストを同族で押さえ、次の代までも他の介入を許さない盤石な体制をつくる」と述べておられる(「朱雀帝御代の権力構造」『源氏物語の准拠と系譜』翰林書房・平成16年)。

(13)注(10)坂本論に同じ。また坂本共展氏「正篇の公卿補任(二)」『源氏物語構成論』(笠間書院・平成7年)参照。坂本和子氏は左大臣(藤大納言)の娘の一人が八の宮の北の方で、もう一人が今上帝の藤壺女御(薫に降嫁した女二の宮の母)と想定されている。これは朱雀帝に入内した麗景殿女御の妹達であろうか。今井久代氏も坂本論を踏襲された上で、八の宮と髭黒の血縁を想定しておられる(「物語系図の死角―右大臣家の系譜について―」東京女子大学日本文学96・平成13年9月)。なお頭中将は後に「二条の大臣」と称されている。これは同じく「二条の太政大臣」と称された右大臣の二条邸を妻(四の君)経由で相伝したことによるのであろう。また柏木には確かに右大臣の血が継承されているが、だからといってそれを右大臣家の系譜とするのはいかがであろうか。むしろ頭中将一族が右大臣家を吸収したと考えたい。

(14)同じく花宴巻の「中将、宮の亮」(144頁)も、右大臣の息子である可能性が高い。あるいは前述の二人が昇進したのであろうか。

(15)倉田実氏はもっと積極的に、右大臣が娘・孫と光源氏との婚姻を考えていると述べておられる(「「花宴」巻の宴をめぐって―右大臣と光源氏体制の幻想―」国語と国文学65―9・昭和63年9月)。なお光源氏にとっての朧月夜は藤壺の代償であり、その意味では空蝉における軒端の荻の設定に類似している。

(16)島田とよ子氏「左大臣の選択―右大臣家姫君の存在―」園田国文14・平成5年3月。

(17)清水好子氏「朧月夜に似るものぞなき」『講座源氏物語の世界二』（有斐閣・昭和55年）。同様のことは同「花の宴」『源氏物語論』（塙書房・昭和41年）でも言及されている。

(18)村口進介氏「『源氏物語』朱雀朝前期の政治状況について」国文論叢34・平成16年3月。また村口氏には「研究史―右大臣」『人物で読む源氏物語11朱雀院・弘徽殿大后・右大臣』（勉誠出版）平成18年、「源氏物語の外戚政治と〈右大臣〉〈大将〉」日本文芸研究59―1・平成19年6月もある。

(19)吉海「右近の将監」『源氏物語の新考察』（おうふう・平成15年）。

(20)注（9）増田論に同じ。

(21)右大臣と弘徽殿の考え方の違いは、沼尻利通氏「弘徽殿大后・国母としての政治」むらさき38・平成13年12月に詳しい。今後は二人の違いをこそ問題にすべきであろう。

第二部　人物論Ⅱ（脇役）

六章　弘徽殿女御の皇女達

序

桐壺帝の皇女については、弘徽殿の生んだ女一の宮と女三の宮しか物語に登場してこない。桐壺帝の皇子は総勢十名（冷泉帝が第十皇子）も存在するのに、皇女はたった三名しか存在を確認することができないのである。この他にもまだ存在してもいいはずなのに、物語には一切描かれていない。女二の宮でさえ、女一の宮と女三の宮が登場しているから、かろうじてその存在がわかるにすぎず、実態は一行も書かれていない。これは物語の展開に、皇女の存在がほとんど無縁だからであろうか。

二人の皇女達についても、わかっていることは少ない。まず花宴巻において、母弘徽殿の実家たる右大臣邸で同時に裳着を行っている。そして女一の宮は、ずっと後に父桐壺帝から琴を送られたという記述の中で、皇族としては最高位である一品の宮として唐突に再登場している（若菜上巻）。おそらくこの時は、まだ生存していたのであろう。一方の女三の宮は、葵巻で賀茂の斎院に立ち、賢木巻でその任を朝顔の姫君と交替している。そのため物語では「前斎院」とも呼ばれている。その後は同母兄弟である朱雀帝と同居していることが、澪標巻において朱雀院が前斎宮（後の秋好中宮）のお世話をしようと申し出た時、「参りたまひて、斎院など御はらからの宮々おはしますたぐひにて、さぶらひたまへ」（澪標巻319頁）と述べていることから察せられる。従来の注釈書はこれについて全く触れていないけれども、「御はらからの宮々」とある点、女三の宮だけでなく女一の宮も同居していたのであろう（もちろん女四の宮以下である可能性もある）。

ではこの二人は光源氏の姉なのであろうか、それとも妹なのであろうか。こんな単純な疑問すら、今まで誰も問題提起したことはなかったようである。しかし両者の年齢設定は、単に姉か妹かというだけでなく、物語の構想ともかかわる重要な問題と思われる。それについて以下考察を進めたい。

一、「みこ」の意味

弘徽殿腹の皇女が最初に登場するのは、桐壺巻においてである。光源氏誕生に際して、対立する弘徽殿女御が「皇女《みこ》たちなどもおはしませば」（桐壺巻19頁）と紹介されている。この「みこたち」が曲者で、実は男なのか女なのかはっきりしない。講話・全釈・大系等では普通に「皇子たち」としているのであるが、新編全集本では積極的に本文を「皇女たち」と校訂している。というのも「皇子」では弘徽殿腹に男皇子が複数いることになりかねないので、誤解をさけるために敢えて「女」を用いていたのであろう。

この新編全集の注は、玉上琢彌氏の「この「皇子たち」は皇女がたの意と考えるべきだ」（『源氏物語評釈二』39頁）を踏襲していると思われる。そうすると光源氏誕生の時点で、弘徽殿には複数の皇女がいたことになる。もっとも本田義彦氏は、この「みこたち」は皇女だけでなく、第一皇子（朱雀帝）をも含んだ弘徽殿腹の子供達であると解釈しておられる。(1) いずれにしてもこの「みこたち」の中には、単数あるいは複数の皇女（源氏の姉宮）が含まれていることは事実であろう。そのことは同じく桐壺巻の中でもう一度語られている。

桐壺巻を読み進めていくと、光源氏七歳の折の読書始めに関連して、弘徽殿女御に二人の皇女があったことがさりげなく知らされる。この皇女は、光源氏の美を賞賛するために対照的に登場させられており、「女御子たち二ところ、この御腹におはしませど、なずらひたまふべきだになかりける」（桐壺巻39頁）と、随分気の毒な書かれ方がなされている。この場合の皇女達は、ただその存在がわかればいいというのではなく、七歳の光源氏の美と比較しうる相手なのだから、決して乳幼児ではあるまい。つまり桐壺巻の二つの用例を検討した場合、女一の宮は光源氏の姉宮でまず間違いあるまい。女三の宮にしても、姉宮かあるいは源氏とわずかしか差しかない妹宮ということになる。加えて前述のように美的評価が可能な年齢とすれば、たとえ妹宮であっても、源氏とかなり年齢は接近しているはずである。

ここで一つ考慮したいことがある。桐壺巻の初め頃、帝が桐壺更衣を寵愛していたという事実である。その更衣迫害の首謀者たる弘徽殿女御を、帝が側近くに召したであろうか。もちろん帝としての立場上、右大臣の姫君である弘徽殿を全く側に寄せ付けないというのも不可能であろう。だからそれなりの機会はあったにしても、回数としてはそんなに多いものではあるまい。つまり桐壺更衣寵愛の時期に、弘徽殿が懐妊し出産したとは、物語の論理としても考えにくい。女三の宮がもし源氏の妹であったならば、桐壺更衣の死後ということになりそうだ。しかし桐壺巻を読む限り、更衣を失ってからの帝は、ひたすら亡き更衣の追慕に耽り、しばらくは茫然自失の状態であった。そういう折に弘徽殿を懐妊させることも不可能ではないだろうか。

　桐壺帝が正気を取り戻すのは、早くとも翌年の春、弘徽殿腹の第一皇子を立太子させるあたりからだろう。この時光源氏は既に五、六歳になっている。もし女三の宮が光源氏の妹宮だとするなら、この時期に懐妊した皇女と見るのが妥当ではないだろうか。そうなると源氏七歳の時、女三の宮はかろうじて一、二歳となり、やや若すぎるようにも思われる。もちろんこれは、あくまで女三の宮を源氏の妹宮と仮定しての論である。当然最初の「皇女たち」の例には含まれないことになる。もし女三の宮が女一の宮同様、源氏の姉宮であるとすれば、「皇女たち」の中に含まれるし、帝の桐壺更衣寵愛との矛盾は一切考慮しなくて済む。どうやら姉宮説の方が通りが良さそうに思えてきた。藤壺（源氏より五歳も年長）の入内を勧める桐壺帝の言葉に、「わが女御子たちの同じ列《つら》に思ひきこえむ」（同42頁）とある点も、この考え方を補強してくれそうだ。

二、弘徽殿女御

女一の宮と女三の宮が、共に源氏の姉宮であるという仮定のもとで、弘徽殿女御の桐壺更衣に対する嫉妬の強さから、かつて、

> 弘徽殿女御はおそらく帝より年上の女性であり、元服か立坊の折に添伏として入内したと思われる（この枠組は源氏と葵の上も同じ）。最初は夫婦仲もさほど悪くはなく、子供も何人か出産した（ただし「みこ」は、皇子ではなく皇女であろう）。しかし帝が成長すると、悲しいことにその分だけ弘徽殿は年増になっていく。そしてもはや床避り（床離れ）の時期となり、更年期障害と相俟って、女性特有のヒステリックな状態に陥っていたとしたら、それは決して弘徽殿が悪者なのではなく、一夫多妻制の生み出した悲劇とも言える。しかもこれだけのバックがありながら、なかなか皇后にさえなれない焦りと苛だちを思いやってほしい（三后の定員が塞がっているのか、あるいは左大臣側の抵抗か）。今の弘徽殿にとって唯一の楽しみは、遠ざかった帝の愛を取り戻すことではなく、せめて自分の産んだ一の皇子が立坊・即位することである。（『源氏物語の視角』29頁）

と述べたことがある。[2] つまり問題の皇女たちは、源氏が生まれる前に既に誕生していたのであり、その後更衣の入内によって弘徽殿に対する帝の寵愛は薄れ、弘徽殿は〈床避り〉という状況に追いやられたと解釈したわけである。

もっとも物語において、桐壺帝及び弘徽殿の年齢ははっきり記されているわけではない。「長恨歌」の世界を投影すると、案外高齢に設定されているかもしれない。しかし末の皇子である冷泉帝が生ま

れたのは、年立てによれば第一皇子たる朱雀帝が二十二歳の時であった。ということは、その二十二年の間であれば、桐壺帝にいつ子供ができても不思議でないことになる。当然桐壺帝も子供ができておかしくない年齢だったわけである。ただし桐壺帝は冷泉帝誕生の四年後に崩御しているのだから、当時の人が見て寿命に思える年齢にかかっていたのであろう。とすると桐壺帝の崩御は、四十代くらいが適当ではないだろうか。

例えば帝が四十五歳で崩御したとすれば、朱雀帝は十九歳の時の子供であり、光源氏は二十二歳の時の子供になる。ちなみにこの計算だと、冷泉帝は四十一歳の時の子供ということになる。添伏で入内したとおぼしき弘徽殿は帝より年長だろうから、仮に光源氏と葵の上を尺度にして四歳年長としておこう。すると源氏誕生の折に、弘徽殿は二十六歳となる。この時代の女性としては、確かに年増に属するかもしれないが、床避りの年齢としては若干早いのではないだろうか。

こうしてみると、弘徽殿女御の床避りに関しては異論があるものの、桐壺巻を読む限りでは、弘徽殿の生んだ二人の皇女——女一の宮・女三の宮——は、ほぼ間違いなく源氏の姉宮に当たると見てよさそうである。しかも桐壺更衣に対する異常な寵愛を考慮すると、単に源氏の姉宮というだけでなく、朱雀帝にとっても姉宮であった方が都合がいい。

三、花宴

これで女一の宮・女三の宮に関する問題は全て解決したかというと、実は新たな問題が生じてきたるのである。というのも、花宴巻においてこの二人の皇女が突然再度登場させられているからである。右大臣家の私宴（藤の宴）に招待された源氏は、なにせ相手は生来の政敵でもあるので日頃敬遠しており、あまり行きたくなかった。そこで断わる口実を作るため父帝に奏上したところ、逆に参加を勧められて出席を余儀なくされる。もっとも源氏は、その前に南殿で行われた桜の花宴で偶然契った女性（朧月夜）の素性が知りたかったので、必ずしもいやいや出席したわけではなかった。

ここで問題にしたいのは、源氏の出席を勧める帝の「わざとあめるを、早うものせよかし。女御子たちなども生ひ出づる所なれば、なべてのさまには思ふまじきを」（花宴巻364頁）という言葉である。この「女御子」とはどのような意味なのであろうか。本居宣長は「みことあるは、姫宮たちのごとくに聞ゆれども、ここのやうを思ふに、なほ右大臣の御むすめたちの事とこそ聞えたれ。源氏君の御姉妹としては、事のさまおだやかならず」（『源氏物語玉の小櫛七』）と述べている。「御子」を単なる敬称ととれば、宣長の言うように右大臣の娘（未婚の五、六の君）でかまわないことになる。おそらく新編全集の校訂者（阿部秋生氏）も、そういったことを斟酌して本文を「女御子」としたのであろう。その場合、帝の発言には源氏と右大臣の娘との結婚が意識されているとも読める。(3)

しかし一般的に「みこ」は「皇女」と考えられているようである。少なくとも右大臣家には弘徽殿腹の皇女（源氏の異母姉妹）が養育されているからである（右大臣家に、右大臣の娘以外で入内した女御・更衣の生んだ皇女（養女）がいるわけはないので、弘徽殿腹以外の皇女は考えようがない）。たとえ右大臣の娘とした方が都合がいいとしても、安易な校訂は慎むべきであろう。

そしてその日の藤の宴の主役は、まさにこの二人の皇女であった。わざわざ「寝殿に女一の宮、女三の宮おはします」（花宴巻364頁）と明記されており、主人格として寝殿に着座（見物）しているからである。この日の宴は、

三月の二十余日、右大殿の弓の結に、上達部、親王たち多く集へたまひて、やがて藤の宴したまふ。花ざかりは過ぎにたるを、「ほかの散りなむ」とや教へられたりけん、おくれて咲く桜二木ぞいとおもしろき。新しう造りたまへる殿を、宮たちの御裳着の日、磨きしつらはれたり、はなばなとものしたまふ殿のやうにて、何ごともいまめかしうもてなしたまへり。（同363頁）

とあるように、本来は弓の競技会であった。そこから発展して夜の宴会となるのだが、源氏は最初から参加するのではなく、「いたう暮るるほど」（364頁）にわざと遅れて出席している。右大臣とて源氏を招待するのは嫌であろうが、源氏の出席が宴会の格を高めるとなれば、無理にでも来てもらわざるをえまい（結婚の思惑があるのならなおのこと）。そこで弘徽殿ならぬ右大臣が、息子四位の少将を使者として、正式な招待をするわけである。

ところでここに、皇女達の裳着が行われていたことがさりげなく語られている（これは「宮たち」なので右大臣の娘ではあるまい）。それはその当日にあったのではなく、それ以前に右大臣邸で行われ

たというのだが、新築の殿で行ったとある以上、裳着が行われたのはつい最近なのではないだろうか。内親王の裳着であるから、宮中で行われてもよさそうな気もするが、とにかくここに弘徽殿腹の皇女の裳着の記述があることに留意したい。ではここで行われた裳着は、一体誰の裳着だったのであろうか。そうなると、寝殿にいることをわざわざ明記されている女一の宮・女三の宮の裳着とするのが妥当となる。その点を島津久基氏は、

女一宮は一品の宮、女三宮は葵巻で斎院に立ち、又賢木巻で桐壺院崩御の為斎院を辞せられ、槿の姫君が代って立ったことが見える。御年歯も余り隔たりが無いのであらう。（此の点からも女二宮は御腹の違ふことが推知される。）その御祝に飾り立てた新築の御自慢の殿舎を、半ば皆に見てくれの藤の宴でもあらう。

（『対訳源氏物語講話五』338頁）

と述べておられる（現代語訳の「新築した殿舎を、先頃皇女達の御裳著の御祝の折、磨き立てて飾りつけられたままである」も参考になる）。

四、裳着

右大臣邸で行われたのは、女一の宮・女三の宮の裳着であった。これで問題はないように思われるが、実は年齢的な問題が残っているのである。

よく考えてみると、この時源氏は既に二十歳になっていた。先に桐壺巻の考察で、女一の宮・女三

の宮はともに源氏の姉宮であると解釈した。花宴巻で裳着を済ませたその皇女が女一の宮・女三の宮であるとすると、なんと二人は二十歳を相当過ぎてから裳着を行ったことになる（朱雀帝の姉宮であれば、二十四歳以上になる）。もちろん裳着は完了形で記されていたので、過去のできごとを回想していると解釈することも可能ではあるが、それでも何年も前というのではあるまい。むしろ島津氏の説かれたように、新邸の飾り付けがそのまま残っている程最近と考えたい。従来の研究では、この点に全く疑問を抱いていないようである。

　ところで平安時代における貴族の姫君の裳着は、もちろん明確な年齢が定められているわけではないけれども、一般には十二歳頃から十六歳頃に行われている。まれに玉鬘のように二十歳を過ぎてから行われる場合もあったが（行幸巻）、これは極めて例外的なことであり、むしろ玉鬘の数奇な人生がそこに反映していると読める。普通の貴族生活を営んでいるのであれば、常識的には十代半ばに裳着を行い、そうして結婚するのではないだろうか。『源氏物語』を例にしても、明石姫君は十二歳（梅枝巻）、紫の上は十四歳（葵巻）、源氏の妻女三の宮は十四歳（若菜上巻）、薫の妻女二の宮は十六歳（宿木巻）の時に裳着を行っていた。こうしてみると二十歳過ぎの裳着は、少なくとも物語の論理において、尋常の事態ではないことになってくる(4)。

　ここでもう一度、裳着の本文に戻ってみよう。するとここに桜の木が二本登場していることに気付く。この日の右大臣邸の宴は桜ではなく、藤原氏にふさわしい藤の宴であった。時は陰暦三月二十日過ぎである。新暦になおすと五月頃である。藤は晩春から初夏にかけて開花するので、この時期に藤の花の宴を催すのは納得がいく。しかしそこに桜が咲いていたというのは、かなり無理な感じがする。もちろん桜にも種類があり、遅咲きの八重桜などであれば可能かもしれない。あるいは右大臣邸が標高の高い山奥にでもあれば問題ないが、それは考えられないだろう。そうするとここで無理を承知で桜を咲かせるのは、何かしら意図があることにならないだろうか。もちろん右大臣家の私宴は、この桜によって宮廷（南殿の桜）の花宴の延長線上におかれ、また藤は『伊勢物語』第百一段を踏まえることにより、必然的に藤原氏の栄華をことほぐ意味を持つ。そのためにここでどうしても桜と藤が同居せねばならないのだろう。

しかしそれ以外に何か考えられないであろうか。そこで注釈書を調べてみたところ、旧全集本に「この「桜二木」は擬人化してある」と注が施されていた（後の新編全集では何故か抹消されている）。これを拡大解釈して、遅咲きの桜を皇女の喩とは読めないのだろうか。女性を花にたとえることは、古今東西を問わず常套であった。ポイントはその桜が一本ではなく二本と書かれているところである。うまい具合に裳着をしたのは一人ではなく、「宮たち」とあるように複数（二人）であった。その皇女達の裳着を、「花ざかりは過ぎ」・「おくれて咲く」と暗示していたとしたら、まさに相当遅れての裳着と言うことになる。しかしいくら遅い裳着といっても、外祖父は天下の右大臣、父は時の帝、同腹の兄弟は皇太子なのであるから、特にこれといった理由がなければ、遅くとも十代後半には裳着を済ませているのではないだろうか。

五、皇女の可能性

このように考えると、この問題に対してはいくつかの解答があげられる。一つ目は、裳着を受けた皇女達と、その後寝殿にいた女一の宮・女三の宮は別人であったとする答え。二つ目は、女一の宮と女三の宮は年が離れており、源氏の姉宮は女一の宮だけだったとする答え。ただしこの場合は、女三の宮の下に同母妹を設定しなければならない。三つ目は、桐壺巻の記述が無視された（ケアレスミス）とする答え（もちろんこれは年立てを信頼してのことである）。四つ目は、女一の宮・女三の宮の裳着が二十歳以降に行われたとする答えである。

この解答を少しばかり検討してみたい。一と二に共通しているのは、源氏に弘徽殿腹の異母妹がいることを認めなければならない点である。両方の条件を満たすためには、必然的に要請される妹宮であるが、問題はその年齢設定にある。第一に桜の喩を生かすためには、やや遅い裳着でなければならない。しかも裳着を行う皇女二人の年齢差が開いていては困る。何故ならば、同時に裳着を行うことの説明が難しくなるからである。

第一条件を満たすためには、裳着を行った年齢は十代後半でなければならない。しかしこの条件は、桐壺帝後宮における桐壺更衣寵愛と無縁ではありえない。つまり源氏が生まれた前後は、桐壺更衣によって帝の寵愛が独占されており、他の女御・更衣達にはほとんど帝の御召しがなかったはずである。もっとも心労や生理のための里下がり、そして源氏出産のための里下がり期間があるので、その間に他の女性が愛を受けることはなかったとは言えない。それにしてもこの時期では、勢力ある弘徽殿といえども、懐妊する可能性は極めて低い。むしろ更衣の死後、弘徽殿腹の第一皇子が皇太子になった後、そのような可能性は拡大される。仮にその時期に弘徽殿が懐妊したとすると、生まれた皇女は花宴巻において十六歳になる。裳着にはやや遅めくらいの年齢であろう。

それに対して私は、七歳になった源氏を弘徽殿のもとに連れていった箇所の解説で、次のように述べたことがある(5)。

本来は、幼年でも男子は御簾の中には入れないものらしい。にもかかわらず帝は、源氏の生命の安全を保証するため、進んで源氏を弘徽殿の前(虎穴)に連れていく。それは源氏を実子並に待遇していることを意味する(これは継母(弘徽殿)と継子(源氏)という継子苛めの構図に当てはまる)。実はそのために、帝は頻繁に弘徽殿へ足を向けたのである。憎んで余りある桐壺更衣の忘れ形見源氏であるが、その源氏の存在によって、かえって帝の訪れがふえるという皮肉。しかし弘徽殿としても、源氏さえ表面的にかわいがっていれば、それで帝を引き付けることができるのであるから、ここはいやでも譲歩せざるをえない。帝自らが平等に振舞ってさえいれば、後宮はそれだけで安泰なのだ。この時期に弘徽殿は久しぶりに女宮を出産しているようでもある。

（『源氏物語の視角』103頁）

末尾の女宮の出産に注目していただきたい。もしこの時に弘徽殿が懐妊して姫宮を生んだとしたら、その姫宮は花宴巻の裳着の時に十三歳になる。これでは遅すぎるどころかちょうどいい年齢であり、桜の喩が意味をなさなくなってしまう。もちろん遅れて咲く桜に意味をもたせなければ、まさにこの新説が裳着の説明として最適なものとなる。しかしこの時に生まれた皇女が、花宴巻で裳着を行ったというのはどうであろうか。

光源氏の下に異母妹がいるのなら、それは源氏と四、五歳程度違うだけの妹であろう。そしてその皇女が一つ目の解答の条件を満たすためには、女四の宮以下の皇女でなければならず、二つ目の解答であれば女三の宮でなければならなくなる。またその皇女の下に、年齢の接近した妹宮が存在しなければ、第二の条件が満たされない。つまり一つ目では女五の宮以下の皇女、二つ目では女四の宮以下の皇女の存在が必要になる。

一つ目二つ目の解答を是とすると、それだけで定説となっている弘徽殿腹の皇女の数を増やさなければならなくなる。もっとも葵巻において、桐壺院は六条御息所に対して「斎宮をもこの皇女たちの列になむ思へば」（葵巻18頁）と述べている。この斎宮は源氏よりも九歳年少であるから、弘徽殿腹かどうかは別にして、女四の宮以下の皇女が確かに存在しているようでもある。しかしながら源氏七歳時における「女御子たち二ところ」という説明を考慮すると、源氏より七つ以上年少の皇女なら問題ないが、そうでない場合は困ってしまう。

あえてケアレスミスを設定する必然性はないようだから、一つ目二つ目の解答は没にせざるをえないわけである。三つ目も作者のケアレスミス、もしくは誤解を生むような書き方を肯定することになる。確かに作者はいくつかのケアレスミスを犯しているようであるし、構想の変化による年齢的な矛盾（年立ての不整合）も指摘されているけれども、安易にそう断定するわけにはいかないから、これも肯定できない。そのことは同じく葵巻において女三の宮が斎院に卜定された際、「帝、后いとことに思ひきこえたまへる宮なれば、筋異になりたまふをいと苦しう思したれど、他宮たちのさるべきおはせず」（同20頁）とあること、また賢木巻において朝顔の姫君が斎院に卜定された際、「賀茂のいつきには、孫王のゐたまふ例多くもあらざりけれど、さるべき皇女《をむなみこ》やおはせざりけむ」（賢木巻103頁）と弁解めいた草子地があることによっても補強できる。この時点では弘徽殿腹には他に皇女がいないことになっているのだ(6)。

六、皇女の裳着

本文に書かれている言葉が全て嘘も誤解もないものだとしたら、それが残る四つ目の解答である。源氏の妹宮を認めない四つ目の解答は、季節はずれの桜を主眼としたものである。しかし先にも述べたように、外戚がしっかりしている内親王が、二人も揃って遅すぎる裳着を行うというのは、何か別の問題がありそうである。つまり何故できなかったのか、もしくは行わなかったのかということである。

前述の玉鬘は、親元を離れて九州で育ったため、必然的に社会への御披露目的な意味合いでの裳着ができなかった。しかし女一の宮・女三の宮はともに京都で生まれ育ち、おそらく宮中と外祖父のいる右大臣邸(母弘徽殿の里)以外は、ほとんど外に出たこともないような、いわゆる深窓の令嬢として大切に養育されたに違いない。その皇女に何か外部から妨害の力が働いたため、裳着ができなかったということがあるだろうか。外部からの圧力といっても、帝の皇女に誰が何のためにそんなことをしなければならないのか。

時の中宮たる藤壺はどうか。藤壺は先帝の皇女であり、既に皇子(冷泉帝)を生んで中宮という安定した位についている。藤壺の生んだ皇子はいずれ帝位につくだろうし、今さら他の女御が生んだ姫君の裳着を妨害したところで、何ら自分達の利益にはなるまい。つまり藤壺側から何か働きかける可能性は極めて低いことになる。臣下で最も身分が高かったのは左大臣であるが、彼は娘を後宮に入内させているわけでもなく、桐壺帝の在位期間中は帝の寵児光源氏の正妻の家(後見)という形でしか関わってこない。しかも既に源氏は臣下に降下しており、その源氏を介して後宮を把握するのはちょっと無謀と思われる。それよりも左大臣より下位ではあるが、弘徽殿を擁する右大臣の方が後宮制圧に乗り出す可能性は大であろう。しかしその右大臣が姫君達の邪魔をするはずはあるまい。何しろ自分の孫娘達なのだから。

こうしてみると、どうやら外部からの力で姫君達の裳着が遅れたというわけではなさそうである。もちろん右大臣家の勢力拡大に歯止めをかけるために、帝や左大臣が陰で妨害工作をした可能性がないわけではない。第一皇子の立太子や弘徽殿の立后が遅いのと同様にも考えられるからである。しかし皇太子や后と違って、皇女の裳着にはたいした政治性は読み取れないのだから、むしろ内部的な事情に目を向けた方がよさそうである。つまり皇女は、その高貴さ故に裳着が遅れたのではないだろうか。

通常、貴族の姫君は裳着を済ませるとすぐ結婚する。男の元服が官職と結びついているのに比べて、姫君の裳着は結婚と直結しているわけである。そして裳着は成人女性の御披露目であると同時に、悪い虫がつかないように注意すべき警報でもあるのだ。朧月夜など源氏との関係が露見したために、朱雀帝の后になる道が閉ざされてしまっているではないか。また雲井雁も夕霧と関係したために、後宮の切り札として使えなくなっている。そういったことを未然に防ぐ安全策として、結婚相手を決めてから裳着を行うことも少なくない。

ところで平安時代の皇女達は、積極的には結婚しなかったらしい(7)。それは藤原氏による摂関政治を円滑に遂行するための政策でもあったろう。ところが『源氏物語』においては、皇女の結婚がしばしば描かれている。もちろん後宮に入内する場合と、臣下に降嫁される場合の二種類に分けて考えた方がわかりやすい。入内としては、藤壺が桐壺帝に入内しているし、異腹の妹（藤壺女御）も朱雀帝に入内している。降嫁の例はかなり多く、桐壺帝の妹宮（大宮）が左大臣に降嫁している。朱雀帝の女三の宮は源氏に降嫁しているし、女二の宮（落葉の宮）は柏木に降嫁した後、夕霧と再婚している。そして今上帝の女二の宮は薫に降嫁している。

このようにかなり多くの皇女が結婚しているのであるが、しかし物語においても現実においても、結婚（降嫁）しなければならない皇女は親の不在等といった悪条件により、経済的に不安定になっている場合が多いようである。つまり結婚によって新たなる親権者（後見人）を獲得するわけである。そうでない場合、つまり経済的に安定している場合は結婚に消極的であり、一生独身で暮すことが多かった。女一の宮など、若菜上巻（既に五十歳近いはず）において一品の宮として再登場しているが、おそらく独身であろう。女三の宮は葵巻で賀茂の斎院になっているが、父の崩御により賢木巻で交替している（その後出家か？）。その後は同母兄弟たる朱雀院のもとで生活しているらしい。そして彼女も独身で一生を終えたのではないだろうか。ひょっとすると斎宮や斎院になる予定の皇女は、その職掌のために結婚拒否を強いられるのかもしれない。

本人に結婚の意思があるかどうかは別にして、帝や右大臣家という親権者が皇女の結婚を望まなかったとしたらどうであろうか。つまり結婚の対象外の女性の裳着が遅れると考えたら、二十歳を過ぎてもう何年も経つという年齢の皇女が、ようやく裳着を行ったとしても、別に何の不思議もないのではないだろうか。逆に考えればこの年齢での裳着は、もはや女一の宮と女三の宮が結婚しないことを明示していることになる。

結

以上、桐壺帝の女一の宮・女三の宮について、私見を述べてみた。本論では「おくれて咲く桜二木」という表現に着眼し、それを光源氏の姉宮の喩と考え、その立場から裳着における年齢的な問題を指摘し、一応の解釈を試みてみた。

この姉宮達は、今までの『源氏物語』の研究史からは完全に無視されてきた端役的人物である。ここに述べた私見が正しいのかどうかわからないが、少なくとも問題があることだけは指摘できたはずである。

注

(1)本田義彦氏「源氏物語存疑「御子たち」考」九州大谷国文14・昭和60年7月

(2)吉海直人『源氏物語の視角』翰林書房・平成4年11月

(3)倉田実氏は「「花宴」巻の宴をめぐって―宇大臣と光源氏体制の幻想―」（国語と国文学65―9・昭和63年9月）において、源氏と弘徽殿腹の内親王（異母姉弟）との結婚の可能性を読んでおられるが、いかがであろうか。

(4)夕霧の娘六の君は夕霧巻（夕霧二十九歳）が初出である。早蕨巻（夕霧五十歳）で裳着が行われるとすれば、その時二十二歳を過ぎていることになる。概して宇治十帖の女君達の結婚はやや高齢化しているようである。

(5)吉海直人『源氏物語の視角』翰林書房・平成4年11月

(6)同じく内親王といっても、女二の宮は異腹なので朱雀帝の斎院にはふさわしくないのであろうか。後に桐壺帝崩御によって斎院の交替があるが、その際内親王ではなく女王(式部卿宮の姫君)が卜定されている点からしても、内親王が少なかったことは容易に理解できる(斎宮も内親王ならぬ故前坊の姫君が卜定されている)。ただしそんな緊急の場合でも、残る女一の宮を手放す気はないらしい。異腹とはいえ内親王たる女二の宮よりも、ずっと血の薄い彼女達が選ばれた理由は必ずしも明白ではない。そこに政治的配慮が働いているのか、あるいは女二の宮は既に結婚あるいは夭折していたと読むべきか。また朱雀帝皇女の存在の可能性も考えられる。朱雀帝の皇女である女三の宮は二十九歳頃の出生であるから、それ以前に女一の宮・女二の宮が誕生していてもおかしくはないからである。なお島田とよ子氏「斎宮—秋好中宮の斎宮卜定について—」園田国文11・平成2年3月参照。

(7)今井源衛氏「女三の宮の降嫁」『源氏物語の研究』未来社・昭和56年8月、後藤祥子氏「皇女の結婚」『源氏物語の史的空間』東京大学出版会・昭和61年2月、今井久代「皇女の結婚」むらさき26・平成元年7月参照。

七章　桐壺更衣の母北の方

はじめに

桐壺更衣の母北の方に関する研究など、皆無に等しい状況である。試みに森一郎氏の「源氏物語作中人物論・論文目録」（『源氏物語作中人物論』笠間書院・昭和54年12月）を調べてみてたところ、個人としては立項されておらず、かろうじて「その他」の項に島津久基氏の御論が一本だけ見つかった(1)。それにしたところで、作者紫式部が北の方に投影されていることをわずか3頁程で指摘しているにすぎず、到底本格的な研究（人物論）とは言えそうもない。もちろん北の方は、物語全体の中でさほど重要な役割を担っておらず、当然その登場・活躍期間も極めて短いので、北の方に関する論文がなくても決して不思議ではあるまい(2)。

その北の方が最初に登場するのは、桐壺巻が始まってすぐの両親（出自）紹介記事の中である。そこでいきなり、

父の大納言は亡くなりて、母北の方なむいにしへの人のよしあるにて、親うち具し、さしあたりて世のおぼえはなやかなる御方々にもいたう劣らず、何ごとの儀式をもてなしたまひけれど、

とりたててはかばかしき後見《うしろみ》しなければ、事ある時はなほ拠りどころなく心細げなり。（桐壺巻18頁）

と更衣の父の不在が語られている。父親という最大の後見のいない更衣が、宮中（後宮）における何かの儀式の折、財力や政治力のある他の権門の女御・更衣達に比して、たとえ少々心細い思いはしたにしても、なんとか見劣りすることなく参列できたのは、ひとえに母北の方の古いしきたり（有職）についての知識のおかげであるというのである。ここからは定子の母高階貴子（高内侍）が思い浮かんでくる。ただし「とりたててはかばかしき後見しなければ」とある点、北の方だけでは桐壺更衣の後見としては不十分であることが予想される。

この一文を読んだだけで、娘のために自分の教養をフルに発揮し、衣裳やその他の必要品を取り揃える北の方の苦労と、働き手である父兄がいてくれたらという彼女の嘆きが容易に想像される。(3) それにしたところで、従来は亡くなった夫・按察大納言の遺志を忠実に守る賢夫人のイメージでとらえられており、それ以上の主体性などは考えられてこなかった。しかしここから受ける北の方の印象は、決して疲れ切った未亡人のイメージではなく、知性と上品さを漂わせつつ、積極的に前向きに生きる気丈な初老の夫人像である。この点についてもう少し考察を進めてみたい。

なお、物語には北の方の出自も年齢も一切示されておらず、「いにしへの人のよしある」という記述以外に、北の方の素性・性格を知る手だては認められないことをお断りしておきたい。(4) もちろんそれは北の方だけではなく、他の多くの登場人物も同様であろう。『源氏物語』は読者の知りたいことを書いてくれない物語なのである。

一、桐壺更衣の母として

北の方の気丈な性格は、従来ほとんど注目されてこなかったけれども、更衣が病のために宮中を退出する時に、その性格は如何なく発揮されている。

後宮における物質的（経済的）負担に加えて、女御・更衣達の嫉妬・苛めという精神的負担も日々重くなっていった。ただでさえ弱りきった更衣の身に、京都の夏の高温多湿はこたえ、帝の「暇《いとま》さらにゆるさせたまはず」（同21頁）ぬ状態のまま、病状は生死をさまようまでに悪化する。その時「母君泣く泣く奏してまかでさせたてまつりたまふ」（同頁）と、娘の様子を見かねて帝に直訴し、退出の許可を得たのが他ならぬ北の方であった。ただしこの場面において、北の方が女房を介して里邸から指令を発しているのか、それとも自ら参内して活動しているのかは不明である（道長の妻倫子はしばしば宮中に参内している）。

その際、北の方は皇子（孫）に対する気配りも忘れていない。それは「かかるをりにも、あるまじき恥もこそと心づかひして、皇子《みこ》をばとどめたてまつりて、忍びてぞ出でたまふ」（同22頁）という記述によって察せられる。もちろん「心づかひして」から「忍びてぞ出でたまふ」までは更衣の動作であるから、この一文にあえて主語を補うとすれば、それは桐壺更衣となるので、皇子を宮中に止めたのは更衣の意思あるいは帝の意思と見ることも可能である。しかし既に衰弱しきった更衣がそういった細かいことまで判断したと考えるよりも、先を見越した教養ある北の方の采配とした方がずっと自然ではないだろうか。それに関して玉上琢彌氏が、

療養のため里さがりにさいしても、後宮の嫉妬はどんなわるだくみをするかも知れない。女のいじわるは人道を無視するからである。人に知らさず退出しなければならない。御子も御いっしょに行かれると、事は大げさになり、人に知られる。心残りではあるが、御子は宮中に止めねばならない。さらにもう一つ。万一、あえて悪だくみをする者があって、あるまじき恥にあった場合、自分一人の恥ならまだしものこと、長い将来のある御子までがまきぞえになってはとりかえしようがない。

（『源氏物語評釈一』角川書店45頁）

と述べておられることを参考にすれば、北の方のとった処置は極めて妥当であったことになる。

それだけではない。まさに今、更衣と帝が最期のお別れをしている時であった。更衣は力を振り絞って別れの歌を詠んでいる。しかし帝は返歌もできないほどに理性を失って悲しんでいる。そのような帝に皇子のことを思いやる余裕などあるまい。この場面において、理性を失っていないのは、唯一北の方だけなのではないだろうか。だからこそ「今日はじむべき祈祷《いのり》ども、さるべき人々うけたまはれる、今宵より」(5)（桐壺巻23頁）と奏上して、一刻も早い更衣の退出を促しているのであろう。

もちろんこれは字面通り少しでも早く祈祷を始めて、更衣の病を治療したいという気持ちからの言葉とも解せる。しかし更衣の「かぎりとて別るる道の悲しきにいかまほしきは命なりけり」(同頁)という歌や、帝の「ともかくもならむを御覧じはてむ」(同頁)という心内から、更衣の臨終が間近であることは誰の目にも明らかではないだろうか。それにもかかわらず、一刻も早い退出を促す北の方の態度には、祈祷を施したいという願い以上に、宮中を更衣の死穢で汚したくないという強い、そして冷静な意思が感じられる。

これについてはかつて、

今さら娘を退出させてももはや回復の望みはないのだから、本当は加持祈祷などたいして意味がない。どうせなら愛する男の胸の中で息を引き取らせてやりたい。しかし母は私情に押し流されることなく、臣下としての道を厳守(天皇制に服従)して、死期迫る更衣を無理やり退出させた。そこに貴族の誇りがあるとしたら、気丈な母の心根も悲しく哀れである。

(吉海『源氏物語の視角』翰林書房・平成4年11月・48頁)

とコメントしたことがある。

これといった「後見」のいない更衣が、多少の気苦労はしながらも、なんとか後宮でここまでやってこられたのは、この「いにしへの人のよしある」北の方の才覚があったればこそであろう。桐壺巻は、表面的には帝と更衣の恋物語として描かれているけれども、その更衣の背後に、このような北の方の配慮を読み取ることは決して不都合ではあるまい。

二、光源氏の祖母として

ところが、更衣の死後に再登場する北の方を見ると、まるで別人のような変わりように驚かされる。

母北の方、同じ煙にのぼりなむと泣きこがれたまひて、御送りの女房の車に慕ひ乗りたまひて、愛宕《をたぎ》といふ所に、いといかめしうその作法したるに、おはし着きたる心地、いかばかりかはありけむ。「むなしき御骸《から》を見る見る、なほおはするものと思ふがいとかひなければ、灰になりたまはむを見たてまつりて、今は亡き人とひたぶるに思ひなりなん」とさかしうのたまひつれど、車よりも落ちぬべうまろびたまへば、さは思ひつかしと、人々もてわづらひきこゆ。（同24頁）

最愛の子供を亡くすのは確かに辛いことである。しかも更衣の死は、亡き夫の遺言をひたすら守ってきた北の方が、生きがいを失うことを意味するのだから、その悲しみはなおさらであろう。しかしこの引用文で語られている彼女は、あまりにも退出時の気丈なイメージと違いすぎてはいないだろうか。宮中を死穢で汚してはいけないという習わしを守るために、生死の境をさまよっている娘を、愛し愛されている帝から無理に引き離し、退出させた程の強い母であった。ましてその状況下にありながら、若君のことまでそつなく対処した北の方だったはずである。

それにもかかわらずここで描かれている北の方は、玉上氏が「葬送に目上は参列しない。母君用の車は用意してなかったのである。それで女車のうち座席のあまっているのを呼び戻して（車は定員四人がふつうである）乗ったため、遅くなったのである」（『源氏物語評釈一』角川書店52頁）と説明されているように、彼女が最も重んじるはずの「しきたり＝タブー」を守らず、そのために儀式に支障が生じるという醜態まで晒しているのである。その上、車から落ちそうになって、周りの女房から「さは思ひつかし」とまであきれられている。ここに教養ある気丈な北の方の姿を見出すことはできない。というより、大きく北の方像が変貌しているといった方がいいかもしれない。それほど悲しみが深かったのであろうか。あるいはそれが悲しみの深さを表す物語の方法なのだろうか。

その後、帝の勅使として靫負命婦が北の方邸を訪問する野分の場面でも、やはり北の方は盲目的な悲しみに満たされていた。しかしながら更衣の死の直後のように取り乱してはおらず、

・目も見えはべらぬに、かくかしこき仰せ言を光にてなん。（同28頁）

・寿《いのちなが》さのいとつらう思ひたまへ知らるるに、松の思はむことだに恥づかしう。（同29頁）

など、命婦に応対する北の方の会話には、以前と同じように高い教養（引歌表現）がにじみ出ていた。また使者に対する贈り物にしても、

かかる用もやと残したまへりける御装束一領《くだり》、御髪上《みぐしあげ》の調度めくもの添へたまふ。（同32頁）

とかねて用意されていた。なおこの贈り物には「長恨歌」の引用が認められる(6)。

だからといって、北の方は必ずしも娘の死を理性的に納得しているわけではなかった。その証拠に、

帝（使者）に対して次のような愚痴をこぼしている。

人のそねみ深くつもり、やすからぬこと多くなり添ひはべりつるに、よこさまなるやうにて、つひにかくなりはべりぬれば、かへりてはつらくなむ、かしこき御心ざしを思ひたまへられはべる。（同31頁）

それに対して、靫負命婦によって代弁されている帝の心情は、

『わが御心ながら、あながちに人目おどろくばかり思されしも、長かるまじきなりけりと、今はつらかりける人の契りになん。〈中略〉前の世ゆかしうなむ』とうち返しつつ、御しほたれがちにのみおはします。（同頁）

というものであった。

ここで一つ注目しておきたいことがある。北の方も帝も更衣の死を心から悲しんで、毎日泣き暮らしているということは共通している。しかし二人の悲しみ方には決定的な相違がある。それは更衣の死のとらえ方である。北の方は「よこさまなるやうにて」という言葉に代表されるように、更衣の死は帝の寵愛ゆえであり、周りを顧みなかった帝の節度のない行動のせいであると解釈（非難）している。更衣はそれゆえに後宮の女性達の恨みと迫害を受け、前世から与えられた寿命を全うすることなく横死してしまったというわけである。ところが帝の言葉には、「人の契り」「前の世」といった前世の因縁を意味する語が使われている。人々に非難されるほど更衣を愛したのは、短く終わるという二

人の宿世によるものであり、それは全て前世から定められたものであったと解釈しているのである。

このどちらの考え方が正しいのかを判断することはむずかしい。しかしこの正反対の二人の解釈のどちらの方が、当時において抵抗なく受け入れられたのだろうか。たとえば原岡文子氏は、「帝と更衣との関係を宿世意識によって捉えているのは当の帝ばかりではない。〈中略〉語り手も、或いは周囲の人々も二人の関係に「宿世」を思わざるを得ない(7)」と述べておられる。これに従えば、帝のみならず周囲の人々まで更衣の死を運命としてとらえることによって、北の方には「娘を失った母親の冷静でない思い」というイメージが付与されるのである。それはそれで納得できなくもないが、しかしここで問題としたいのは北の方の真意なのである。

三、娘を亡くした母として

更衣の死に対する北の方の取り乱し方が尋常でないことは、『源氏物語』の中で子に先立たれた他の親達の場合と比較してみれば、一層明白になる。

『源氏物語』には子に先立たれた親達が、桐壺更衣の母以外に三組も描かれている。それは葵の上の両親・柏木の両親・浮舟の母（ただし浮舟は死んではいない）である。これら三組の親は、子供の死因を帝同様に運命としてとらえている。

・契り長からでかく心をまどはすべくてこそはありけめと、かへりてはつらく前の世を思ひやりつ

つなむ覚ましはべるを、（葵巻65頁）

・我にな聞かせそ。かくいみじと思ひまどふに、なかなか道妨げにもこそ。（柏木巻327頁）

・かたじけなき御一言を、行く末長く頼みきこえさせはべりしに、言ふかひなく見たまへはてては、里の契りもいと心憂く悲しくなん。（蜻蛉巻240頁）

葵の上の父左大臣は、娘と自分の親子としての契りの短さを思い、浮舟の母は宇治という土地との因縁によって、娘は死ぬべき運命だったのだと嘆いている。これらは「物語の中の主要な事件はすべてこの宿世思想に支えられている」（「信仰と生活」『源氏物語手鏡』新潮選書87頁）という説明を裏付けるものであろう。親達は、子供の寿命は宿世によって定められていたことなのだと割り切っているわけである。また息子・柏木の往生の妨げになるので、私には何も聞かせてくれるなと懇願する致仕大臣（かつての頭中将）の言葉は、息子の死を認め諦めたからこそ出てくるものであった。それは「感傷的な当時の人心では、思いがけない事に当面すると、それを宿世のせいにして諦めたり、嗟嘆したりする」（重松信弘氏『源氏物語の主題と構造』風間書房152頁）という説を信じれば、諦めるということは、それを宿世として受け入れたことを意味することになる。

以上、子供に先立たれた他の親達の例を見てきたわけだが、これを北の方の考えと比べることによって、彼女の宿世否定がいかに異質であるかが納得されるだろう。では、故実や常識をわきまえた賢女であるはずの北の方に、当時の常識ともいうべき宿世思想を否定させたことは、桐壺巻においてどのような意味があるのだろうか。

このことを詳しく考えるには、一度きちんと『源氏物語』の中の宿世というものの位置付けを検討してみなければならないと思われるが、あまりにも大きな問題なので、ここでは取り敢えず一般的な考え方を押さえておきたい。まず絶対的な条件として、物語の中の登場人物たちは宿世を変えられないもの、逃げられないものとしていることである。つまり宿世は「前世での事が因になり、何かの縁で現世に果として現れる」（『源氏物語手鏡』86頁）のだから、現世に生きる人間の力ではどうにもならないのである。いやどうにもならない宿世だからこそ、悲しいこと嫌なことを嘆き諦める理由として利用するのである。それが葵の上の父左大臣であり、柏木の父致仕大臣であり、浮舟の母常陸夫人（中将の君）であった。

人は人生の岐路に立たされた時、少しでも自分に都合のいいようにと行動するものである。もし希望通りに事が運ばなかったら、それを叶えるために努力するだろう。しかし、自分の人生が努力いかんにかかわらず、宿世によって全て支配されているとすれば、自分で道を切り開こうとする自主的行動は全く意味を持たないものになってしまう。そんな時、私達は何を感じるだろうか。それは人生に対するむなしさであり、無力な自分に対する虚無感であろう。だからこそ「宿世を変えられないように思わせたのは、物のあわれを深くする上に極めて有効な方法」（重松氏『源氏物語の主題と構造』152頁）ということにもなるのである。

そうだとすれば、その宿世を否定している北の方が登場する桐壺巻、特にその中間部の野分の場面には、物のあわれが描かれていないのだろうか。その答えは、「桐壺更衣の死が夏であったのは、衰弱のため夏の暑さに耐えがたかったのかもしれないが、その後に野分に荒れた更衣の里を靫負命婦が訪れるあわれ深い場面を作るためであったとも言えよう」(『源氏物語手鏡』151頁)によって明らかである。帝の勅使として訪れた靫負命婦と北の方の対面、そして漢詩文と和歌の技法をちりばめた教養高い会話は、『源氏物語』の中でも特に名文と言われているところなのだから。

四、力尽きた祖母北の方

母北の方は娘の早世という宿世を否定した。しかしそれによって物のあわれが消滅してしまうどころか、かえってあわれの深まりを見せているのである。宿世を否定して、なおかつ物のあわれを深める。これは今まで述べてきた宿世の考え方とどこか矛盾しているように思われるかもしれない。しかし決してそうではない。「源語では宿世に嗟嘆するあわれを描くのであり、宿世を破ろうとする理知的・意思的な心では、物のあわれは描けないのである」(重松氏『源氏物語の主題と構造』152頁)とあるように、宿世が物のあわれを深めるのであれば、その反対側に位置してあわれを消滅させてしまうのは、宿世を否定して破ろうとする理知的・意思的な心である。しかもその積極的な心情は、現在進行形の人生にのみありうるものであって、振り返ることしかできない過去形の思い出の中には存在しえないものである。

北の方が野分の場面で靫負命婦に語った「よこさまなるやうにて、つひにかくなりはべりぬ」という言葉は、更衣の死因を判断したのものである。いくら嘆いても、そしてたとえ帝が自分の過ちを認めたとしても、もはや更衣は戻ってこないし、北の方の悲しみが癒えるわけでもない。そんな過去を語る北の方の言葉の中に、理知的・意思的な心を読むことはむずかしい。彼女にその言葉を言わしめているのは、理知や意思とは程遠い娘の死によって思い乱された心情なのかもしれない。

私見を述べれば、物のあわれを深めるはずの宿世を、他の誰でもない教養高い北の方が否定することにより、かえってその効果は倍増され、主人公光源氏が浮上するシチュエーションが作り上げられているとは読めないだろうか。北の方が帝への返歌として詠んだ、

あらき風ふせぎしかげの枯れしより小萩がうへぞしづごころなき（桐壺巻34頁）

にしても、一見帝の贈歌を受けているようでありながら、その実父親（帝）の存在を黙殺した内容になっており、だからこそ「心をさめざりけるほどと御覧じゆるすべし」（同頁）と語り手が弁解している。しかしこれによって帝は、若宮の父としての自覚を促されるのではないだろうか。つまり北の方が「乱りがはしき」（同頁）心で歌を詠んでいることによって、逆の効果をあげているのである（それが計算し尽くされたものかどうかは判断しかねる）。そうなると野分章段は、表面的な物のあわれと裏面的な政治的かけひきの二重構造になっていることになる。

この部分、かつて「しかしもっと深読みすれば、更衣の死の責任を帝に自覚させることにより、源氏立太子の布石にしているのかもしれない」(『源氏物語の視角』翰林書房・77頁)と読んでみた。若宮参内に関しても、「ただし北の方もただのか弱い女ではないはずである。源氏や一族の将来を考慮すれば、最善の道は自ずから定まっていた。本来ならばむしろ積極的に源氏の参内を推進すべきなのだが、ここではしぶしぶ承知するという体裁を装い、少しでも源氏に有利に働くように演技しているのかもしれない」(同73頁)と読み、北の方の政治的かけ引きを想定している。

最後に北の方が登場するのは、彼女自身の死の場面である(以後、回想されることはほとんどない)。

かの御祖母《おば》北の方、慰む方なく思ししづみて、おはすらむ所にだに尋ね行かむと願ひたまひししるしにや、つひに亡せたまひぬれば、(同38頁)

彼女が慰む術もなく嘆き悲しんでいる理由は、どうやらその直前において弘徽殿女御の一の皇子(後の朱雀帝)が立太子したからのようである。更衣が亡くなった後、北の方のというよりも大納言家の最後の望みは、若宮(源氏)の立太子であったに違いない。それは帝が「宮仕の本意深くものしたりしよろこびは、かひあるさまにとこそ思ひわたりつれ、言ふかひなしや」(同34頁)という亡き更衣への鎮魂を込めて、「かくても、おのづから、若宮など生ひ出でたまはば、さるべきついでもありなむ。寿《いのちなが》くとこそ思ひ念ぜめ」(同頁)と保証してくれていたことであった。しかしその希望さえもうち砕かれた(裏切られた)のであるから、彼女の落胆は相当のものだったろう。そして遂に力尽きたのである。

死の間際、北の方は若宮（当時六歳）に対する「年ごろ馴れむつびきこえたまひつるを、見たてまつりおく悲しび」（同38頁）の気持ちを繰り返し述べている。(8) 若宮（源氏）が立太子しようとしまいと、北の方は唯一の肉親（祖母）なのだから、その後見として孫の成長を見守るのが普通ではないだろうか。それにも関わらず、立太子の夢が破れたからこの世にはもはや未練がないというのでは、野望の実現が最大のポイントになってしまいかねない。

考えようによっては、自らの死によって桐壺帝に再度父親の自覚を促したともとれなくはない。源氏や桐壺帝に対して腹蔵して語らない北の方の本心を、もっと明確に打ち明けてほしかったと思うのは私だけはあるまい。祖母北の方といい桐壺更衣といい、どうして心情の吐露が描かれないのであろうか。それは読者の想像にゆだねられているのであろうか。

結

以上、桐壺巻に登場している桐壺更衣の母北の方について、そのわずかな記述を詳細かつ丹念に分析してみた。

当時の貴族社会の常識であった宿世思想を否定した北の方は、人生の最期を迎えるその瞬間まで、娘更衣の人生そして孫光源氏の運命、また自身の運命までも桐壺帝によって変えられたと思い続けていたのであろうか。それとも更衣の死も自分の死も、源氏の立太子の夢が破れたのも、所詮前世からの定められた宿世だったと思ってあきらめたのだろうか（幸い北の方も桐壺更衣も物の怪にはなっていない）。むしろ宿世を方便として、物語を巧妙に展開していたと読むべきかもしれない。

いずれにしても北の方の役割は、単に故大納言の遺志を忠実に守るだけでなく、亡き夫にかわって自ら積極的主体的に更衣の後見となり、後宮を舞台に政治的判断をも下していく気丈な女性として据え直すことができそうである。

先にあげた藤原道長の妻倫子をはじめとして、こういった女性達の活躍が、平安朝の後宮を背後から支えていたことは間違いあるまい。あらためて後宮における北の方の存在の重さを確認するとともに、多少なりとも桐壺巻の新しい読みを提示してみた次第である。桐壺巻は間違いなく新たな物語を創造していたのだ。

注

（1）島津久基氏「源氏物語に描く作者の自画像のいろいろ（一桐壺更衣の母）」『源氏物語新考』（明治書院　昭和11年5月

（2）吉海『源氏物語研究ハンドブック』（翰林書房）平成6年6月によって調査した。その他に村井利彦氏「母北の方の熱望―源氏物語の出発―」文芸と批評3―3・昭和45年1月、原岡文子氏「光源氏の御祖母―二条院の出発―」共立女子短期大学文科紀要24・昭和56年2月（後に『源氏物語・両義の糸』有精堂・平成3年1月に再録）を見つけることができた。村井氏の御論は、北の方の熱望した方向に物語が展開することを論じたものであり、また原岡氏の御論は副題が示しているように、二条院という邸宅に関するものである。宿世に関して参考にさせていただいた点もあるが、やはりこれらも北の方全般を論じたものではなかった。

（3）桐壺巻において更衣は一人子のように読めるが、賢木巻に至ると突然「故母御息所の御兄弟《せうと》の律師」（賢木巻116頁）が登場している。その時点で既に律師であるとすれば、相当若い頃に出家していたと考えられる。しかし桐壺巻まで遡った場合、この叔父は何故源氏の後見とならなかったのであろうか。もっとも賢木巻においても両者の親しさは描写されておらず、この後も一切登場しないのだから、あえてここで登場させられた真意さえも明確ではない。あるいは異母兄弟だろうか。

（4）皇族出身ということも考えられるが、岩波の古語辞典では一級の「ゆゑ」に対して「よし」を二級と説明しており、その見解に従えば必ずしも高貴な血筋ではなかったことになる。むしろ積極的に定子の母高内侍をモデルとすべきかもしれない。

（5）この「今日」「今宵」に関して、佐佐木恵雲氏「『源氏物語』における「こよひ」考」南山短期大学紀要21・平成5年12月では「一日は日没から始まる」という論理を提示しておられるが、「本日中」つまり明日になる前という意でいいのではないだろうか。具体的には丑の刻までが今日であり、寅の刻以降を明日としていたようである。それは同じく桐壺巻の「夜いたう更けぬれば、今宵過さず御返り奏せむ」（桐壺巻31頁）からも納得できる。

（6）髪上げの調度には「長恨歌」の「鈿《でん》合金釵《さ》寄せて将って去らしむ」が踏まえられている。それを踏まえて吉海『源氏物語の視角』（翰林書房）平成4年11月では、「命婦は道士の立場で蓬生の宿（蓬萊宮）を訪れ、楊貴妃ならぬ北の方と対面しているのである」（78頁）と注しておいた。この場合、北の方は桐壺更衣の代弁者であった。

（7）原岡文子氏「光源氏の御祖母」（注（2）論文）23頁参照。

（8）紫の上の祖母尼君が亡くなった際、源氏は「故御息所に後れたてまつりしなど、はかばかしからねど思ひ出でて」（若紫巻240頁）と述懐しているが、それは桐壺更衣が亡くなった折の「何ごとかあらむとも思したらず」（桐壺巻24頁）と矛盾する。これはあるいは祖母北の方のことと混同しているのではないだろうか。

八章　兵部卿宮――もう一つの光源氏物語――

一、藤壺の兄としての兵部卿宮

『源氏物語』には複数の「兵部卿・式部卿」が登場している。中には「兵部卿→式部卿」という任官コースを辿る例もある。この二つの官職は、古くは必ずしも皇族に限ったものではなかった。それが後に親王に限定され、その代わり実質を伴わない名誉職的なものとなっていったようである。それも藤原氏による摂関体制の所産であろう。これに関連して、かつて私は桐壺巻に藤壺の「御兄弟の兵部卿の親王」(新編全集42頁)として登場している兵部卿宮について、次のように述べた。

兄の兵部卿親王は、先帝の后腹の親王でありながら、東宮になれなかった悲劇の人物である。ここで妹の入内に賛成するのは、必ずしも妹が心細い様子でいるからなのではなく、むしろ自らの政治的立場を強める意図によると考えられる。たとえ帝の皇子と言えども、今や妹の入内でも利用しなければ、古親王として取り残されてしまうに違いない。ここでもし運良く帝の寵愛を受け、皇子が誕生し、次期皇太子にでもなれば、兵部卿は外戚として政権を獲得できるかもしれない。彼にしてみれば、妹の入内は人生最大の博打であった。

(『源氏物語の視角』翰林書房・122頁)

既に藤原氏による摂関体制が確立している以上、たとえ血縁的に天皇の「外戚」となったとしても、それで皇族である親王が政権を獲得することは不可能であろう。何故なら、公卿でなければ杖議に参列することも、上卿になることもできないからである。だから妹藤壺の入内が兄兵部卿宮の立場・存在感を高めることはあっても、真に政権を獲得することはありえまい。そのことは前記引用の後に、

幸いその予想は的中し、冷泉帝が誕生することになる。その後兵部卿は定石通りに娘（王女御）を入内させ、外戚関係を築き上げる。しかし皮肉なことに、政権はそっくり光源氏の手に渡ってしまう。摂関体制から見れば、皇族が政権を担当することはもはや不可能であり、「御母方、みな親王たちにて、源氏の公事知りたまふ筋ならねば」（紅葉賀巻346頁）とあるごとく、親王であるが故に対象から除外されたのである。（同123頁）

と続けて述べている。ここに出ている「源氏」は臣籍降下した賜姓源氏ではなく、親王を含む皇族の意味である。「定石通り」というのは言い過ぎであるが、兵部卿宮は甥にあたる冷泉帝に娘を入内させることで、縁戚関係を一層強固にしていることは間違いあるまい。これで首尾良く王女御に皇子でも誕生すれば、兵部卿宮は立場上外祖父になるわけである。

しかしながら「源氏の公事知りたまふ筋ならねば」とあったように、親王では政権を担当できない制度なのである。そのことは光源氏が冷泉帝から、

帝、飽かずかたじけなきものに思ひきこえたまひて、なほ親王になりたまふべきよしのたまはす

れど、世の中の御後見したまふべき人なし。（薄雲巻457頁）

と親王宣下を勧められた際に、親王では後見できないとあることからも察せられる。また太政大臣が亡くなった時にも、「またとりたてて御後見したまふべき人もなきを」（同442頁）とあり、兵部卿宮など後見として考えられていなかった。

そうなると兵部卿宮が娘の入内に何を期待しているのか見当が付かない。兵部卿宮はこのことをどこまで自覚しているのであろうか。あるいは全てを承知の上で、摂関体制そのものに挑戦しようとしているのであろうか。もしそうなら、桐壺帝による天皇親政の構想に添った動きをしていることになる。藤壺入内に際して、桐壺帝との間に何か密約のようなものでもあったのかもしれない。(1)

あるいは兵部卿宮が母后の意向に逆らって藤壺入内に賛成し、積極的に後押しすることの見返りとして、兵部卿というポストが与えられたと見ることも可能であろう。親王では政治の場に参加できないのであるから、それ以上の利益は望むべくもなかろう。(2)唯一最大の可能性は、光孝天皇の先例に倣って桐壺帝譲位後に即位することである。仮に桐壺帝に皇子がいなければ、先帝の后腹の親王である兵部卿宮もかなり有力な皇位継承候補であろう。しかしながら桐壺帝には既に弘徽殿腹の第一皇子（朱雀帝）をはじめとして多くの皇子がいるのであるから、その目はとっくになくなっているはずである。そのことは前記引用にさらに続けて、

この兵部卿といい、螢兵部卿・匂兵部卿も含めて、『源氏物語』において兵部卿は決して第一皇子

ではなく、もし第一皇子に何かがあった時のための保険（控え）であり、東宮候補ではあるものの、最終的に東宮になり損なった人に与えられる悲劇の官職と考えられるようである。（同）と結論付けている。この説明では、兵部卿宮を執拗に「悲劇」の人に仕立てているようでもある。また「第一皇子ではなく」云々は勇み足かもしれない。螢兵部卿と匂兵部卿はそのとおりだが、兵部卿宮は藤壺と同じく后腹であることは示されているものの、それ以上の情報は与えられていないので、第一皇子か否かは決定できないからである。むしろ一般には第一皇子のように受け取られているのではないだろうか（幻想）。

ここで強調したかったのは、例えば匂兵部卿などは有力な東宮候補として描かれているようでありながら、兵部卿という職が名誉職であることを考え合わせると、実は底流では東宮になりえないことが暗示されているのではないかということであった。このことは兵部卿宮が少女巻で兵部卿から式部卿（前任者は桃園式部卿）に転任することと合わせて、むしろ式部卿論の中で言及されている。藤本勝義氏は、歴代の式部卿任官者を調査された上で、

源氏物語が成立した時代までには、光孝天皇の特殊な場合を除くと、式部卿任官後、即位はおろか立坊した者もいないのである。

と断言されている。(3) 藤本氏は、匂宮（兵部卿）が同母兄二の宮（式部卿）を超えて立坊する可能性を論じるために式部卿を考察されているわけだが、その場合、兵部卿から立坊する可能性には言及され

ていない。確かに物語では二の宮より匂兵部卿の方が重視されているが、それは桐壺巻の朱雀帝（東宮）と光源氏の幻想と同様の仕掛けではないだろうか。私は、兵部卿にしても式部卿と同様（あるいはそれ以下）ではないかと考えている。つまり匂兵部卿も二の宮もどんぐりの背比べであり、共に東宮の保険に過ぎないと考えたい。(4)

二、王女御の父としての兵部卿宮

さて、兵部卿宮自身はたとえ外戚になっても政権を担当できないことを述べてきた。しかしながら若菜下巻に至ると、唐突に、

親王の御おぼえいとやむごとなく、内裏にも、この宮の御心寄せいとこよなくて、このことと奏したまふことをばえ背きたまはず、心苦しきものに思ひきこえたまへり。おほかたも、いまめかしくおはする宮にて、この院、大殿にさしつぎたてまつりては、人も参り仕うまつり、世人も重く思ひきこえけり。（新編全集160頁）

と権力的な人物として再登場している。この記述によって従来は、院（光源氏）・大殿（頭中将）に次ぐ権力者と安易に考えられることが多かった。前述の藤本氏なども「ナンバー三」（同書）の権勢者と位置付けておられる。ただし一番と二番の差が大きいように、さらにその「さしつぎ」（三番）というのでは、たいした権勢者とは言えないのではないだろうか。(5) まして東宮の外戚として将来有望な髭黒

と違って、未来の政権に対する布石がほとんどなされていない兵部卿宮一族である。そうなると、この「ナンバー三」という位置付けをプラスにばかり受け取ってはなるまい。

この記述は、直後に記される冷泉帝譲位を睨んだ、その直前のあだ花にも似た冷泉帝による最後の身内厚遇だったとは読めないだろうか。つまり真の実力者ではなく、冷泉帝の叔父として血縁的に尊重されたわけである。もしそうならこの三人は決して対立するものではなく、冷泉帝の御代における協力者であり、むしろ光源氏傘下の人と見るべきであろう。

そのことを前提にした上で、政権を担当できない兵部卿宮の取るべき次の策は、政権担当可能な誰かと手を組むことになる。その相棒の条件として、できればあまり権力の強くない、自分より弱い立場の人が望ましい。その方が自分の力を発揮しやすいであろうから。その相方として、桐壺帝は臣籍に降下させた我が子光源氏を指名した。もちろん光源氏が皇子のままであれば、条件は兵部卿宮と同じかそれ以下であるから、相棒としては相応しくなかった。そのために臣籍降下が行われるわけであり、臣下に降って源姓を賜えば、たとえそれが至難の業であったとしても、政権を担当することは可能となる。

しかし母方の後見も得られぬ光源氏では、冷泉帝の後見としても貧弱なので、桐壺帝は左大臣の娘葵の上との政略結婚によって、光源氏の後見を左大臣（藤原氏）に託したのである。その意味では兵部卿宮にも同様のことが言える。というのもこの兵部卿宮は案外子沢山らしく、北の方との間に王女

御と髭黒北の方という二人の娘がいる他、

御兄弟の君たち、兵衛督は上達部におはすればことごとしとて、中将、侍従、民部大輔など、御車三つばかりしておはしたり。（真木柱370頁）

とあって、これを同腹の兄弟とすると息子も四人いることになる。(6) これを系図で示すと次のようになる。

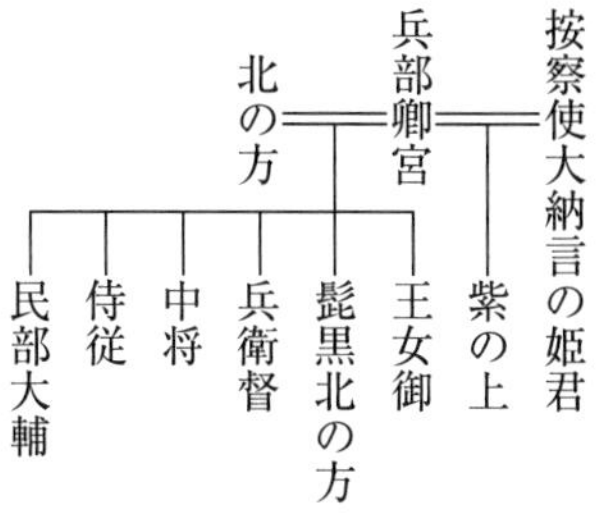

長男とおぼしき兵衛督は、この時点で既に上達部とされているが、兵衛督自体の官位は従四位下なので、おそらくよくて従三位であろう（若菜下巻で源中納言）。ここでまず押えておきたいのは、兵部卿宮の息子達はどの時点かで臣籍降下して、源姓を賜っているということである。だからこそ兵衛督

は任官可能なのであった。そうなると、王女御が入内して得をするのは、父宮以上に臣籍に下ったこの四人の兄弟達ではないだろうか。(7)

それは入内した王女御だけではなく、もう一人の娘（長女）が髭黒北の方であることによっても納得できる。髭黒（藤原氏）は左大臣家・右大臣家・光源氏とは別系統であるが、朱雀帝に入内した妹（承香殿の女御）が運良く皇子を出産し、後に立坊・即位（今上帝）することによって、外戚として第三勢力の地位を獲得できる立場にあった。その髭黒の北の方であるから、兄弟達の出世にとっても悪かろうはずはない。

ついでに言えば、兵部卿宮の北の方側の一族との関わりも重要なのであるが、残念なことに物語はその北の方の出自を一切明示していない。それはともかく、兵部卿宮は妹藤壺の産んだ冷泉帝に娘を入内させ、そして東宮の外戚である髭黒に娘を嫁がせているのであるから、先見の明はあったと見てよかろう。(8)これで紫の上の夫たる光源氏と親密であれば、兵部卿宮一族は勢力をもっと拡大できたはずである。ところが紫の上は継子譚的展開の中で登場したことで、かえって継母北の方との確執が問題化してしまい、そのため兵部卿宮と光源氏との連帯はスムーズにはいかなかった。

髭黒北の方の紹介にしても、

北の方は紫の上の御姉ぞかし。式部卿宮の御大君よ。（藤袴巻343頁）

とあって、ことさら紫の上との関係が明記されているのも、継子苛め譚の構想下にあるからであろう。

前述の兵衛督にしても、

式部卿宮の左兵衛督は、殿の上の御兄弟ぞかし。親しく参りなどしたまふ君なれば、おのづから
いとよくものの案内も聞きて、いみじくぞ思ひわびける。（同344頁）

と、やはり紫の上の兄弟であることが記されていた。どうやらここでは玉鬘の求婚者の一人として造形されているらしいが、ここが兵衛督の初登場なので、詳細は不明としか言いようがない。それにしても紫の上の元に親しく出入りし、それによってそれなりの情報を入手していると書かれているのだから、少なくとも兵衛督は紫の上の異母兄弟であることを最大限に活用していることになる。それは単に紫の上とだけの繋がりではなく、当然権力者たる光源氏にまで及んでいるであろう。

そのことは梅枝巻において如実に示されている。光源氏は明石姫君入内の料として、

「このもの好みする若き人々試みん」とて、宰相中将、式部卿宮の兵衛督、内の大殿の頭中将などに、「葦手、歌絵を、思ひ思ひに書け」とのたまへば、みな心々にいどむべかめり。
（梅枝巻417頁）

と若い公達三人に仮名手本の染筆を依頼している。その三人の一人に問題の兵衛督が入っているのである。しかもそのうちの宰相中将は夕霧（光源氏の子）であり、頭中将は柏木（かつての頭中将の子）であるから、ここにおける兵衛督はその二人と同等の親しい人物、あるいは風流（達筆）な人物として設定されていることになる。さりげなく書かれているが、これは看過できない記述ではないだろう

か。

しっかりした後ろ盾のない兵衛督は、王女御・髭黒北の方・紫の上という三姉妹の入内・結婚を自らの出世のプラスにしていたのである。そしてここでもし玉鬘の婿に決まれば、源氏との連帯も盤石なものとなったに違いない。その意味で極めて妥当な政治的判断と言えよう。もっとも兵衛督という呼称の場面を集めてみると、

・式部卿宮の左兵衛督（藤袴巻）
・式部卿宮の兵衛督（梅枝巻）
・式部卿宮の兵衛督（若菜下巻）

のごとく、常に父である式部卿宮（兵部卿宮）の名を冠して登場していることがわかる。要するに兵衛督はあくまで父宮の息子という位置付けであって、自立した存在ではなかったのである。結局兵部卿宮の一族は冷泉帝の退位後は、朱雀院の五十賀で、

式部卿宮も、御孫を思して、御鼻の色づくまでしほたれたまふ。（若菜下巻280頁）

と、老いた式部卿宮が孫（源中納言の息子）の舞姿を見て涙する描写を最後に、物語から遠ざかってしまう。この部分など、光源氏傘下の一員であるが故に儀式に参加していると読めば、たとえ「ナンバー三」だとしても、またたとえ式部卿宮が東宮に次ぐ品位であっても、そこに権勢者としての姿を見ることは難しいのではないだろうか。(9)

三、紫の上の父としての兵部卿宮

これまで兵部卿宮の政治性について論じてきたが、ここで視点を変えて皇族としての資質を分析してみたい。一般的に兵部卿宮は、典型的な皇族として考えられてきた。しかしながら紫の上引き取りの直前に、光源氏に紫の上を盗まれてしまうところはどうであろうか。その原因として二つのことが考えられる。一つは紫の上付きの少納言の乳母を懐柔できなかったことである。紫の上引き取りに際して兵部卿宮は、

「かかる所には、いかでかしばしも幼き人の過したまはむ。なほかしこに渡したてまつりてむ。何のところせきほどもあらず。乳母は、曹司などしてさぶらひなむ」（若紫巻247頁）

と、一応は乳母の処遇もちらつかせてはいるものの、これで納得するほど少納言の乳母はおろかではあるまい。ましてこのまま紫の上を兵部卿宮の邸に住まわせたら、それこそ北の方によって継子苛めが生じかねないのであるから、そういったことに対する十分な配慮が必要であった。といっても、継子苛め譚としては無能な父親という設定が多いので、兵部卿宮を責めるのは酷かもしれない。

そうなると必然的に少納言の乳母は、継子苛めを回避する方向へ進まざるをえなくなる。そこに登場したのが二つ目の光源氏なのである。(10)光源氏が紫の上を盗み出すというのは、兵部卿宮にすれば予

想外のことであったろうが、しかしそれを未然に防げた可能性はあった。というのも光源氏に抱かれた紫の上の衣装には、光源氏の移り香が残っていたからである。もちろん兵部卿宮にしても、

近う呼び寄せたてまつりたまへるに、かの御移り香のいみじう艶に染みかへりたまへれば、「をかしの御匂ひや。御衣はいと萎えて」と心苦しげに思いたり。（同248頁）

とそれに気付いているのだから、その匂いの原因をもっと詮索していれば、自ずから光源氏の存在が浮上したのではないだろうか。しかしそれを怠ったために、源氏に紫の上を盗み出されてしまったのである。[11] 兵部卿宮の鼻は案外利かないのかもしれない。

そのことは紫の上について以上に、妹の藤壺の場合はもっと鈍感だった。藤壺が三条宮に里下がりしている折、

藤壺のまかでたまへる三条宮に、御ありさまもゆかしうて、参りたまへれば、命婦、中納言の君、中務などやうの人々対面したり。けざやかにもてなしたまふかなとやすからず思へど、しづめて、おほかたの御物語聞こえたまふほどに、兵部卿宮参りたまへり。この君おはすと聞きたまひて、対面したまへり。（紅葉賀巻318頁）

と光源氏も訪問しているのだが、そこへちょうど兵部卿宮がやってきた。本来ならば出産が遅延している藤壺であるし、ここに光源氏が来ていることに不審を抱いてもおかしくあるまい。もちろん光源氏の方では、桐壺帝の使者という逃げ口上もできようが、それにしても多少の疑念くらい抱いてもい

いのではないだろうか。しかしながら兵部卿宮は、光源氏と藤壺の密通には一切気付かず、しかも紫の上と光源氏の関係も知らないまま、

婿になどは思しよらで、女にて見ばやと色めきたる御心には思ほす。（同319頁）

などと見当違いの感想を漏らしている。(12)この兵部卿宮の心内吐露は、光源氏の美質を語るという以上に、兵部卿宮が光源氏と藤壺の密通について全く蚊帳の外であることを表明していることにもなる。逆に考えれば、藤壺は光源氏との秘密を兄兵部卿宮に一切相談していないことが明らかになるわけである。藤壺は自らの出家に際しても、

かねての御気色にも出だしたまはざりつることなれば、親王もいみじう泣きたまふ。（賢木巻131頁）

とあるように、やはり出家の意志を兄兵部卿宮に告げていなかった。また王女御の入内をさしおいて、斎宮女御を入内させた時も同様に独断であった。藤壺入内を促進した兵部卿宮であるにもかかわらず、藤壺は兄を後見（パートナー）として信頼していないのである。

さて、桐壺院崩御の後、右大臣家が政権を獲得すると、左大臣家や光源氏の権力は衰退する。そういった不遇の状況の中で、

西の対の姫君の御幸ひを世人もめできこゆ。少納言なども、人知れず、故尼上の御祈りのしるしと見たてまつる。父親王も思ふさまに聞こえかはしたまふ。（賢木巻103頁）

と、ようやく紫の上の消息・真相が父兵部卿宮に告げられている。これによって光源氏との連帯は強まるわけだが、しかし桐壺院崩御後ではむしろマイナス（迷惑）かもしれない。そのことは続く光源氏の須磨下向に際して、

父親王はいとおろかに、もとより思しつきにけるに、まして世の聞こえをわづらはしがりて、おとづれきこえたまふあず、御とぶらひにだに渡りたまはぬを、（須磨巻171頁）

と、右大臣側への聞こえを気にして疎遠になっていることからも察せられる。「父親王」とあるのは、継子苛め譚の構想下にあることの表象であろうか。もっとも光源氏と離反することで、残された東宮の後見を懸命に務めたという読みも可能ではある。(13)

それに対する帰京後の光源氏の反応は、

兵部卿の親王、年ごろの御心ばへのつらく思はずにて、ただ世の聞こえをのみ思し憚りたまひしことを大臣はうきものに思しおきて、昔のやうにも睦びきこえたまはず。なべての世にはあまねくめでたき御心なれど、この御あたりは、なかなか情なきふしもうちまぜたまふを、入道の宮は、いとほしう本意なきことに見たてまつりたまへり。（澪標巻301頁）

のごとく非常に冷徹であった。「情なきふし」とは、具体的には王女御の入内延引や子供達の昇進不遇であろう。それは信賞必罰の論理のみならず、兵部卿宮が娘との婚姻によって真の第三勢力たる髭黒との連携を深めていたからではないだろうか。(14)また継子苛め譚の型として、継子紫の上の優位が求め

られているとすれば、王女御の入内は論外であろう。ただしこの場合は紫の上ではなく、藤壺の気の毒がる気持ちが描かれているので、必ずしも継子苛め譚として展開しているとはいいがたい(15)。とはいえ光源氏の同意がなければ娘の入内もままならぬとすれば、澪標巻における兵部卿宮が相当な権力を有していたとは到底考えられないことになる。延引された入内も、少女巻で実現しているが、それは「なほ梅壺ゐたまひぬ」(少女巻31頁)と斎宮女御の立后とセットになっており、むしろ敗北感を描く方に主眼が置かれている。

四、兵部卿宮の役割

以上、兵部卿宮の政治性をめぐって、「ナンバー三」の権力者とする藤本氏等の御研究に対して、いくつかの視点から私見を述べてきた。確かに兵部卿宮は藤壺の兄・紫の上の父ということで、光源氏に非常に近い位置にいるものの、藤壺との関係は表面化できない密通であり、兄兵部卿宮でさえその秘密を知ることはなかった。また紫の上との関係にしても、継子苛め譚の枠にはめられたものであるために、光源氏との親密な関係を構築することは困難だったのである(16)。

加えて冷泉帝の外戚(叔父)という政治的に有利な立場にしても、親王(兵部卿でも式部卿でも)という高貴な身分がかえって邪魔となり、権勢者としての地位・栄華を獲得することはできなかった。残された道は、自らの即位か臣籍降下した息子達による政権獲得である。しかし式部卿からの即位は藤本氏の歴史的調査結果によって否定されているし、息子の源中納言にしても、他の勢力との提携や後宮政策がうまくいっているとは言い難い。むしろ光源氏に追従することでかろうじて現在の安定を保っているのであるから、それ以上の栄華・勢力拡大は望むべくもなかった。(17)

そう考えると兵部卿宮の人生は、光源氏が臣籍に下らず無品親王となったと仮定した場合の、もう一つの光源氏物語としても読めるのではないだろうか。(18)改めて桐壺帝の光源氏処遇に関する判断が正しかったことを確認した次第である。

注

(1) 年齢的に見ると、藤壺はむしろ東宮(朱雀帝)入内の方が相応しいはずである。母后が反対したのもそのためではないだろうか。もしそうなら、桐壺帝が東宮妃を横取りするという構造は、まさしく長恨歌の引用ということになる。

(2) 三谷邦明氏は「あなたのその選択がなければ、一部の大事と言われる藤壺事件を抱える『源氏物語』は始発しなかったのです」(「式部卿宮」国文学36―5・平成3年5月)と分析しておられる。

(3) 藤本勝義氏「式部卿宮―「少女」巻の構造―」『源氏物語の想像力―史実と虚構―』(笠間書院・平成6年)参照。

(4) 例えば和泉式部との恋愛で有名になった為尊・敦道親王という兄弟の位置付けがそれに近いのではな

いだろうか。なお兵部卿宮に関しては、今井源衛氏「兵部卿宮のこと」『改訂版源氏物語の研究』（未来社・昭和56年）が基本である。兵部卿と式部卿の違いに関しては、久下裕利氏「兵部卿宮あるいは式部卿宮について—王朝物語官名形象論—」『論叢源氏物語2—歴史と往還—』（新典社・平成12年）参照。また桃園式部卿が兵部卿宮より先に式部卿になっているという指摘が袴田光康氏「『源氏物語』における式部卿任官の論理—先帝と一院の皇統に関する一視点—」（国語と国文学77—9・平成12年9月）によってなされている。そうなると兵部卿宮の式部卿昇進は、単に欠員（薄雲巻で桃園式部卿死去）の穴埋めだったとも考えられる。

（5）「さしつぎ」という語に関しては、かつて「末摘花巻の乳母達」『平安朝の乳母達』（世界思想社・平成7年）において、光源氏の二人の乳母の位置付けをめぐって論じたことがある。なお澪標巻における「世の中の事、ただなかばを分けて、太政大臣、この大臣の御ままなり」（301頁）を参考にすると、やはり「ナンバー三」といえども、その位置付けはかなり低いことになろう。というよりも、既に髭黒が「大臣たちを措きたてまつりて、さし次ぎの御おぼえいとやむごとなき君なり」（藤袴巻343頁）とされているのだから、兵部卿宮をナンバー三と認定すること自体が疑わしいことになる。吉海「「さしつぎ」はナンバー2か」『『源氏物語』の特殊表現』（新典社）平成29年2月

（6）北の方の子沢山については、既に若紫巻において漠然とではあるが、兵部卿宮の口から「君は、若き人々などあれば、もろともに遊びて、いとようものしたまひなむ」（247頁）と語られていた。ただしこの場合は継子苛め譚の典型として、子沢山の継母と一人子の継子が対比させられていると考えられる

（『落窪物語』も同様の設定）。なお兵部卿宮と紫の上の関係が継子苛め譚の構想下にあるとすれば、必然的に兵部卿宮の自立や独自性は求め得ず、最終的には紫の上側の庇護によってのみ繁栄することになる。その代表例が、紫の上主催で行われたであろう兵部卿宮の五十の賀宴（少女巻）である。

（7）この点は島田とよ子氏も、「親王で政治を執った人は、平安時代には皆無である。だから、宮は政治を執れないであろう。が、宮には「真木柱」の巻で、兵衛の督、中将、侍従、民部の大輔と呼ばれる四人の子息がいる。〈中略〉兵衛の督は「若菜下」の巻では「源中納言」と呼ばれている。この人が政治を執ればよい」（「式部卿の宮の不幸―親王と政権―」大谷女子大国文14・昭和59年3月）と述べておられる。

（8）これについては小山清文氏「源氏物語第一部における左大臣家と式部卿宮家をめぐって」（中古文学42・昭和63年11月）でも言及されている。

（9）この点に関して森一郎氏は、「皇族を離脱しない親王で、政治に関わる地位にいない兵部卿の宮が光源氏に対立することはあり得ないのではないか」という西村亨氏のご意見を紹介されている（「兵部卿の宮（紫上の父・藤壺の兄）」『源氏物語の表現と人物造型』和泉書院・平成12年）。その上で篠原昭二氏の「宮は内心の不平は不平として、あくまで光源氏に対して恭順の姿勢を崩さない人としてこの次期にはあった」（「式部卿宮家」『源氏物語の論理』東京大学出版会・平成4年）というご意見を参考にしつつ、「式部卿の宮は、是忠親王や為平親王をイメージしつつ、光源氏に敵対し、そして恭順するという政治的行動をとった」と妥協案を提示されているが、賛同しがたい。

(10)そのあたりの経緯については、吉海「少納言の乳母の存在」『源氏物語の新考察』(おうふう)平成15年を参照していただきたい。
(11)吉海「「移り香」と夕顔」『源氏物語の新考察』(おうふう)平成15年参照。
(12)吉海「「女にて見る」と皇族美」『源氏物語の新考察』(おうふう)平成15年参照。これについては篠原氏も、「光の親しげな態度の真意を探ることなく、光に「女にて見ばや」とわが好色心を動かすというような一齣によっても、宮の優柔不断で人のよい人柄は窺える」(注(9)論文)と述べておられる。また渋谷栄一氏は兵部卿宮について、「「軽薄な事大主義者」というよりもむしろ「小心者」と呼ぶにふさわしい」としておられる(「式部卿宮」源氏物語必携Ⅱ・昭和57年2月)。
(13)木村祐子氏「兵部卿宮と桃園式部卿宮―光源氏との政治的関係―」(中古文学65・平成12年6月)参照。確かに光源氏には背を向けたが、かといって右大臣側に追従しているわけではなかった。
(14)そのことは田坂憲二氏によって、「その(髭黒)勢力は、式部卿宮家との繋がりで徐々に肥大化してきた。最早第三の勢力以上の存在になりつつあったのである。その勢力を武装解除し、光源氏の軍門に下らせることは、藤裏葉の大団円に向けて是非とも必要であったのである」(「髭黒一族と式部卿宮家」『源氏物語の人物と構想』和泉書院・平成5年)と指摘されている。そのために后候補たる真木柱の未来も閉ざされてしまったことになる。
(15)増田舞子氏「兵部卿と光源氏―冷泉帝の外戚と後見―」(解釈50―3、4・平成16年4月)参照。この場合の藤壺は、単に兄の不遇に同情しているだけで、そのことは冷泉帝の政権安泰とは無縁のように読める。

(16)これに関しては今井氏も、「父宮の造型は、ほとんどまま子物語の常套に従ったものと考えられる」(注(4)論文)と分析しておられる。また増田舞子氏「『源氏物語』光源氏と兵部卿宮の親疎をめぐって—須磨退去前後の構成—」(清心語文4・平成14年8月)参照。

(17)孫娘の真木柱にしても、王女御に懲りて入内を諦め、また髭黒北の方に懲りて有望な臣下との結婚も放棄し、安易に蛍兵部卿宮へ縁づけているのは、未来を閉塞させた行為ではないだろうか。なおその際、式部卿宮に「大宮」という呼称が三度用いられているが、頭注に「蛍兵部卿宮と区別するための呼称」(若菜下巻161頁)とあるのは解せない。式部卿宮とあれば兵部卿宮と混同することはないからである。本来、「大宮」は女性に用いられることが多く、その点でも疑問が存する。土井奈生子氏「源氏物語〈大宮〉考—式部卿宮の場合—」『古代中世文学論考十九』(新典社)平成19年5月参照。

(18)視点は反転しているものの、三谷氏が「ここであなたと光源氏が一体化していることです。つまり、あなたは光源氏になれる人物であったことが、ここで示唆されているのです」(注(2)論文)と述べておられる。この点は吉海「「親王達」の末路—もう一つの光源氏物語—」(本書所収)でも触れているので、是非参照していただきたい。

九章　親王達――もう一つの光源氏物語――

一、光源氏の処遇をめぐって

桐壺帝は愛児光源氏の処遇に関して、高麗の相人の観相を聞いた後、「無品親王の外戚の寄せなきにては漂はさじ」（桐壺巻41頁）と決意し、いよいよ臣籍降下に向けて動き始める。

ところでここに見える「無品親王」とは、一品から四品までの位階を有さない親王（内親王）のことである。もともと更衣腹の皇子が親王になるのは稀であり、その多くは臣籍降下していた。たとえ運良く親王になれたとしても、母方の後見がしっかりしていなければ、立坊どころか位階や官職を授かることも望み薄であった。それがいわゆる「無品親王」と呼ばれる人達である。では『源氏物語』の場合、どのような人物を「無品親王」として想定すればいいのであろうか。

天皇制において、天皇は永遠に即位・譲位を繰り返していく。また制度としての親王は、「継嗣令」に「凡そ皇（天皇）の兄弟皇子をば皆親王と為よ」（『律令』281頁）とあるように、現天皇の兄弟及び皇子は自動的に親王とされていた。しかも一度親王になると、天皇が譲位したとしても親王のままである。そうすると天皇の交替にともなって、親王の数はどんどん増加していくことになる。その親王には様々の優遇措置がとられているので、親王の数が増えるに従って皇室財政が逼迫することになる。それのみならず授けるべきポストも塞がってしまう。そのため、特に親王宣下を受けた皇子だけが親王となるという運用（応急処置）が行われた。必然的に親王になれない皇子の存在も増加していったわけである。

天皇（今上）の弟や皇子であれば、皇位継承の可能性を含めて、それなりに華やかな生活が営めるであろう。しかしひとたび天皇が交替し、それに伴って新たに即位した天皇の親王が誕生すると、旧親王達は次第に誰からも省みられなくなるのではないだろうか。そういった世間から忘れられた親王に対して、物語では「古親王」（『うつほ物語』藤原の君巻）あるいは「古宮」（『源氏物語』橋姫巻）という呼称が用いられている。もちろん天皇の交替だけでなく、「外戚の寄せ」も非常に重要であった。もともと外戚の後見がしっかりしているからこそ、皇位継承にかかわるわけである。そのことは匂宮と夕霧六の君の結婚を望む明石中宮の、

親王たちは、御後見からこそともかくもあれ。上の、御代も末になりゆくとのみ思しのたまふめるを、（宿木巻381頁）

という発言によっても納得できる。光源氏の場合、外戚となるべき祖父（按察大納言）は既に亡くなっているし、また母も女御ではなく更衣の身分であったから、立坊どころか親王になることさえも望み薄だったのだ。(1) ただし物語では、そういった史実の論理を踏まえるのではなく、桐壺帝の判断（物

語の論理）として積極的に源氏の臣籍降下が選択されている点には留意しておきたい。(2)

二、『源氏物語』中の「親王」について

その桐壺帝には、物語上十人の男皇子がいることになっている（皇女は除く）。そのことは冷泉帝（実は源氏の子）が「十の皇子」（橋姫巻）と称されていることから類推されるのだが、具体的にその実態を調べてみると、

①朱雀帝（一の宮）②光源氏　③螢兵部卿宮（帥の宮）④四の御子（母承香殿女御）⑤帥の親王

⑥蜻蛉式部卿　⑦宇治八の宮（母女御）⑧冷泉帝（十の皇子）

の八名が登場していた。残りの二名については、その存在すら確かめられないのである（夭折・出家か）。しかも八名のうちの④四の御子などは、紅葉賀巻に一回きり登場しているだけであるし、⑤帥の親王も螢巻に一回便宜的に登場しているだけなので、その詳細は一切わからない。また宇治八の宮と蜻蛉式部卿にしても、宇治十帖に至って初めてその存在が知られる人物であるから、後からの据え直しという可能性も十分存する。そうなると冷泉帝の「十」や宇治八の宮の「八」という数字は、必ずしも当初からの構想ではなく、後の補完と見るべきであろうか。

ところで興味深いことに、この八名の中で確実に臣籍に降下しているのは、どうやら源氏ただ一人のようである。「兵部卿・帥・式部卿」というのは四品以上の官職であるから、親王と見て間違いある

まい。四の御子（「皇子」ではない）だけは親王宣下を受けているかどうか不明であるものの、母が女御であることから考えると、やはり親王になっているのではないだろうか。そうなると更衣腹の御子は源氏一人ということになる。あるいは存在の描かれない二人を、更衣腹故に明記されないと読むことも可能かもしれないが。

以上のことをまとめると、源氏を除いた桐壺帝の親王で、最も不遇と言えるのは、結果的に宇治八の宮ということになる（無品か否かも未詳）。もっとも八の宮の場合は、右大臣（弘徽殿）側に利用されて皇位継承事件に関与したため、冷泉帝即位以降に不遇となったのであるから、必ずしも最初から不遇であったとは言えない。ただし右大臣側が八の宮を冷泉帝の対抗馬としてかつぎ上げたのは、八の宮の後見（外戚）が不在だったためであろうから、これが「無品親王の外戚の寄せなきにて」漂う例ということになる。それこそ親王になった光源氏のもう一つの人生を再現していると見ることもできよう(3)。

それでも八の宮は女御腹である。右大臣側がかつぎあげたのも、それなりの勝算があってのことであろう。つまり、たとえ皇位継承事件に敗れたとは言え、八の宮は可能性として王権を継承できる存在だったのであるから、そういったことから無縁の「無品親王」とは別に考えるべきかもしれない。

ここで物語の本文に戻ってみたい。例えば光源氏の元服の際に、

1御階のもとに、親王たち、上達部つらねて、禄ども品々に賜りたまふ。（桐壺巻47頁）

と出ていることに注目したい。これについては、かつて拙著『源氏物語の視角』(翰林書房)において、ここに「親王達」が登場している点には留意しておきたい。一宮をはじめ有力なバックを有する親王は、ここに出席していないと思われるからである。この場に臨席している親王達は、おそらく桐壺帝の皇子ではなく、前帝以前の古親王ではないだろうか。だから現在は不遇な生活に甘んじている場合が多く、こういった儀式・宴会に重みをもたせ、かつ花を添える飾りとして臨席し、そのかわりにたくさんの禄をもらうことによって生計の足しにしていたのかもしれない(多くは上達部・親王達という集団で記される)。彼等は思想も主義主張もない、言わば宴会屋なのである。そして時として、皇位継承事件等の権力闘争に担ぎ出されるのだが、大抵の場合は敗北することになり、宇治八宮のように悲惨な晩年を過ごすことになりかねない。これこそ桐壺帝が「無品親王の外戚のよせなきにてはただよはさじ」(四九章)と憂慮したことの具現ではないだろうか。

(140頁)

と述べたことがある。「一宮」とはもちろん東宮(後の朱雀帝)のことである。ここでは「一年の春宮の御元服」(桐壺巻45頁)・「春宮の御元服」(同47頁)と繰り返されており、東宮が強く意識されていることがわかる。もしそうなら、東宮のみならず右大臣一派も参列していないであろう。ここに臨席している親王は、源氏の兄弟でも桐壺帝の兄弟でもなく、それ以前の古親王と考えたわけだが、果たして本当にそう言い切れるであろうか。八の宮のことはともかく、名もなき親王達の存在をもう少し掘り下げてみたい。

先に桐壺帝の男皇子について分析したが、それ以外の帝（先帝・桐壺帝の父帝・朱雀帝・冷泉帝・今上帝）の親王についても押えておきたい。まず先帝であるが、その親王としては兵部卿宮（藤壺の兄・紫の上の父）一人しか見あたらない。ただし女三の宮の母（藤壺女御）は異腹なので、他に複数の親王がいてもおかしくないのだが、物語に不要ということで記されていないのであろう。そうなると后腹の兵部卿宮（第一皇子？）が、何故立坊できなかったのかという謎も浮上する。次に桐壺帝の父帝の親王、換言すれば桐壺帝の兄弟であるが、これも桃園式部卿（朝顔姫君の父宮）が一人登場しているだけである。それ以外に前坊（秋好の父宮）や常陸宮（末摘花の父宮）もその可能性が高いのであるが、物語ではその系譜が一切明記されていない。続く朱雀帝にはたった一人（後の今上帝）しか男皇子が描かれていない。これは煩雑をさけるための処置であろうか。あるいは皇位継承をスムーズにするためであろうか。罪の子冷泉帝の場合はもっと極端で、譲位した後にようやく今宮が生まれているのだから、その皇子が立坊する可能性は最初から閉ざされていた。それに対して今上帝には五人もの親王が誕生している。しかもそのうちの四人は明石中宮腹であり、常陸の宮（四の皇子）だけが更衣腹となっている。(4)

こうして調べた結果、桐壺帝以外の全ての帝において、なんと臣籍に降下させられた、というより臣籍降下の記述のある男皇子は一人もいないことが明らかになった。つまり物語における光源氏の臣籍降下は、歴史とは違って決して日常茶飯事的な一般例だったのではなく、非常に特異なケースだったことがわかる。その異常な源氏の臣籍降下がわざわざ描かれていることには、もっと重視してしかるべきではないだろうか。

三、「親王達上達部」の用例の分析（一）

ここで試みに『源氏物語』における「親王」の用例を、『源氏物語大成』の索引で検索してみたところ、

みこ（皇子・皇女・親王）――五七例
みこ（御子）――一例
みこたち――七〇例
御こたち――三例
をとこみこ――四例
をのこみこ――一例

という結果であった。この多数の用例の中には当然皇女も混ざっているし、また「みこ」というだけでは、親王なのか皇子なのか御子なのか判別できないものもあるので、そのまま利用することはできそうもない。ただ最も多いのが、複数を表す「みこたち」の用例（七〇例）であることに注目したい。

そこで視点を変えて、前述の桐壺巻の用例のように「上達部」とセットで用いられているものに限定してみたところ、十九例を拾うことができた。ただし、

親王たち上達部　一一例

上達部親王たち　八例

と語順の違いによって二分される。「親王達上達部」と「上達部親王達」では、親王の位置付けが微妙に異なっている。本来の序列からすれば、用例1のように「親王達上達部」とあるべきであろう。そうなると「上達部親王達」の場合は、本来的な規定ではなく、現実的な権力序列ということになりそうだが、明確に使い分けられている形跡は認めがたい。いずれにせよ親王達が上達部と強く結びついていることだけは間違いあるまい(5)。

なお用例の分布を見ると、第一部十二例・第二部一例・第三部六例となっており、第二部の用例が極端に少なくなっている。それは行事や宴会の記事が激減しているためであろうか。要するに用例の大半は宮廷行事にかかわっており、しかも行幸に集中しているということである。最初に行幸がらみの用例を検討してみよう。

2帝涙をのごひたまひ、上達部、親王たちもみな泣きたまひぬ。(紅葉賀巻311頁)

これは朱雀院の行幸の試楽で、源氏が頭中将と青海波を舞った時の記述である。ここでは「上達部親王達」の順になっており、親王より上達部の方が上位に配されている。しかも「帝」(桐壺帝)に続

く記述であることからすると、この「親王達」はマイナスイメージと思われる。もちろん本番の行幸においても、

行幸には、親王たちなど、世に残る人なく仕うまつりたまへり。東宮もおはします。（同314頁）

のごとく、親王たちの参加が明記されており、行幸を盛り上げる役割は立派に果たしている（その後に「東宮」が記されている）。続いて、

3行幸に仕うまつりたまふ上達部、親王たちよりはじめ心づかひしたまへり。（少女巻71頁）

は、二月二十余日の朱雀院への行幸の記事である。ここで上達部が先になっているのは、2の例を含めて権力的な意識があるからであろう。

次は冷泉帝の大原の行幸であるが、いつも以上に盛大であることが、

4行幸といへど、かならずかうしもあらぬを、今日は親王たち、上達部も、みな心ことに、御馬、鞍をととのへ、随身、馬副の容貌、丈だち、装束を飾りたまうつつ、めづらかにをかし。（行幸巻290頁）

5親王たち、上達部なども、鷹にかかづらひたまへるは、めづらしき狩の御装ひどもを設けたまふ。（同）

と繰り返されているのみならず、「めづらか・めづらし」によってもそれが強調されている。ただ「鷹にかかづらひたまへる」とあって、ここでは「親王達上達部」なら誰でもいいわけではなく、その中

から選抜された鷹飼いの才能ある人たちである点に注意しておきたい。

第一部の最後において、冷泉帝と朱雀院の六条院行幸が行われる。その際、

6親王たち、上達部などの御設けも、めづらしきさまに、常のことどもを変へて仕うまつらせたまへり。（藤裏葉巻460頁）

と、やはり「めづらし」が用いられている。こうしてみると「親王達上達部」は、行幸には必要不可欠の存在であることが察せられる。ただしこの場合は「朱雀院の紅葉の賀、例の古事思し出でらる」（同）とあるように、例の紅葉賀巻の朱雀院行幸（用例2）が想起されているのであった。

次に宴会の例として花宴巻があげられる。

7親王たち、上達部よりはじめて、その道のはみな探韻賜りて文作りたまふ。（花宴巻353頁）

8三月の二十余日、右大殿の弓の結に、上達部、親王たち多く集へたまひて、やがて藤の宴したまふ。（同363頁）

7は二月二十余日に南殿で行われた桜の花の宴で、こちらは親王たちが先に記されている。8は右大臣邸で三月二十余日に行われた藤の花の宴であるが、こちらでは上達部が先になっている。7の例に「その道のは」とあるのは、用例5と同様に特に作詩の才能（文化的教養）のある「親王達上達部」が選抜されているのであろう。紫の上の催した法華経千部供養に見られる、

9親王たち、上達部の中にも、物の上手ども、手残さず遊びたまふ。（御法巻498頁）

も同様である。ここでは管弦を盛り上げているのだが、「親王達上達部」なら誰でもいいのではなく、その中の「物の上手」達であった。

用例8は場の格式を上げ、また場を盛り上げるための要員としての役割を親王が果たしているのである。そのことは、他ならぬ源氏がここに招かれていることによっても納得されよう。なお用例7の花宴巻では源氏が春鶯囀を舞っているが、そのことは用例3の本文に続いて「春鶯囀舞ふほどに、昔の花の宴のほど思し出でて」（少女巻72頁）と想起されていた。

六条院の栄華を語る正月二日の臨時客においては、

10上達部、親王たちなど、例の残るなく参りたまへり。御遊びありて、引出物、禄など二なし。（初音巻151頁）

と記されている。ここでは「例の残るなく」という表現が、源氏の栄華を象徴していると思われる。しかし今回が六条院における最初の臨時客であるから、この「例の」はある種の誇張表現でもあった。あるいは六条院とは無関係の常套表現なのかもしれない（「残るなく」を多用）。

同じく六条院春の町の晩春の催しに、

11親王たち、上達部などあまた参りたまへり。（胡蝶巻165頁）

12上達部、親王たちも、みなおのおの弾物、吹物とりどりにしたまふ。（同168頁）

と、「親王達上達部」が参集しており、やはり彼らの参加が宴会の格式を高めているのである。また

「上達部親王達」が管弦に参加することで、一層その場が盛り上がっているのである。その意味で彼らは文化の担い手でもあった。

竹河巻の例は、男踏歌の見物であるが、

13上達部、親王たち引き連れて参りたまふ。（竹河巻96頁）

とあるように、やはり男踏歌の盛大さを印象付けている花的存在であることが読みとれる。

また宿木巻の二例も同様である。最初は薫の右大将新任を祝う宴であるが、

14垣下《ゑんが》の親王たち、上達部、大饗に劣らず、あまり騒がしきまでなん集ひたまひける。（宿木巻472頁）

とあり、「大饗に劣ら」ないほどの盛大さを印象付けている。これなど用例1に近いものであろう。続いて女二の宮降嫁前日の藤の花の宴においても、例によって禄を賜る際に、

15禄ども、上達部親王たちには、上より賜す。殿上人、楽所の人々には、宮の御方より品々に賜ひけり。（宿木巻485頁）

とあり、身分によって禄が分け与えられている。「禄」については用例1と同様であり、この記述によっても宴会の盛大さが自ずから浮き彫りにされるのである。

四、「親王達上達部」の用例の分析（二）

ここではややニュアンスの異なる「親王達上達部」の用例を検討してみたい。

16院をはじめたてまつりて、親王たち、上達部残るなき産養どものめづらかにいかめしきを、夜ごとに見ののしる。（葵巻41頁）

これは葵の上が源氏の御子（夕霧）を出産した後の記述である。ここでも父桐壺院の喜びが最初に記され、それに続いて「親王達上達部」が登場している。ただこれは公的な儀式ではなくあくまで夕霧誕生という私的な産養であるから、親王達が先になっていることの説明はつく。つまりここに登場している親王達は誰でもいいわけではなく、桐壺院あるいは源氏に近い存在（血縁）の親王と見るべきであろう。これに関しては源氏の須磨流謫の際の記述に、

御兄弟《はらから》の皇子たち、睦ましう聞こえたまひし上達部など、初めつ方はとぶらひきこえたまふなどありき。（須磨巻206頁）

とあることも参考になる。そのためか『新編全集』（小学館）の頭注二では、これを「朱雀帝・帥宮・承香殿女御腹の四皇子など」（同）と特定しているが、ここに朱雀帝を含めるのはあまりにも安直ではないだろうか。いずれにせよ無名の親王の場合は「上達部親王達」で、特定の親王の場合は「親王達上達部」と使い分けられているのかもしれない。

それは夕霧によって行われた源氏の四十賀宴においても同様であり、

親王たち五人、左右の大臣、大納言二人、中納言三人、宰相五人、殿上人は、例の内裏・東宮・

院、残る少なし。（若菜上巻99頁）

と、詳細に人数が記されている。親王が大臣より先にあるのは、かつて朱雀院への行幸の舞人を選抜する際に「親王たち大臣よりはじめて」（若紫巻239頁）とあったことと一致している。また「親王たち五人」と人数が明記されているが、源氏の賀宴に出席した五人の親王とは、具体的に誰のことであろうか。おそらく源氏の兄弟であるために、大臣より先に記されているのではないだろうか（ここに螢宮は入っているだろう）。

六条院で行われた賭弓の還饗における例も同様で、

17北向きに対《むか》へて垣下《あが》の親王たち上達部の御座《おまし》あり。（匂宮巻34頁）

とある。「垣下の」は用例14にもあった。ここに出席している親王については、

その日、親王たち、大人におはするはみなさぶらひたまふ。后腹のは、いづれともなく気高くきよげにおはします中にも、この兵部卿宮は、げにいとすぐれてこよなう見えたまふ。四の皇子、常陸の宮と聞こゆる更衣腹のは、思ひなしにや、けはひこよなう劣りたまへり。（同33頁）

と詳述されており、それによって今上帝の皇子に限定されていることがわかる（直後には后腹の五の宮も紹介されている）。ここで后腹の親王に比べて更衣腹の常陸の宮が見劣りすると記されているのは、常陸の宮が后腹の親王の引き立て役になっていると読むべきであろう。しかしながら正編の主人公であった光源氏が更衣腹であったことを思えば、この表現によって既に第一部の物語の論理が変容して(6)

いることも読みとれる。

次は権力的な用例である。夕霧の六の君は婿選びという設定で、

18六の君なん、そのころの、すこし我はと思ひのぼりたまへる親王たち、上達部の御心尽くすくさはひにものしたまひける。（同19頁）

と紹介されている。「くさはひ」という言葉はかつての六条院における玉鬘を髣髴させるものである。ただこの場合は「すこし我はと思ひのぼりたまへる親王たち」[7]であるから、この親王達は決して不遇をかこつような無名の親王ではあるまい。むしろ夕霧の娘との婚姻によって権力を得ようとする野心ある親王達ではないだろうか（后腹の親王を含む）。これは前述のような宴会要員とは異なる「親王達」であり、むしろ『竹取物語』におけるかぐや姫の五人の求婚者が想起される。「心尽くさするくさはひ」は六条院における玉鬘の引用であろう。

少将との縁談が破れた浮舟の母中将の君の嘆きの中に出てくる、

19上達部親王たちにて、みやびかに心恥づかしき人の御あたりといふとも、わが数ならではかひあらじ。（東屋巻36頁）

も婿選びの例である。ただしこれは理想的な婿のたとえとしてあげられたものであるから、必ずしも現実的な特定の親王がイメージされているわけではあるまい。それでも婿選びにおける慣用表現であるから、用例18同様に権力的なプラスの例と見てよかろう。「上達部」が先になっているのは、失敗し

た「少将」を念頭においているからかもしれない。興味深いのは、中将の君が口にした「上達部親王達」が、後に薫（上達部）と匂宮（親王）の二人によって具現化されていることである。

こうしてみると『源氏物語』における「親王達上達部」表現は、行幸を中心とした儀式・宴会などに用例が集中していることが明らかになった。彼等はどの帝の何という親王なのかさえも明記されていないのだが、それでも必ずといっていいほどその存在が明記されており、こういった個別の人物穿鑿とは別に、儀式や宴会の引き立て役として「親王達上達部」は慣用表現と言えるほどに必要不可欠の存在であったと考えたい。それに対して、稀に権力を伴う用例も認められる。その典型が婿選びであり、その場合は決して無名の親王ではなく、逆に権力の象徴とも称すべき后腹の親王達が登場させられている。

五、『源氏物語』以外の「親王」

では問題としている無品親王達のマイナスイメージは、『源氏物語』独自の表現なのであろうか。そこで先行する物語に例を求めたところ、『竹取物語』に「親王達上達部」はないが、求婚者である「石作皇子・車持皇子・右大臣阿倍のむらじ・大納言大伴御行・中納言石上麻呂足」の五人はまさしく「親王達上達部」であった。その筆頭が石作皇子と車持皇子である。二人とも右大臣より前に紹介されていることからして、身分的にも権力的にも右大臣より上位であることが察せられる。これは権力を伴う求婚であるから、『竹取物語』の皇子（親王）は権力の象徴であり、親王という存在にマイナスイメージは感じられない。
次に『伊勢物語』であるが、『伊勢物語』に登場する親王で最も有名なのは、清和天皇と皇位を争って破れ、小野に隠遁した惟喬親王であろう（八二・八三・八五段参照）。惟喬親王の場合は文徳天皇の第一皇子とはいえ、母親が紀名虎の娘静子ということで、藤原良房の娘明子腹の第四皇子惟仁親王（清和天皇）に皇位継承事件で敗れるのは当然であった。むしろ宇治八の宮との関係が深い。
その他、『伊勢物語』で名の上がっている親王として、
a 賀陽親王（桓武天皇第七皇子）四三段
b 山科禅師の親王―人康親王（仁明天皇第四皇子）七八段
c 貞和親王（清和天皇第八皇子）七九段
をあげることができる。この三人も皇位からは遠い親王達であった。その意味で『伊勢物語』の親王は、『竹取物語』と違ってややマイナスイメージを有していることになる。また不特定多数の「親王達」として、
・親王たちおはしまさせて、夜一夜酒飲みし遊びて（八一段）
・親王たちの使ひたまひける人をあひ言へりける（一〇三段）
・親王たちの逍遥し給ふ所にまうでて（一〇六段）

がある。一〇三・一〇六段(8)は判断が難しいが、八一段の親王は明らかに宴会要員であり、『源氏物語』の例にも共通する。なお、『伊勢物語』は短編ということもあってか、「親王達上達部」(その逆も)という例は一例も見あたらなかった。

『大和物語』には「親王達上達部」が三例見られる。最初は一〇五段の近江の介の娘と浄蔵大徳の恋物語の末尾に、

みこたち、上達部よばひたまへど、帝に奉らむとてあはせざりけれど、このこといできにければ、親も見ずなりにけり。(新編全集331頁)

と出ている。これは『竹取物語』に近い例であろう。なおこの「親王達」の一例として、続く一〇六段に故兵部卿の宮(元良親王)が登場している。

二つ目は一四五段の宇多天皇の河尻行幸の例で、

上達部、殿上人、みこたち、あまたさぶらひたまひければ、(365頁)

とある。これは宴会要員で良さそうだが、「上達部殿上人」の次にきており、殿上人の下位に位置づけられている点が興味深い。三つ目はそれに続く一四六段の宇多天皇の鳥飼院行幸である。大江玉淵の娘に禄の装束をお与えになるに際して、

ありとある上達部、みこたち、四位五位、これに物ぬぎてとらせざらむ者は、座より立ちね。(367頁)

と言っている。この「四位五位」が先の「殿上人」に該当するわけだが、こちらは「親王達」がその上位になっているので問題ない。

こうして見ると、『大和物語』では一例がプラスで残りの二例がマイナスであるから、両方の用例を有することになる。

長編の『うつほ物語』には、『源氏物語』以上の用例が認められる。(9) それは『うつほ物語』に宴会等の描写が多いことも起因していよう。ただし『源氏物語』と違って、マイナスの用例は少ないようなので、その点をもう少し詳しく分析してみたい。興味深いことに『うつほ物語』の「親王達上達部」全用例五九例の内訳は、

上達部親王達―五一例

親王達上達部―八例

となっており、『源氏物語』とは逆に「上達部親王達」の用例が圧倒的に多かった。しかもその多くは婿取り(求婚)にまつわる例である。例えば正頼については、

よろづの上達部・親王たち、「婿に取らむ」と思ほす中に、(おうふう・藤原の君巻67頁)

とある。結局、正頼は太政大臣の一人娘と帝の妹皇女の二人を妻にするわけだが、太政大臣は上達部の、帝は親王達の頂点であり、またそれを超える存在であった(『竹取物語』における帝の求婚と同じ)。同様の例は、兼雅にも認められる。俊蔭の娘の処遇に関して、

一条に、広く大いなる殿に、さまざまなるおとど造り重ねて、院の帝の女三の宮を始め奉りて、さるべき親王たち・上達部の御娘、多くの召人まで集め候はせ給ひければ、（俊蔭巻49頁）

とあるのがそれである。最初の「院の帝の女三の宮」は、やはり「親王たち上達部の御娘」を超えた存在であった。もっともこの例ではただの親王ではなく、「さるべき」である点には留意しておきたい。

正頼の娘あて宮の婿選びにおいても、

上達部・親王たちもあまた聞こえ給へど、ただ今は、思ほしも定めざめり。（藤原の君巻95頁）

とあり、やはり婿候補の常套表現として「上達部親王達」が用いられている。それもあって正頼の邸には、

左大将殿のなかのおとどに、君たち、上達部・親王たち、あまたおはしまして、（内侍のかみ巻386頁）

のごとく、「上達部・親王たち」が始終たむろしているのだが、これこそ源氏が玉鬘でもくろんだ六条院世界のお手本であろう。ただしあて宮は最終的に東宮に入内しており、冷泉帝に入内しない玉鬘とは大きく異なっている。

橘千蔭の場合は、最愛の妻が亡くなった後に、

世の中にありとある上達部・親王たち、女子持ち給へるは、女方より、「名高き大臣にものし給へば」とて、降る雨のごとに言ひ来れど、（忠こそ巻112頁）

と、「上達部親王たち」からひっきりなしに再婚話がもたらされている。これを見ると『うつほ物語』の「上達部親王達」には、本人自身が婿候補である場合と、娘の父として婿を選ぶ場合の二通りがあるようである。いずれにしても権力と結びついた常套表現であることは間違いあるまい。

もちろん婿選び以外に、儀式の引き立て役も努めている。正頼の春日詣での折など、

世の中にありとある上達部・親王たちより始め奉りて、山賎・民まで、今日の御供に仕うまつらぬはなし。（春日詣巻137頁）

とあって、やはり「上達部・親王達」が盛大さの規準になっている。しかしながら『うつほ物語』の「親王達上達部」は、用例数の多さからでも権力的なイメージを有している例が圧倒的に多いと言えよう。

こうしてみると『伊勢物語』の用例はマイナスイメージ、『竹取物語』の用例はプラスイメージということになる。また『うつほ物語』・『大和物語』はその両方を有しており、『源氏物語』はそれを摂取しつつも、マイナスイメージをより積極的に引用していることになる。

六、「親王達」の役割――結びに代えて――

以上、大雑把に物語の「親王」を分析検討してきたわけだが、個性や人格を付与されていない無名の「親王達」こそは、桐壺帝が危惧した光源氏の未来の姿なのであった。臣籍降下が最善の策だった

かどうかの検討は別にして、父帝は光源氏を臣下に下すことで、そういった惨めな無品親王として一生を終えることだけは避けたかったのであろう。

しかし臣籍に降下した源氏は、無品親王よりもさらに下位に位置することになる。[10] 当然元服の儀を終えた源氏が着座したのは、

親王たちの御座の末に源氏着きたまへり。（桐壺巻46頁）

と、「親王達」の末座であった。その意味では無品親王以下の人生を送る可能性もあるわけである。ただし「親王達」の後に「上達部」が続いているとすれば、源氏の隣には左大臣（上達部の筆頭）がいることになる。だからこそ「気色ばみきこえたまふ」（同）ことができたのであろう。[11]

幸いにも光源氏は持ち前の才能に加えて、この左大臣の娘（葵の上）の婿となり、また冷泉帝の後見人となることで権力と栄華を手中に収めることができた。こうして桐壺帝の恐れたもう一つの光源氏物語は回避されたのだが、歴史的には多くの無品親王の悲惨な人生が存在したに違いない。たった一例（光源氏）の臣籍降下という父帝の英断こそは、『源氏物語』の大きな第一歩だったことをあらためて確認した次第である。

注

（1）光源氏が「みや」「みこ」と称されていること、また皇位継承問題に絡んでいるように描かれることで、

読者は源氏の「親王」幻想（誤読）を抱かされているのではないだろうか。しかしながら「宮」「皇子」は、用例的・意味的には必ずしも親王とイクオールではなかった。

（2）そのことは桐壺院の遺戒として、「かならず世の中たもつべき相ある人なり。さるによりて、わづらはしさに、親王《みこ》にもなさず、ただ人にて、朝廷の御後見をせさせむと思ひたまへりしなり」（賢木巻96頁）と繰り返されている。歴史上、一世源氏で大臣にまで至った例として、左大臣源融（嵯峨天皇皇子）と左大臣源高明（醍醐天皇皇子）があげられる。

（3）なおもう一つの光源氏物語として、五十五歳で即位した時康親王（光孝天皇）をあげておきたい（『大鏡』参照）。しかもその時康親王の母は、桐壺更衣のモデルと目されている藤原沢子（仁明天皇女御）であった。

（4）宿木巻に名前の見える「上野の親王」（377頁）については系図未詳だが、常陸の宮と同格とすると、更衣腹の親王ではないだろうか。あるいは常陸の宮の兄弟なのかもしれない。

（5）女三の宮の裳着の場合はやや特例であり、太政大臣が腰結の役で参上したことから始めて、

いま二ところの大臣たち、その残りの上達部などは、わりなきさはりあるも、あながちにためらひ助けつつ参りたまふ。親王たち八人、殿上人はたさらにもいはず、内裏、東宮の残らず参り集ひて、いかめしき御いそぎの響きなり。（若菜上巻42頁）

のようにくどくどと記述されている。ここは問題にしている「親王達上達部」表現とは異なり、「親王達殿上人」となっている。もちろん上達部の方は「上達部殿上人」と表現されることも多いが、これは全く問題あるまい。

(6)注(1)(4)ともかかわることだが、更衣腹の四の皇子が親王とされていること、また常陸の宮と称されていることには問題がある。もしこれを認めるならば、末摘花の父である常陸の宮も更衣腹の親王であった可能性が生じるからである。むしろ積極的にそう読むべきであろうか。
(7)なおこの表現は、桐壺巻冒頭の「はじめより我はと思ひあがりたまへる御方々」(17頁)に類似している。
(8)『古今集』の詞書には「二条后の春宮の御息所と申しける時に、御屏風に龍田川に紅葉流れたる形を描けりけるを題にてよめる」とあり、本来は題詠であったことがわかる。
(9)面白いことに、前田家本『うつほ物語』の用例は全て「御子たち」に統一されている。ただし「親王たち」表記の方が相応しいということで、室城秀之氏の『うつほ物語』(おうふう)では、全て「親王」表記に校訂されている。
(10)そのことは内大臣(頭中将)の「何の親王、くれの源氏」(少女巻34頁)という発言からもわかる。
(11)玉上琢彌氏の『源氏物語評釈』(角川書店)でも「親王方の御座席のつぎに坐った。すると引き入れの大臣より一つ上座になるらしい。〈中略〉隣に坐ったので、引き入れの大臣は、光源氏に姫のことを暗示した」(一141頁)と述べられている。

第三部　表現論（特殊表現）

十章　「をのこみこ」をめぐって

一、問題提起

『源氏物語』桐壺巻の冒頭部分は、高等学校古文の教科書で採択されることの多い箇所である。その中に光源氏の誕生が、

1前の世にも御契りや深かりけん、世になく清らなる玉の男御子さへ生まれたまひぬ。
（新編全集・桐壺巻18頁）

と描かれている。「男御子（皇子）」には「をのこみこ」とルビが振られており、それでまったく問題なしとしているようで、脚注も施されていない。しかしながら「男」には、「をとこ」と読むか「をのこ」と読むかという二つの選択肢があるはずだ。

小学館『古語大辞典』の「をのこ」の語誌によれば、

平安時代の用例からは、「をのこ」にやや見下げた語幹が認められる。

とあり、「をとこ」と「をのこ」には身分的な使い分けの可能性が示唆されている。もしそうなら、ここで光源氏が「をのこ」とされていることには意味があることになる。これに関して私はかつて『源

氏物語〈桐壺巻〉を読む』（翰林書房）の補注で、

「おのこみこ」は用例的にも当時非常に珍しいものである（『源氏物語』にもこの一例のみ）。「おのこ」はやや低い身分を指すことが多いので、更衣腹の息子であることを暗示しているようにも考えられる（福田智子氏「「をのこみこ」考」国語国文65―6・平成八年六月参照）。もしそうなら、この表現によっても皇位継承とは無縁の更衣腹の皇子誕生が明確に読みとれることになる。陽明本のみ本文を「をとこみこ」と改訂しているのは、おそらくその意味を敏感に感じとっているからであろう。（165頁）

とコメントしておいた。これについてあらためて考えてみたい。

二、「をのこ」か「をとこ」か

まず『源氏物語大成』によって本文異同を確認してみたところ、底本以下ほぼすべて「をのこみこ」とある中で、唯一陽明文庫本（別本）だけが「をとこ御子」となっていた。よく言われることだが、陽明文庫本は冒頭部分からして、他の諸本が「時めき給ふありけり」とあるところ、一本だけ「時めき給ふおはしけり」と桐壺更衣に尊敬語を付けている。その意図を「をとこみこ」に援用すれば、桐壺更衣腹の光源氏の存在を他本よりも身分的に格上げしていると見ることができる。それは陽明文庫本なりに筋が通っているわけである。

では『源氏物語』における「をのこみこ」・「をとこみこ」の使用例はどうなっているのだろうか。総索引で調べてみたところ、やはり「をのこみこ」は桐壺巻の一例のみであった。それに対して「をとこみこ」は、紅葉賀巻・明石巻・若菜上巻・竹河巻に各一例計四例使われていることがわかった。どちらも用例は少ないようだが、取りあえず「をとこみこ」の用例を詳しく見てみよう。

2二月の十余日のほどに、おとこ御子生まれたまひぬれば、（紅葉賀巻325頁）

3当代の皇子は、右大臣のむすめ、承香殿の女御の御腹にをとこ御子生まれたまへる、二つになりたまへば、（明石巻261頁）

4いたくなやみたまふこともなくて、をとこ皇子にさへおはすれば、限りなく思すさまにて、（若菜上巻108頁）

5年ごろありて、またをとこ御子産みたまひつ。（竹河巻104頁）

紅葉賀巻の例は、藤壺腹の十の皇子（後の冷泉帝）である。次の明石巻は承香殿腹の皇子（後の今上帝）のこと。三つ目の若菜上巻の例は、明石姫君腹の第一皇子（後の皇太子）のことである。最後の竹河巻の例は、玉鬘の大君が冷泉院の皇子を出産した例である。以上の四例はすべて帝・東宮・院という皇族の皇子出産の例である。臣下に用いられた例はないし、その皇子が臣籍降下した例もないので、非常に限定的な用法（差別語）ということになる。

またこれに類似した「をとこみや」の例も、若菜上巻・宿木巻に各一例計二例を拾うことができた

（「をのこみや」の例はなし）。こちらも見ておこう。

6若君は、東宮に参りたまひて、をとこ宮生まれたまへるよしをなん、深くよろこび申しはべる。（若菜上巻113頁）

7宮に紅葉奉れたまへれば、をとこ宮おはしましけるほどなりけり。（宿木巻463頁）

若菜上巻は明石入道の消息の中で、4の明石姫君の出産のことに触れたものである。次の宿木巻の例は出産ではなく、それだけで匂宮のことをさしているので、やや例外的な用法かもしれない。いずれにしても「をとこ宮」と「をとこ皇子」はほとんど同じであることがわかる。

三、用例検討

以上のことから、『源氏物語』では帝・東宮・院の皇子は、光源氏の例以外はすべて「をとこみこ」と表記されていることがわかった。用例的には桐壺巻も陽明文庫のように「をとこみこ」とあるのが妥当ではないだろうか。そうなると「をのこ」は「をとこ」の誤写とする見方も可能となる。

参考までに『源氏物語』以外の例を調べたところ、例えば『栄花物語』では、

8多くの女御たちさぶらひたまひければ、をとこ御子十六人、をむな御子あまたおはしましけり。（月の宴巻18頁）

9九条殿の女御、をとこ御子生みたてまつりたまひつ。（月の宴巻25頁）

などとあり、やはり天皇の皇子を「をとこ御子」と称していることがわかる。また『紫式部日記』の敦成親王誕生記事においても、

10をとこにさへおはしましけるよろこび、いかがはなのめならむ。（135頁）

とあり、必ずしも「をとこみこ」の例ではないものの、「をとこ」となっていることから、天皇の皇子は「をとこ」と称するのがふさわしいことがわかる。

逆に「をのこ」の例で注目すべきは、『うつほ物語』における仲忠誕生に、

11玉光り輝くをのこを生みつ。（俊蔭巻67頁）

とあることであろう。この場合仲忠は臣下なので、むしろ「をのこ」をあてるのが身分的にもふさわしいことになりそうだ。問題にすべきは「玉光り輝く」である。仮に桐壺巻の「世になく清らなる玉のをのこ御子」が、この仲忠の記述を引用しているとすれば、物語の主人公性継承と引き替えに、後の臣籍降下を暗示するかのごとく、身分的に低いニュアンスを有する「をのこ」が意図的に用いられていると見ることもできるからである。

もちろん各作品の校訂者が「をとこ」と「をのこ」の差異に気付かず、適宜ルビを宛てている可能性も十分存する。あるいは書写段階における解釈が反映しているのかもしれない。例えば『大鏡』の、

12この女御の御腹に、八宮とて男親王一人生まれたまへり。（119頁）

など、「をとこ」と読むのがふさわしいと思われるが、「男」にルビは振られておらず、判断が読者に

委ねられている。こういった例を含めて、現行の注釈書の読みには問題があることになる。少なくとも桐壺巻の「をのこみこ」の例が、非常に稀少であることだけは指摘しておきたい。高等学校の教科書が見過ごしている部分にも、こういった掘り下げるべき課題が埋もれているのである。

四、「みこ」の検討

同様に「みこ」にしても統一性はなく、適宜「御子」あるいは「皇子」の漢字があてられているようである。帝の御子なら「皇子」に統一する方がふさわしいと思われるが、今のところ表記の統一は行われていない。そのため臣下の「御子」の場合、紛らわしさを避けるためにあえて読みを「おおんこ」とすることで、区別をつけているケースもある。

光源氏の場合、いずれ臣籍降下するとはいえ、帝の御子として誕生したことに間違いはないし、この時点ではまだ「皇子」とあってもよさそうである。逆に帝の皇子ということで、一歩深読みして「親王」と誤読してしまう恐れもある。それに関しても『源氏物語〈桐壺巻〉を読む』の中で、「みことなりたまひなば」を問題にして、

この「みこ」は親王の意味であるが、皇子・御子も「みこ」と読む〈両者を区別するために御子を「おほんこ」と訓むこともある〉。法律では、天皇の皇子及び弟はすべて親王であった。だから源氏が誕生後「みこ」とか「みや」と呼ばれていること、あるいは皇位継承問題が浮上していること

から、なんとなく源氏は既に親王の資格を得ているような錯覚を抱かされていた。そして親王から臣籍に降下されるように誤読していた。ひょっとするとそこが作者の狙いかもしれない。しかし「みこ」や「みや」は必ずしも親王ではなかったのだ。〈121頁〉

と論じておいた（皇女も「みこ」と読むのでややこしい）。前述の『大鏡』の例など、誕生の段階で早くも「親王」が宛てられていたが、これなど校訂者の先取り（さかしら）ではないだろうか。

いずれにせよ物語は読者の誤読を前提として、いかにも光源氏に即位の可能性（立太子の可能性）があるような展開になっている。弘徽殿側の異常なまでの警戒心が、さらにそれを煽り立てている。ところが冷静になって、光源氏が親王宣下を受けていないただの皇子だということがわかれば、たちまち朱雀帝との立太子争いなど生じるはずもない幻想となってしまう。

漢字の宛て方一つでこういった誤読が生じるとしたら、それこそ掛詞の技法的な仮名表記が、校訂者を含めた読者の誤読を誘因していることになる。それも源氏物語の面白さの一つであろうか。

〔追記〕「をのこ」と「をとこ」の違いについては、室伏信助先生からヒントを頂いた。室伏先生には大学院時代に「伊勢物語拾穂抄を読む会」で、研究の姿勢を含めていろいろと教えていただいた。直接授業を受けたわけではないが、私にとっては間違いなく恩師の一人である。

十一章　「疑ひなき儲けの君」をめぐって

はじめに

最初に本論で究明する問題点を指摘しておきたい。『源氏物語』桐壺巻の始めの方に、

一の皇子は、右大臣の女御の御腹にて、寄せ重く、疑ひなきまうけの君と、世にもてかしづきこゆれど、（新編全集18頁）

という一文がある。これは光源氏誕生直後にある文章である。光源氏が誕生した途端、唐突に弘徽殿《こきでん》腹の一の皇子（後の朱雀帝《すざくてい》）のことが「疑ひなきまうけの君」として紹介されている。これは光源氏の誕生が、皇位継承問題を呼び起こしたと読めそうである。

この表現について新編全集では、「疑いもない世継ぎの君」と直訳して済ませている。これは訳としては正解である。しかしながらこの訳からは「儲けの君」に存する問題は読み取れそうもない。参考のため『旺文社古語辞典』を見たところ、

〔「儲君」の訓読。次の天皇に用意された君の意〕世継ぎの皇子。皇太子。

と説明されていた。「皇太子」は「世継ぎ」であるから、これがもっとも一般的な古語辞書の説明であ

ろう。ただしこの説明からも問題は見えてきそうもない。

実はかつて私も『源氏物語〈桐壺巻〉を読む』（翰林書房）を書いた時点では、「儲けの君」とは皇太子のことであるが、漢語「儲君」（ちょくん）の和訓であり、他に「いとかしこき末の世のまうけの君と、天の下の頼み所に仰ぎきこえさする」（若菜上巻36頁）という例がある。（30頁）

とだけコメントして済ませていた。その当時は桐壺巻の「儲けの君」の問題点に気付いておらず、それ以上に深く考えることはないと思っていた。そのため辞書の説明を踏襲しただけの簡単なコメントになっていたのである。

しかし今になって、この表現の特殊性、実はまだ「皇太子」ではない一の皇子をあえて「疑ひなき儲けの君」と表現していることに気付いたので、昔の反省も込めてあらためて「儲けの君」について再検討してみた次第である。(1)些細な問題に見えるかもしれないが、だからといって看過していいはずはあるまい。

一、『日本書紀』の用例

まず用例の調査であるが、試みにジャパンナレッジで漢語「儲君」を検索したところ、古い『日本書紀』の用例がヒットした。『日本書紀』には用例が四例認められるが、それは訓読によって大きく二

つに分類されそうである。初出は履中天皇二年正月条の、

二年の春正月の丙午の朔にして己酉に、瑞歯別皇子《みづほわけのみこ》を立てて、儲君としたまふ。（②88頁）

があげられる。新編全集の頭注二には「「儲君」の初出。皇太子」とあり、「儲君」の初出例としている。ただし「まうけのきみ」ではなく「ひつぎのみこ」と訓読されている。この「日嗣の皇子」も皇太子の別称（尊称）であるから、ここで「儲けの君」との違い（使い分け）を判別するのは難しい。

幸いこの記事の少し前に、

元年の春二月の壬午の朔に、皇太子、磐余稚桜宮《いはれのわかさくらのみや》にす。（②87頁）

とあって、皇太子《ひつぎのみこ》であった去来穂別皇子《いざほわけのみこ》が即位し、履中天皇となっている。その履中天皇の「ひつぎのみこ」として、新たに瑞歯別皇子が立太子しているのであるから、これは「皇太子」と同義ということになる。

次の例は反正天皇元年正月条に、

元年の春正月の丁丑の朔にして戊寅に、儲君、即天皇位《あまつひつぎしろしめ》す。（②97頁）

と出ている。これは反正天皇の即位記事である。前の例と同様この記事の直前に、

六年の春三月に、去来穂別天皇崩ります。（②97頁）

と履中天皇の崩御が語られていた。それに続いて「儲君」であった瑞歯別皇子が順当に即位して反正天皇になっている。これも「皇太子」という意味で「ひつぎのみこ」と訓読されているのであろう。

以上の二例が「儲君」を「ひつぎのみこ」と訓読している例である。

三例目は允恭天皇二十四年六月条に見られる。木梨軽太子《きなしのかるのみこ》と軽大娘皇女《かるのおほいらつめのひめみこ》の同母兄妹の相奸が発覚した後、

太子は是儲君為り、罪なふこと得ず。（②127頁）

とあって、まず軽太子の「太子」という漢字を「ひつぎのみこ」と訓読し、その下にある「儲君」を今度は「まうけのきみ」と訓読している。これは『後漢書』鄭衆伝に「太子儲君」とあるのを踏襲しているのであろう。しかしこれではまるで「まうけのきみ」ではない「ひつぎのみこ」が存在するように読めてしまう。実際、歴史的にこの軽太子が即位することはなかった。

四つ目の例は下って天武天皇即位前紀に、天智天皇が大海人皇子を呼び、譲位をほのめかしたのに対して、

願はくは、陛下《きみ》、天下を挙げて皇后に附《よ》せたまはむことを。仍りて、大友皇子を立てて、儲君としたまへ。（③302頁）

と辞退しているところに出ている。この「儲君」も「まうけのきみ」と読まれていた。またこの直前の記事に、

天命開別天皇《あめみことひらかすわけのすめらみこと》の元年に、立ちて東宮と為りたまふ。（③301頁）

とあり、既に天智天皇の弟である大海人皇子は「東宮」になっていたことがわかる。ややこしいこと

に、この「東宮」も「まうけのきみ」と訓読されている。それにしても一度皇太子（東宮）になった大海人皇子を、再度皇太子（儲君）にするというのは少々わかりづらい。(2)

それに対して当の大海人皇子（大武天皇）は、自分は出家する（天皇になる意志はない）ので、位は皇后（倭姫大后）に譲り、大友皇子を皇太子にして下さいと進言し、自らは固く辞退している。同様のことは、既に天智天皇十年条で天智天皇が「勅して東宮を喚し」（③293頁）た際にも、

大后に附属《さづ》けまつり、大友王をして諸政を奉宣《のりたま》はしめむことを、（③293頁）

云々と繰り返されていた。この「東宮」も「まうけのきみ」と訓読されている。大海人皇子は自ら東宮を辞退していたのである。

これに関わりそうな記事が少し後の天武天皇条に、

・皇大弟の宮の舎人の私糧運ぶ事を遮《た》へしむ（③306頁）

・是の時に、近江朝、大皇弟の東国に入りたまふことを聞き、（③316頁）

とある。ここでは「皇大弟」「大皇弟」が共に「まうけのきみ」と訓読されている。単純に考えれば、天皇の弟を「まうけのきみ」あるいは「ひつぎのみこ」と読むのは無理があるのではないだろうか。この場合は、大海人皇子がかつて世継ぎ予定者（東宮）であったことでそう訓んでいるのか、あるいは皇位継承争いとして、あえて二人の「まうけのきみ」を並列しているのであろうか。いずれにしても壬申の乱における皇位継承問題が、「まうけのきみ」の存在を強調しているのであろう。それによっ

て用例が多出していることは間違いあるまい。という以上に、どちらが天皇になるかという皇位継承事件として読ませていることになる。

こうしてみると、「ひつぎのみこ」と訓まれた二例はすんなり即位しているのに対して、「まうけのきみ」と訓まれた二例はすんなり即位できなかった例と読める（使い分け）。

なお『日本書紀』には、「儲君」以外に「まうけのきみ」と訓読している例がもう一例あった。それは仁徳天皇即位前期の、

故、預め明徳を選びて、王を立てて弐としたまひ、　（②21頁）

である。菟道稚郎子《うぢのわきいらつこ》を応神天皇の「弐」としたという記事であるが、この「弐」が「まうけのきみ」と読まれている。「弐」については、中国の「儲弐」を踏まえたもので、天皇に次ぐナンバー2（さしつぎ）ということではふさわしい訓みといえる。ただし菟道稚郎子も即位していない。

もちろんこれらは漢字の訓読であって、最初から「まうけのきみ」と読まれていたのかなど、資料的に断定し難いやっかいな問題もある。また皇太子制度成立以前の用例なので、これをそのまま「儲けの君」の一等資料とすることはできそうもない。

これに関連して、応神天皇が崩御された後の記事に、

時に太子菟道稚郎子《うぢのわきいらつこ》、位を大鷦鷯尊《おほさざきのみこと》に譲りまして、未だ即帝位《あまつひつぎしろしめ》さず、　（②19頁）

ともある。この「太子」も「ひつぎのみこ」と訓読されていた。

以上をまとめると、『日本書紀』の前半では「儲君」を「ひつぎのみこ」と読み、後半では「まうけのきみ」と訓読しているわけだが、「ひつぎのみこ」と「まうけのきみ」の違い（使い分け）は必ずしも判然としていない。また何が契機となって、同じ漢字でありながら読みが変わるのかも謎である。いずれにしても『日本書紀』の「儲君」四例は、皇位継承を前提にして登場しており、意味的には「皇太子」と見て問題なさそうである。

それに関連して「東宮」・「皇大弟」・「弐」なども「まうけのきみ」と読まれているが、それらは必ずしも定訓ではないし、『源氏物語』にはそういった訓みがないので、あくまで参考にとどめておきたい。

二、『日本書紀』以降の用例

次に『日本書紀』以外で『源氏物語』以前の「儲君」の用例を調べてみたところ、『日本霊異記』と『うつほ物語』に用例があることがわかった。『日本霊異記』下巻第三十八には、近接したところに二度、

・道祖《ふなど》の親王を以て儲の君としたまひき。（352頁）

・即の年儲の君道祖の親王を、大宮の殿より出し、獄《ひとや》に投《い》れ居き殺《ころ》死しつ。（352頁）

と出ていた。この二例はともに「まけのきみ」と読まれているが、「まうけのきみ」の例に数えて問題

なさそうである。

二例とも道祖親王（天武天皇の孫、本来は道祖王）の例である。もともと聖武天皇は藤原仲麿に対して、

朕《わ》が子阿倍の内親王と道祖の親王との二人を以て、天の下を治めしめむと欲ほす。（351頁）

と、阿倍内親王と「道祖《ふなど》の親王」の二人に天下を治めさせたいと相談していた。それは皇女の阿倍内親王が即位して孝謙天皇となり、「道祖の親王」がその皇太子（補佐）になるという意味のようである。この例は「次の世継ぎ」というより天皇の補佐役といったニュアンスが強く感じられる。

これに関連する記事が『続日本紀』にも出ている。それによると、道祖王は聖武天皇崩御後の七五六年に立太子しているが、その翌年（七五七年）には孝謙天皇によって廃太子されている。これも即位できなかった例になる。代わって立太子したのが、同じく天武天皇の孫の大炊王（後の淳仁天皇）であった。さらに道祖王は、同年に起きた橘奈良麻呂の乱に加担したとの疑いにより捕えられ、獄死させられている。阿倍内親王との連携がうまくいかなかったわけだが、どうやら大炊王を強く押したのが藤原仲麿だったので、これも一種の皇位継承事件と見ておきたい。

続いて平安時代の『うつほ物語』俊蔭巻には、

その国の帝、后、儲の君に、この琴を一つづつ奉る。（39頁）

とある。これは物語の舞台が日本ならぬ波斯国（ペルシア）であるから、波斯国の皇太子ということ

になる。ここでは帝・后・儲けの君と書かれており、日本と違って間に后が割り込んでいることに留意しておきたい。

もう一例、祭の使巻の、

その筋には親ましたまふとも、宿世なり。天下に国王、儲けの君に奉りたまふとも、（483頁）

は三春高基のあて宮求婚譚に出てくる。ここでは国王（天皇）と「儲けの君」が並列されているので、ここも皇太子（ナンバー2）あるいは次期天皇と見て問題あるまい。

以上のように『源氏物語』以前の例としては、現在のところ、

日本書紀　4例　　日本霊異記　2例　　うつほ物語　2例

があげられる。用例数は以外に少ないようである。肝心の『源氏物語』にしても、桐壺巻以外の用例は若菜上巻の、

春宮かくておはしませば、いとかしこき末の世のまうけの君と、天の下の頼み所に仰ぎきこえさするを、（若菜上巻47頁）

だけしか見当たらない（計二例）。これは源氏が冷泉帝の春宮（朱雀院の皇子）のことを褒めて「儲けの君」と述べたものなので、それで全く問題なさそうである。桐壺巻との共通点としては、世の人々から信頼されていたことがあげられる。

参考までに『源氏物語』以後の用例を探してみたところ、

栄花物語　1例　　　大鏡　2例　　　夜の寝覚　1例
浜松中納言物語　1例　とりかへばや物語　4例　平家物語　3例

が見つかった。やはり文学の用例は、東宮（春宮）などに較べると全般的に少ないことがわかる。あるいは前時代的な表現なのかもしれない。

三、桐壺巻の用例

ここであらためて桐壺巻の用例を詳しく検討しておきたい。桐壺帝は子沢山で、男皇子だけで十の皇子（冷泉帝）まで儲けている。その一の皇子（朱雀帝）が第一皇子である（二の皇子が光源氏）。しかも一の皇子は権力を有する右大臣の娘弘徽殿腹である。それなら「疑ひなき儲けの君」（疑いもない世継ぎの君）という持って回った表現でなくても、ストレートに「儲けの君」だけで良さそうなものである。どうしてこんな表現をとっているのだろうか。

その答えは意外に簡単であった。一の皇子は、その時まだ立太子していなかったからである。『人物で読む源氏物語朱雀院・弘徽殿大后・右大臣』（勉誠出版）でも、「この時点ではまだ春宮（皇太子）は決定を見ていなかった」（11頁）とコメントされている。皇太子候補の筆頭であったにせよ、まだ立太子していないのだから、この「儲けの君」を「皇太子」と訳すわけにはいくまい。立太子していない皇子を「儲けの君」としていることが桐壺巻特有の問題点だったのである。

それなら具体的に「皇太子になる予定の人」と訳したいところだが、そうすると辞書的な意味と齟齬してしまいかねない。何故ならば「儲けの君」は、あくまで次の天皇になる予定の人（世継ぎ）であって、決して「皇太子」になる予定の人ではないからである。

そもそも桐壺巻では、一の皇子がまだ立太子していないからこそ、帝に溺愛されている弟の光源氏の存在が不安材料になっているはずである。そのことは本文でも、

坊にも、ようせずは、この皇子（光源氏）のゐたまふべきなめりと、一の皇子の女御（弘徽殿《こきでん》）は思し疑へり。（19頁）

と語られていた。ここにある「坊」は「東宮坊」のことである。(3) それが「坊がね」（匂宮巻18頁）となると東宮予定者の意味になるので、これが一番「儲けの君」に近い。

もちろん、親王宣下も受けていない更衣腹の光源氏が立太子することなど歴史的にはありえないのだから、これは弘徽殿側の疑心暗鬼に過ぎないことになる。それだけ桐壺更衣に対する帝の寵愛が深かったのだ。というより、いかにも皇位継承問題が存するかのように、読者を誤読させる物語特有の仕掛け（手法）であろう。

もっともこの件は、そういった読みだけでは済まないようである。桐壺巻を読んでもわからないことだが、後の葵巻に至って唐突に前坊のことが明かされる（補完される）。問題の葵巻は、

まことや、かの六条御息所の御腹の前坊の姫宮、斎宮にゐたまひにしかば、（18頁）

と語りだされている。ここで看過できないのが「前坊」である。新編全集の頭注には「前東宮。桐壺帝在位の時の東宮。桐壺帝の弟宮か。その東宮が亡くなったので、弘徽殿腹の第一皇子が東宮に立った」とコメントされている。それは同じく葵巻に、

院にもいかに思さむ、故前坊の同じき御はらからといふ中にも、いみじう思ひかはしきこえさせたまひて、（53頁）

とあることによる。(4)

それだけではない。次の賢木巻にもう一度、

十六にて故宮に参りたまひて、二十にて後れたてまつりたまふ。（93頁）

と記されている。ここでは「故宮」とあるので、前坊が亡くなっていることが察せられる。頭注には、「この東宮薨去の跡をついで朱雀帝（今上の帝）の立太子があったとみられるが、その時桐壺巻によれば朱雀帝七歳、源氏四歳」とある。(5)

これらの記述に従えば、なんと桐壺帝の御世には既に皇太子（六条御息所の夫・桐壺帝の弟か）が立坊していたのである。そうなると同時に皇太子を二人立てるわけにはいくまい。その皇太子が「前坊」「故宮」と称される（皇太子のポストが空席になる）ことで、ようやく一の皇子の立太子が可能となる。

実際、一の皇子の立太子は光源氏四歳の折、

明くる年の春、坊定まりたまふにも、いとひき越さまほしう思せど、（桐壺巻37頁）

と記されていた。帝の「いとひき越さまほしう思せど」という私的な思いとは裏腹に、もっとも妥当（穏当）な立坊が行なわれた。(6)

しかしながら現年立では、前坊の娘たる秋好中宮と源氏の年齢差は九歳なので、理論的に前坊は源氏九歳頃までは生存していたことになる。そうでないと秋好中宮の誕生はありえないからである。そうなるとこのままでは東宮が重複して存在していることになりかねない。これを解消するためには、東宮は病死しているのではなく、生存しているものの廃太子させられていたと読まざるをえないのである（『源氏物語〈桐壺巻〉を読む』翰林書房29頁）。

仮に一の皇子立太子の蔭で、忌まわしい前坊廃太子事件が行なわれていたとすると、そういった描かれざる事情を知っている世間の人々が、「疑ひなき」という奇妙な（訳しにくい）表現をあえて用いたということになる。

どうやら桐壺巻は、まだ立太子もしていない（立太子できない）一の皇子を、あえて「疑ひなき儲けの君」と遠まわしに表現することで、表面的には光源氏との立太子争いを幻想させながら、その背後にもう一つの皇位継承争い（前坊の問題）が潜んでいたこと（将来生じること）を、読者に暗示しているのではないだろうか。

四、「疑ひなき儲けの君」について

そうなると「儲けの君」は、辞書的な意味では次期天皇予定者ということで、皇太子の別称として使用されているが、こと桐壺巻の例に関しては、例外的に「次期東宮予定者」と間接的に訳すほかはあるまい。

参考までに『源氏物語』以後の用例を確認したところ、奇妙な桐壺巻引用が認められた。というのも、桐壺巻の「疑ひなき儲けの君」という表現がそのまま用いられている複数の例があったからである。まず『栄花物語』巻三十二「歌合」に、

東宮の一宮は、内に御子もおはしまさねば、疑ひなき儲君と思ひまうしたり。（242頁）

とあった。この「東宮」は敦良親王（後朱雀天皇）のことで、その「一宮」は喜子腹の親仁親王（後冷泉天皇）のことである。兄の後一条天皇に男皇子ができないので、弟の東宮が即位したら、その一の宮（男皇子）が次の皇太子になるだろうということである。これも現に父が東宮として存しているのだから、桐壺巻同様「皇太子」ではなく次期東宮予定者という意味にならざるをえまい。

面白いことにこの「疑ひなき儲けの君」という表現は、『大鏡』にもそのまま引用されていた。それは末尾部分の、

この宮おはしますこそは、たのもしきことなれど、今の宮に男皇子うみたてまつりたまひてば、うたがひなき儲の君と思し召したる、ことはりなり。（428頁）

である。後冷泉天皇の后の宮（禎子内親王）には尊仁親王（後三条天皇）がいらっしゃるが、もし中宮

嫄子が天皇の男皇子をお産みになったら、それを次の皇太子にお立てしようと関白藤原頼通は考えているという重大な政治記事である。

当時の頼通の権勢は、皇位継承をも思い通りにできるほど強大であった。しかしながら頼通の思惑ははずれてしまう。というのも、期待していた嫄子に男皇子が誕生しなかったので、予定通り尊仁親王が後三条天皇として即位したからである。この二例に共通するのは、天皇に男皇子が誕生していないことである（皇太子候補不在）。そのことが「儲けの君」（皇位継承問題）を考える契機になっており、その点が桐壺巻との相違点ということになる。

加えて『栄花物語』では、東宮の一の宮（尊仁親王）を「疑ひなき儲けの君」としている。それに対して『大鏡』では、まだ誕生もしていない嫄子腹の男皇子を「疑ひなき儲けの君」と仮定しており、そこに皇位継承をめぐる政治的思惑（対立）が浮き彫りになっているようにも読める。

もちろん両例は紛れもなく桐壺巻の引用なのだが、それが通常の世継ぎ候補者ではなく、未来の皇太子予定者という意味になっている点まで継承していることになる。とはいえ桐壺巻とは多少違った用いられ方になっている。

桐壺巻の「疑ひなき儲けの君」という表現はかなり印象的（特殊）だったらしく、さらに『浜松中納言物語』にまで引用されていた。それは、

さて式部卿の宮は東宮うせ給ひぬれば、疑ひなき儲けの君に定まり給ふべきを、（400頁）

である。(7) ここでは東宮が亡くなったことによって、帝の一宮である式部卿の宮が皇太子予定者になるのは必然だが、それをわざわざ「疑ひなき儲けの君」と婉曲に表現している。というのも帝がわが子式部卿の宮の素行に不安を抱き、立太子させるのを躊躇しているからである(結局は立太子している)。

こういった「疑ひなき儲けの君」という特殊表現は、桐壺巻を踏襲することで何かしら皇位継承問題を引きずっているようにも読める。

五、『源氏物語』以降の「儲けの君」の用例

ところで前述の『大鏡』には「疑ひなき」とはないものの、師輔伝にもう一例「儲けの君」が、

元方民部卿の御孫、儲の君にておはする頃、(167頁)

と用いられていた。更衣腹の広平親王は村上天皇の第一皇子ということで、誕生直後は「儲の君」と称されたようだが、実際に立坊した事実はない。これはあくまで候補者・予定者(可能性)にすぎなかったのだ。

そこで新編全集の頭注も困って「皇太子の意味だが、ここは正式のものではなく、男皇子一人ゆえ」とコメント(苦しい言い訳を)している。他に皇子が誕生していないという条件付きでの「儲けの君」(皇太子候補)ということである。結局、安子腹の第二皇子・憲平親王(冷泉天皇)が誕生したことにより、広平親王が立坊することはかなわなかった。これは保険のような扱いであり、皇太子と

は明らかに異なる意味で用いられている。

次に『夜の寝覚』の、

そのころ、内に女宮三所、男、春宮よりほかの儲けの君おはしまさず。（514頁）

はどうだろうか。ここでは「春宮より外の儲けの君」という奇妙な言い回しになっていることに留意したい。要するに皇太子とは別に「儲けの君」（候補）が存在してもいいように読める。そのため説明に困ったらしく、新編全集の頭注九には、

「儲けの君」が皇太子の意であり、世を継ぐ皇子のことだから、「春宮よりほかの」とは不審に思えるが、帝が譲位になった場合、東宮が帝となる、その後の皇太子として立てるべき皇子が帝にはいないというのであろう。

と時間的流れを含めて合理的に説明している。要するに現東宮が次期天皇予定者ということで、桐壺巻同様、「儲けの君」は間接的に次期皇太子候補という意味に用いられていることになる。『源氏物語』以降、徐々に「次期東宮予定者」の意味が定着してきたようである。

なおこの件に関してはその直後に、

皇子のおはしまさぬ嘆きをせさせたまふ。（515頁）

とあり、それを踏まえて督の君が大望の男皇子を出産することで、早速次期東宮候補となっている。(8)

用例が四例もある『とりかへばや物語』は、やや特殊な設定といえる。というのも女東宮立坊の際

に「儲けの君」となるべき皇子の不在が繰り返されているからである。最初の、

儲けの君のおはしまさぬによりて、許しきこえたまはず。（444頁）

は女東宮のことだが、新編全集の頭注には「東宮には出家が許されない。代わって立つべき東宮候補がいないからである。見方を変えれば男皇子の誕生さえあれば、退位は可能である。物語における東宮の存在意味は薄らぎつつある」とコメントされている。この場合、女東宮は次期天皇予定者ではなく、不在の東宮ポストを埋めるための形ばかりの間に合わせと考えられていることになる（女帝を立てるつもりはないらしい）。これも「儲けの君」の特殊用法の一つといえそうだ。

二番目の例もほぼ同様に、

あまたの御方々にいまださることもしたまはず、儲けの君おはしまさぬころにて、（466頁）

と繰り返されている。頭注八には「現在は女東宮が存するので、ここは女東宮に代わる東宮、次期東宮となるべき御子の意。女東宮が臨時的措置と認識されていることは明白」とコメントされている。「臨時的措置」というのは、女東宮は即位しない（させない）ことを前提にしているように読める。そうすると「女東宮に代わる東宮」というのは、本来は東宮が即位することでポストが空くわけだが、この場合の女東宮は、東宮予定者ができれば即座に廃太子されるということのようである（女帝は出さない）。

そしてついに女君（今尚侍）に大望の男皇子が誕生すると、

男宮生まれたまひぬ。年ごろ儲けの君おはしまさぬに、

とある。「年ごろ儲けの君おはしまさぬ」という言い方から察するに、（500頁）やはり女東宮は正式な皇太子でありながら「儲けの君」ではなかったことになる。

その一年後にこの問題に終止符が打たれている。

年も返りぬ。儲けの君おはしまさぬによりこそ女東宮も立ちたまひしか、つきせぬ御悩みにことづけてこの位いかでか退きなんと思しめしたれば、正月、御五十日のほどに、若宮、春宮に立たせたまひて、もとのは院にならせたまひて、女院と聞こゆ。（505頁）

誕生した若宮を立太子させるために、女東宮は廃太子となり、その代わりに女院という地位を与えられている。『とりかへばや』の四例は、すべて帝に男皇子がいらっしゃらないことの繰り返しであった。そのためにやむをえず女東宮が立坊させられ、退位できない状況が語られる一方、女君の懐妊と大望の男皇子出産による栄華が語られている。『とりかへばや物語』は、「儲けの君」でない「女東宮」を新設していることになる。ただし『源氏物語』とは違って便宜的であり、政治的な皇位継承問題は一切存していない。

最後に『平家物語』の三例だが、ここでは平家の滅亡と高倉天皇以後の皇位継承をめぐって限定的に用いられている。まず巻四「厳島御幸」には高倉天皇が、

われと御位を、儲の君にゆづり奉り、（266頁）

と位を「儲けの君」（安徳天皇）に譲られ、上皇の御所に移られるという記事がある。この場合は皇太子で問題なさそうである。続いて巻八「山門御幸」には、

　高倉院の皇子は、主上の外三所ましましき。二宮をば儲君にし奉らむとて、平家いざなひ参らせて、西国へ落ち給ひぬ。三四は都にましましけり。（100頁）

と出ている。高倉院の皇子は安徳天皇の他に三人いらっしゃって、安徳天皇の即位に伴い東宮ポストが空いているので、弟の二宮（守貞親王）を次の「儲けの君」つまり皇太子にと考えた平氏は、二宮を伴って都落ちした。それとは別に、

　八条の二位殿、苦しかるまじ。われそだて参らせて、まうけの君にし奉らむ。（102頁）

とあり、信隆の娘腹の三・四の皇子は都に留まっていた。そこで八条の二位（時子）はそのうちの四の皇子を「儲けの君」にしようとする。

　ここでは平家の都落ちという事件の中で、二宮と四の皇子との皇位継承争いが生じたわけだが、結局は都にいる四の皇子が即位して後鳥羽天皇となった[9]。『平家物語』の三例はどれも皇太子と見て問題なさそうである。

六、まとめ

　以上、「儲けの君」の用例を幅広く検討してきた。その結果、『源氏物語』以前の『日本書紀』『日本

霊異記』『うつほ物語』及び『源氏物語』若菜上巻と『平家物語』の例などは、大筋では次期世継ぎということで皇太子の別称で通ることがわかった。

それに対して『源氏物語』桐壺巻は例外的に皇太子とは別の「儲けの君」であり、だからこそ「疑ひなき儲けの君」と表現することで、次期皇太子予定者の意味で用いられていたことが明らかになった。「儲けの君」は必ずしも「皇太子」ではなかったのだ。これは『源氏物語』が、あえて前時代的な表現を用いて生み出した独自表現と言えそうだ。

その『源氏物語』の珍しい表現を、そのまま「疑ひなき儲けの君」として引用している『栄花物語』『大鏡』『浜松物語』はもちろんのこと、『夜の寝覚』『とりかへばや物語』などにしても、同様に時期皇太子予定者と訳すべき例として引用されていた。

こうなると「儲けの君」には厳密には二つの用法があり、『源氏物語』以下の物語的用法は、現行の辞書的な意味では通用しない特殊用法だったことになる。今後は二つ目の意味として「次期皇太子に予定されている皇子」(皇太子予定者)という訳も辞書の意味に付け加えられるべきであろう。

注

(1)そもそもこの問題は、知り合いの高校の先生から桐壺巻の「儲けの君」を「皇太子」と訳していいのかと質問されたことが出発点になっている。それに対して私は、「少なくとも桐壺巻の例は、「皇太子」

と訳すより「皇太子予定者」と訳す方がふさわしい」と回答した。第一学習社の『標準古典講読』の指導書では、「皇太子」に不安を感じたのか「皇太子（になられるお方）」とカッコで言葉を補っている。もちろん「世継ぎ」なら何の問題もない。

（2）新編全集『日本書紀』では「皇太子」や「太子」（天皇の嫡男）は「ひつぎのみこ」と読まれているが、「東宮」に関しては「ひつぎのみこ」「まうけのきみ」「とうぐう」という訓が混在している。

（3）『源氏物語』では皇太子を意味する言葉として「儲けの君」二例の他に、「坊」十四例（うち「前坊」三例、「坊がね」一例）が用いられている。一般的な「東宮」は九十七例もあるので、「儲けの君」や「坊」はマイナーというか前時代的あるいは漢文訓読的な表現とも考えられる。

（4）この「故前坊」のことはそれ以上明かされないが、その後も野分巻（263頁）や若菜上巻（98頁）で回想されている。なお『大和物語』や『大鏡』では、東宮のままで亡くなった醍醐天皇皇子保明親王のことを「前坊・先坊」と称しており、『源氏物語』以外の平安文学では「前坊・先坊」といえば保明親王のことを指していた。当然『源氏物語』の「前坊」にも保明親王のことが投影されていると思われる。福田景道氏「歴史物語における不即位東宮：「先坊（前坊）」再考」島根大学教育学部紀要49・平成27年12月参照。

（5）ただしこの記述には年立上の問題が存する。新編全集の頭注にも「現在御息所三十歳ならば源氏は十四歳で、その年齢差は十六歳となる。通行年立の源氏二十三歳と矛盾する」とコメントされており、ここに十年ほどのずれが生じていることになる。田中新一氏「源氏物語「前坊」についての一考察」

金城学院大学論集国文学編43・平成13年3月参照。

（6）桐壺帝の思いは紅葉賀巻に至って再燃しており、藤壺の皇子（冷泉帝）を東宮にと思うところで「源氏の君を限りなきものに思しめしながら、世の人のゆるしきこゆまじかりしによりて、坊にもえ据えたてまつらずなりにしを、あかず口惜しう、ただ人にてかたじけなき御ありさま容貌にねびもておはするを御覧ずるままに、心苦しく思しめすを」（328頁）と述懐されている。冷泉帝の立太子は、果たせなかった源氏の立太子と重ねられており、いわば「もう一つの光源氏物語」であった。

（7）新編全集の頭注七には、「亡くなった東宮は御門の弟か何かで、式部卿は御門の「ひとり子」」（547頁）とある。

（8）新編全集の「末尾欠巻部分の内容」には、「やがて帝の退位、東宮の即位、石山の姫君の立后、督の君の若宮の立太子が続く。」と解説されている。

（9）都落ちした安徳天皇は入水によって崩御されたが、立太子できなかった二宮はその後都に戻って出家している。

十二章　『源氏物語』「にほひやか」考

はじめに

『源氏物語』桐壺巻に、

いとにほひやかにうつくしげなる人の、いたう面痩せて、いとあはれとものを思ひしみながら、言に出でても聞こえやらず、あるかなきかに消え入りつつものしたまふを、（桐壺巻22頁）

という一文がある[1]。これは桐壺帝が里下がりする桐壺更衣の顔をご覧になっている場面である。ここに「にほひやか」とある点に注目したい。これが『源氏物語』における「にほひやか」の最初の例である。

ここで「にほひやか」の意味を『源氏物語大辞典』（角川学芸出版）で調べてみたところ、

①赤く色鮮やかなさま。（末摘花巻）
②はなやかなさま。（橋姫巻・玉鬘巻）

と出ていた。語源としては、動詞の「にほふ」から形容詞の「にほはし」や形容動詞の「にほひやか」が派生したのであろう（類似した「にほやか」もある）。

辞書によると「にほひやか」はほぼ顔に限定された美的形容の一つということになる。藤田加代氏などは「にほふ」と「にほひやか」をほとんど区別せずに論じておられる。(2) それもあって、これまで「にほひやか」単独での研究は見当たらない。(3)

ここで問題にしたいのは、第一に「にほふ」には嗅覚的要素が存するが、「にほひやか」については嗅覚に言及されていないことである。果たして「にほひやか」に嗅覚美は存しないのであろうか。

第二の疑問として、桐壺更衣の例を見ると、表面的には「にほひやかにうつくしげ」に見えている。しかしその内面には「いとあはれとものを思ひしみながら、言に出でても聞こえやらず」とあるように、口に出したいことが心に秘められていることがわかる。そうなると『源氏物語』における美的な「にほひやか」は、逆に心情を隠す仮面ということにならないだろうか。

そこで本論では、『源氏物語』の「にほひやか」を徹底的に分析し、その特徴を考察してみたい。

一、『源氏物語』の「にほひやか」

最初に『源氏物語』における「にほひやか」の用例を調べたところ、全部で十七例見つかった。その内訳は、

桐壺一例、若紫一例、末摘花一例、薄雲一例、玉鬘一例、胡蝶一例、行幸一例、藤裏葉一例、若菜上一例、若菜下二例、夕霧二例、竹河一例、橋姫一例、椎本一例、東屋一例

である。用例数がやや少ないこともあって、用例の偏りなどは認められない。

試みにこの十七例を人物別に分類してみたところ、男性の例が六例・女性の例が十一例であった。当然のことながら女性、もっといえば比較的若い女性のイメージが強い言葉と言えそうだ。そのうちの、

・浅縹の海賦の織物、織りざまなまめきたれどにほひやかならぬに、いと濃き掻練具して夏の御方に、（玉鬘巻135頁）

は正月の衣配りにおいて、夏の御方（花散里）用に誂えられた衣装の描写なので、例外とすべきかもしれない。ただし衣装自体にそれを着用する女性の美質や性格が象徴・反映されているとすれば、女性の用例として活用可能であろう。

もう一例、

・口おほひの側目より、なほかの末摘花、いとにほひやかにさし出でたり。見苦しのわざやと思さる。（末摘花巻304頁）

は、末摘花の赤い鼻を揶揄しているものである。この場合は美的形容どころか「見苦しのわざ」とあるように、欠点を示す例となっている。視覚的に照り輝くような艶のある美しさとされる「にほひやか」であっても、使いようによっては例外的にマイナスの意味で用いることができるようだ。

ここであらためて男性の用例を見ると、使用されているのは、

兵部卿宮一例・光源氏二例・夕霧一例・春宮一例・匂宮一例

の五人であった。興味深いことに、このうちの光源氏・夕霧・匂宮は源氏の一族（血縁者）で占められていた。しかもそれ以外の兵部卿宮と春宮の例は否定的な用法になっているので、明確に使い分けられていると見ることもできる。否定的な例を見ると、

・いとあてになまめいたまへれど、にほひやかになどもあらぬを、（若紫巻227頁）

・にほひやかになどはあらぬ御容貌なれど、さばかりの御ありさま、はた、いとことにて、あてになまめかしくおはします。（若菜下巻156頁）

と出ている。二人は親王・東宮という高貴な血筋であり、これといった欠点も認められない人物である。その二人をあえて「にほひやか」でないとしているのはどうしてだろうか。本文を見ると、別に「あてになまめい」・「あてになまめかしき」と評価していることがわかる。

あるいはこれは、美の傾向が「にほひやか」と「あてになまめかし」では異なっている（相反する）からではないだろうか。それに関して『小学館古語大辞典コンパクト版』の「なまめかし」の語誌に、

清新でみずみずしい美、しなやかでしっとりした美、自然のままで巧まない美を表し、「あて」「清ら」「奥ゆかし」などと協和し、「うるはし」「にほひやか」「をかし」などとは相いれない。

〔伊牟田経久〕

とあるのが参考になる。必ずしも「にほひやか」が主体ではないものの、ここで「なまめかし・あて・清ら・奥ゆかし」系の美と、「うるはし・にほひやか・をかし」系の美は相容れないと規定されているからである。

なるほど「あてになまめかし」と「にほひやか」の対立はここにぴったりあてはまる。先の花散里の衣装にしても、「なまめきたれどにほひやかならぬ」とあってこれも符合している。また匂宮の、

かへすがへす見るとも見るとも飽くまじくにほひやかにをかしければ、出でたまひぬるなごりさうざうしくぞながめらるる。（東屋巻46頁）

も「にほひやかにをかし」と適合していた。

二、「にほひやか」ならぬ人

ここでもう少し否定的な「にほひやか」にこだわってみたい。というのも、女性では花散里だけでなく女三の宮にしても、

にほひやかなる方は後れて、ただいとあてやかにをかしく、二月の中の十日ばかりの青柳の、わづかにしだりはじめたらむ心地して、鶯の羽風にも乱れぬべくあえかに見えたまふ。（若菜下巻191頁）

と否定的に描かれているからである。なお、ここでは「にほひやか」と「あてやかにをかし」が対立

していることになる。[4]

ところでここにあがっている否定形の三人は、親王・内親王以上の高貴な身分であった。特に春宮と女三の宮は朱雀院の皇子・皇女（異母兄妹）であるから、「にほひやかならぬ」家系と言えるかもしれない。もちろん否定的な「にほひやか」は、必ずしも大きなマイナス要素になっているわけではない。それに関して全集本の頭注二五には、

皇女（二品親王）という高貴な身分ゆえの美質。こうした外的な要因によってしか賛美されない点に注意。

というコメントが付けられていた。しかし「にほひやか」にしても見た目（外的要素）であるから、これは不適切ではないだろうか。

もう一度春宮の例に戻って、誰の視点から描かれているかを調べてみると、それは柏木の視点であった。しかもこの文の少し前には、

春宮に参りたまひて、論なう通ひたまへるところあらんかしと目とどめて見たてまつるに、にほひやかになどはあらぬ御容貌なれど、（若菜下156頁）

と出ており、柏木はせめて女三の宮の異母兄妹である春宮の顔を見ることで、そこに女三の宮の面影を見出したいと目論んでいたのである。

これを踏まえて女三の宮の容貌が描かれているとすれば、意図的に春宮と相似形に描かれていると

しても不思議ではあるまい。これに関して全集本の頭注二に次のような有益なコメントがあった。

源氏の「にほひやかにきよら」（若菜上一四四頁末）と対照的。

これによれば柏木は春宮を見る前に光源氏と対面しており、そこで、

など戯れたまふ御さまの、にほひやかにきよらなるを見たてまつるにも、かかる人に並びて、いかばかりのことにか心を移す人はものしたまはん、（若菜上巻144頁）

と、源氏の「にほひやか」な美が目に焼きついていた。そうなると柏木は「にほひやか」な源氏と「にほひやか」ならぬ春宮を比較していたことになる。その結果、皇族である春宮よりも、臣下の光源氏の方がはるかに優っていることが表明されていることになる。その意味では、男性に用いられている「にほひやか」は、必ずしも高貴な血筋の絶対美を表わすものではなく、物語の主人公性を表わしていると言えるかもしれない。

なお源氏に用いられている「にほひやかにきよら」だが、先の辞書の説明では「にほひやか」と「きよら」は相容れないものとされていた。しかし源氏の美は、両者を融合させた美として機能しているのではないだろうか(5)。それこそが光源氏の絶対的な美であろう。

三、「にほひやか」の用法

次に用例の多い女性の例について詳しく見ていきたい。前述の末摘花と否定的な花散里・女三の宮

を除くと、残り八例となる。その内訳は、

桐壺更衣一例・玉鬘二例・雲居雁二例・玉鬘大君一例・宇治中の君二例

となっている。男性の場合と同様、内親王クラスの高貴な女性には用いられていないし、藤壺や紫の上などの重要人物にも用いられていないことがわかる。桐壺更衣を含めて、やはり「にほひやか」は最高級の美ではないといえそうだ。(6)

ここで留意しておきたいのは、玉鬘・玉鬘大君・雲居雁の三名は頭中将の娘・孫ということである。その三名で八例中の五例を占めているのであるから、女性は頭中将系に偏っているといえそうだ。大雑把に分類すると、「にほひやか」は光源氏系の男性と頭中将系の女性に用いられ、否定形は朱雀院系の皇族に用いられていることになる。

それと系譜を異にするのが、宇治中の君である。中の君の例は橋姫巻の垣間見場面に出ている。もともと視覚美であるから、垣間見場面でも用いられやすいのであろう。

さしのぞきたる顔、いみじくらうたげににほひやかなるべし。(橋姫巻139頁)

ここは大君と中の君が対照的に描き分けられているところだが、その中の君は薫の目に「いみじくらうたげににほひやかなるべし」と映っている。それはまさに見た目の印象であって、内面とは切り離された評価である。ただし「げ」「べし」があるので、ストレートな評価とはいいがたい。もう一例も薫の目に中の君が、

> かたはらめなど、あならうたげと見えて、にほひやかにやはらかにおほどきたるけはひ、女一の宮もかうざまにぞおはすべきと、（椎本巻217頁）

と映っている。こちらも「あならうたげと見えて、にほひやかにやはらかにおほどきたるけはひ」とあって、やはりストレートな表現ではないものの、最初の時より評価が高くなっているようにも読める。中の君は薫から二度も「らうたげ」「にほひやか」と評されているわけだが、しかしそれはヒロイン性を保証する美ではなかった。

では「にほひやか」と「らうたげ」の組合せは妥当なのであろうか。「らうたげ」な女性の代表格である女三の宮が、否定的な「にほひやか」であったことからすると、これもやや異質な組合せと考えるべきかもしれない。ただし『栄花物語』殿上の花見巻にも、

> 斎院はまた、なつかしうをかしげにらうたげに匂ひやかに、撫子の花を見る心地ぞせさせたまへる。（221頁）

と、「らうたげ」と併用されている例がある。[7] ここに「らうたげ」に近い「うつくしげ」と併用されている桐壺更衣を加えることもできそうである。そうなるとやはり女性の内面（本心）は見抜かれていないことにならないだろうか。

四、「にほひやか」と「笑ひ」

それとは別に、「にほひやか」が「笑ふ」と結びついた例が特に目に付く。これに関しては玉上琢彌『源氏物語評釈第二巻』の注二に、

「にほひ」は、今と違って、視覚に訴える美である。「にほひやか」は豊艶な感じ、色つやの良い、笑顔の美しい。

と記されていた。ただしコメントがあるのは若紫巻の兵部卿宮の否定的な例であるから、末尾の「笑顔の美しい」はその場面とは不適応である。しかしながら「にほひやか」の用法全体で見ると、「笑顔」は看過できない要素であった。

「笑ふ」が併用されている「にほひやか」の用例としては、以下の4例が該当している。

1「明日帰り来む」と口ずさびて出でたまふに、渡殿の戸口に待ちかけて、中将の君して聞こえたまへり。〈和歌省略〉いたう馴れて聞こゆれば、いとにほひやかにほほ笑みて、（薄雲巻439頁）

2君いとにほひやかに笑ひたまひて、「あないとほし。弄じたるやうにもはべるかな」と苦しがりたまふ。（行幸巻315頁）

3「からかりしをりの一言葉こそ忘られね」と、いとにほひやかにほほ笑みて賜へり。恥づかしういとほしきものから、うつくしう見たてまつる。（藤裏葉巻455頁）

4この文の気色なくをこつり取らむの心にて、あざむき申したまへば、いとにほひやかにうち笑ひて、「もののはえばえしさ作り出でたまふほど、古りぬる人苦しや。」（夕霧巻429頁）

最初の1は源氏の例である。大堰に住む明石の君を訪問しようとしたところ、紫の上から中将の君（女房）を介して皮肉を込めた歌を詠みかけられた源氏は、「にほひやかにほほ笑」んで返歌を詠む。この笑いは美的という以上に照れ笑いに近いのではないだろうか。ただしその笑いが紫の上に見えていたかどうかは不明瞭である。

2は玉鬘の例である。源氏が末摘花のことを愚弄したことに対して、玉鬘は「にほひやかに笑」っている。これも「苦しがりたまふ」とあることから、批判を込めた笑いというか、笑顔と心情がずれていることがわかる。3は夕霧が雲居雁の大輔の乳母に向けた笑いである。かつて夕霧のことを「六位宿世」と批判した大輔の乳母に対し、夕霧は嫌み交じりに言葉を掛けている。それがわかるから大輔の乳母は「恥づかしういとほしき」と感じているのである。夕霧の笑顔にはそういった思いが込められていると読める。

4は雲居雁の例である。夕霧が雲居雁に一条御息所からの手紙を奪い取られた後、それをなんとか取り戻そうとする夕霧に対して、雲居雁は「にほひやかにうち笑」っている。これに関して全集本の頭注二〇には、

夕霧の言葉は、自嘲の形をとりながら、じつは、雲居雁に対するうれしがらせの言葉である。雲居雁は、その手にのせられて、機嫌が直る。（429頁）

とあるが、いかがであろうか。ここはその笑顔とは裏腹に、雲居雁の内面の苦悩・嫉妬をこそ読み取

るべきではないのだろうか。

以上の四例は、すべて相手に対して見せた笑顔であるが、恋愛場面は皆無であった。むしろ明るい華やかな笑いとは裏腹な、動作主の内的感情を読み取ることが重要であろう。こういった「にほひやか」な笑いは、本心を出さない仮面の役割を担っていると考えられる。幸い四例とも動作主の感情表現が付されているので、読者が表面的な笑顔（仮面）に騙されることはなさそうであるが。

五、『源氏物語』以外の用例

ここで『源氏物語』以外の作品における「にほひやか」に目を向けてみたい。調べてみたところ『源氏物語』以前では、

『うつほ物語』五例・『枕草子』一例

があげられる。また『源氏物語』以後では、

『紫式部日記』一例・『浜松中納言物語』五例・『夜の寝覚』四例・『栄花物語』五例・『堤中納言物語』二例・『とりかへばや物語』八例

が見つかった。総計三十二例であるが、それでもさほど多い数ではあるまい。この中で「にほひやか」と「笑ひ」が併用されている用例に絞ると、

『うつほ物語』一例・『浜松中納言物語』一例・『夜の寝覚』一例・『とりかへばや物語』二例

の五例が残った。(8)

まず『うつほ物語』の用例であるが、

笑みたまはぬに、愛敬いと匂ひやかなり。　（『うつほ物語三』楼の上上巻428頁）

とある。(9)これは右大臣兼雅が、かつての妾の一人であった宰相の上とその子である若君を三条殿に引き取るため、二人の元を訪れた場面である。ここで注意すべきは、「匂ひやか」と「笑み」が併用されてはいるもの、若君は「笑みたまはぬに」と否定形になっている点である。これなど「にほひやか」と「笑み」が対立しているようにも取れるが、肝心なのは本来「にほひやか」と「笑み」が併用されるものであることを匂わせている点である。いずれにしても『うつほ物語』の例は、「にほひやか」と「笑ひ」を関連付けた最初の例ということになる。

次に『浜松中納言物語』の用例を見ると、

いみじうにほひやかにほほゑみ給へるはづかしさに、　（『浜松中納言物語』329頁）

は、唐后の同母妹である吉野の姫君を、吉野の山奥から京へ連れて行こうとする中納言と姫君の語らいの場面である。「いみじうにほひやかにほほゑ」んでいるのは中納言で、それを見ている姫君は「はづかし」がっている。ここは自信に満ちた中納言の美しい笑顔が、姫君を圧倒していると読める。

続いて『夜の寝覚』の例は、

いとにほひやかにうち笑ひなどしたまひしこそ、世の物思ひ忘るる心地せしか。（『夜の寝覚』83頁）

とあり、姉の夫である中納言の子を身籠ってしまった中の君は、姉への申し訳なさなどから苦悩し、次第に衰弱していく。ここで注目すべきは、「にほひやかにうち笑」う姿は現在の様子ではなく、女房が昔の中の君の姿を回想している点である。かつてはその笑顔によって世の憂さも忘れるような気がしたとあるので、これは癒しの笑顔だったといえる。

最後に、『とりかへばや物語』における二例を検討したい。まず、

えも言はずにほひやかにうちほほ笑みて臥したまへるを見るに、（『とりかへばや物語』222頁）

は、中納言（実際には女君）の妻である右大臣の四の君の妊娠（宰相の中将の子）が発覚した後のことである。女である自分の妻になった四の君を不憫に思い、宰相の中将との密通も仕方がないことと受け止めたりもしている。ただし中納言は四の君に対して恨みも抱いている。自分の誠実な思いが四の君に分かってもらえなかったからである。そういった複雑な感情を胸の内にしまいこんで、表面上は「にほひやかにうちほほ笑」んで臥している。それを見ている四の君は「いとどしき心地は泣き沈みたまへる」と、ますます辛い気持になっている。

もう一例は、本来の女性の姿に戻って若君の出産を終えた女君が、宇治での権中納言との生活に終止符を打つ決意をした直後の場面である。

わりなくにほひやかにうちほほ笑みて、（『とりかへばや物語』383頁）

出産を間近に控える四の君の元へ通う権中納言に対して、女君は自身の決心が悟られぬよう、理解

ある女を演じることに専念している。そして、「にほひやかにうちほほ笑み」ながら己の決心を隠し通している。これなど女君の巧みな演技ということもできる。

『とりかへばや物語』の用例は、間違いなく『源氏物語』の用法を継承しているが、それだけでなく同一人物でありながら、男性の姿と女性の姿で用いられているところが興味深い。

六、結び

以上、『源氏物語』の「にほひやか」を中心に考察を行ってきた。最初に疑問とした嗅覚に関しては、どうやら「にほひやか」からは消失しているようである。それとは別に、用例を男女に分類すると、男性は光源氏系、女性は頭中将系、さらに否定形は朱雀院系の人々が主に用いられていることが明らかになった。

また「にほひやか」単独ではなく、他の形容詞・形容動詞との併用を調べてみたところ、「あて」「なまめく」とは相容れない関係にありそうである。だからこそ「にほひやか」の否定形との併用が可能なのであろう。また「にほひやか」と「ほほ笑み」「笑ひ」の併用については、華やかな笑顔が本心（感情）を隠す仮面の役割を担っていることがわかった。

さらに『源氏物語』以外の用例を検討したところ、『うつほ物語』に「笑ひ」との併用の萌芽が認められた。また『とりかへばや物語』が最も『源氏物語』を発展的に継承していることも明らかになった。

「にほひやか」は美的表現でありながら、「ほほ笑み」「笑ひ」と併用されることによって、それが美的な仮面として機能するのみならず、その裏に隠されている動作主の本心を読み取る努力が必要な語という結論に至った。

視覚的に「にほひやか」な明るい笑顔に惑わされず、その奥に秘められているメッセージを見逃してはなるまい。笑顔を見せない桐壺更衣の例にしても、そのように深読みすべきではないだろうか。

注

（1）『源氏物語』及びそれ以外の作品からの引用は、特に断わらない限り新編日本古典文学全集『源氏物語』（小学館）に依る。

（2）藤田加代「「にほふ」「にほひ」考—源氏物語の例について—」高知女子大国文9・昭和48年6月（『「にほふ」と「かをる」—源氏物語における人物造型の手法とその表現—』（風間書房）昭和55年11月所収）。また朱捷『においとひびき—日本と中国の美意識をたずねて—』（白水社）平成13年9月参照。

（3）多少なりとも関係しそうなものとして、以下の4本があげられる。ただし犬塚氏を含めて「にほふ」と「にほひやか」を明確に区別しないで論じられている。

1犬塚旦「「匂ふ」「匂ひやか」「花やか」考」平安文学研究15・昭和29年6月→『王朝美的語詞の研

究』（笠間書院）昭和48年9月
2本田和子「少年「源氏」の絵姿を追って―「並びもなく匂ひやかな若君」から「亡き人の面影の君」へ―」源氏研究2・平成9年4月
3吉村研一「『源氏物語』において「あえか」という言葉が果たした役割」学習院大学日本語日本文学10・平成26年3月
4藤本勝義「宇治中君―古代文学に於けるヒロインの系譜―」国語と国文学57―1・昭和55年1月
↓『源氏物語の人ことば文化』（新典社）平成11年9月
(4)注（3）の3吉村論文では、女三の宮の例を根拠にして、「「あえか」の対蹠語として、「にほひやか」という言葉が浮かびあがる」としておられる。しかしながら女三の宮以外に「あえか」と併用された「にほひやか」の例がないので、即断は避けたい。
(5)『うつほ物語』蔵開上巻に兼雅のことが「右大将、色合ひ、もてなし、中納言に似たまへり。気高く匂ひやかに清らなり。年四十二（389頁）とあり、やはり「清ら」と併用されている。
(6)注（3）の藤本論文では、「「にほひやかなる」人物が主役になれぬ世界であることが見えてくる」（26頁）と述べておられる。
(7)『うつほ物語』蔵開上巻には出産直後でやつれている女一の宮のことが、「少し青みたまへれど、いと貴に気高く、さすがに匂ひやかにおはします」（351頁）と描写されている。ここでは「あて」と「にほひやか」の併用が可能になっている。

（8）時代は下るが『兵部卿物語』にも、「按察使の君、にほひやかにうち笑ひて」と出ている。

（9）「愛敬」と「にほひやか」が併用されている例は多いので、これも同系列に加えてもよさそうである。注（3）の藤本論文では玉鬘大君と宇治中の君について、「「愛敬づく」、「にほひやかなり」は竹河大君と宇治中君に共通する美質であり」（24頁）と述べられている。

十三章　『源氏物語』「たゆげ」考

一、「たゆげ」は特殊表現

『源氏物語』第一巻の桐壺巻には、光源氏物語前史として両親（桐壺帝と桐壺更衣）の愛の物語（悲恋）が描かれている。その二人の愛の結実として光源氏が誕生するわけだが、物語はさっさと母である桐壺更衣の退場（死）へと筆を進めていく。

後宮において女御・更衣達から迫害を受けた桐壺更衣は、光源氏を出産した後、重い病にかかって衰弱していった。いよいよ臨終が近づき、宮中から里邸に退出する更衣に対面した桐壺帝は、その更衣の様子を、

1御答へも聞こえたまはず、まみなどもいとたゆげにて、いとどなよなよとわれかの気色にて臥したれば、（新編全集桐壺巻22頁）

と見ている。ここに「たゆげ」という語が用いられていることに注目していただきたい。この「たゆげ」に関して、これまで注目されることはなく（先行論文なし）、単に「だるそうな様子」という辞書的意味だけで済まされてきた。私自身、『源氏物語〈桐壺巻〉を読む』（翰林書房）ではまったく注目

できておらず、コメントすることもできていなかった。

ところが今になって、これが非常に用例数の少ない語であり、しかも『源氏物語』において特殊な用いられ方をしていることが判明したので、あらためて取り上げてみることにした次第である。見てはいてもその重要性に気付かない、これが研究の盲点というものである。

問題の「たゆげ」は、形容詞「たゆし」(弛し・懈し)が形容動詞化したものである(動詞は「たゆむ」)。ただし用例数が極端に少ないこともあって、小学館の「古語大辞典」でも角川書店の「古語大辞典」でも立項すらされていなかった。さすがに小学館の「日本国語大辞典」ではわずかながらも、

〔形動〕形容詞「たゆい」の語幹に接尾語「げ」のついたもの。

とあり、その意味として、

疲れゆるんだださま。緊張がとけてにぶくなったさま。だるそうなさま。

と記されていた。しかしここに書かれている意味・用法から、この語の重要性あるいは「たゆし」との違いを読み取ることはできそうもない。

その用例に関しては、「日本国語大辞典」に『うつほ物語』菊の宴巻と『源氏物語』桐壺巻(前掲)が引用されており、初出が『うつほ物語』とされていることがわかった。それに加えてもう一つ、「たゆげさ」項もあり、そこに中世の『苔の衣』の例(たった一例)が引用されていたので、これも大変ありがたかった。

なお、角川書店の「古語大辞典」には立項されていないといったが、実は「たゆし」項中の③に、「目つきが、だるそうにとろりとしているさま。「たゆげ」の形でも多用した。」と記されていた。その③の用例として『夜の寝覚』の、

いとつつましげに、たゆく見なしたまひつるまみ、面つきなど、言へばおろかなり。

（『夜の寝覚』巻一115頁）

の例があげられている。これは懐妊して病に臥している中の君の描写なので、確かに「たゆげ」の用例と類似しているといえそうである。

要するに角川書店の「古語大辞典」は、「たゆげ」を「たゆし」の中に取り込んでいたのである。[1]ただし「「たゆげ」の形でも多用した」という説明は、「多用した」といえる程の用例数が認められないので、いささか修正する必要があろう。

二、『源氏物語』の「たゆげ」

確認のため、私に一通り「たゆげ」の用例を調べてみた。その結果、やはり用例数は非常に少ない（ほとんどない）ことがわかった。上代文献に「たゆし」は豊富にあっても、「たゆげ」は見当たらない。そうなると「たゆげ」の初出は、やはり平安時代の『うつほ物語』まで下ることになる（平安朝語）。その初出例は、

いでや、
君によりたゆげに袖もひちぬればうれしかりしもえこそ包まね
今だに早くを。

（『うつほ物語』菊の宴巻59頁）

ということになりそうだ。これはあて宮求婚譚の中で、東宮からあて宮に贈られた歌である。その歌に「たゆげ」が用いられているわけだが、意味は決して誰かの「だるそうな様」ではない。新編全集の頭注に「袖が涙にぬれたために、張りがなくなりたるんだ状態をいう」とあるように、ここは人ではなく袖がたるんでいる状態を指している（誇張表現）。もともと用例が少ないので断言できないが、歌語として用いられているのは特殊である。濡れた袖の形容というのも、辞書の説明にはあげられていなかったし、(2)他に用例も認められない。まだ用法が確立しておらず、混沌としていたのかもしれない。

続く『源氏物語』には、かろうじて四例用いられている。しかも桐壺巻の桐壺更衣に二例、葵巻の葵の上に二例と、かなり偏りが生じている。二人はともに女性であるし、物語の早い時期に登場して早々と亡くなっているからである。しかもそれ以降の巻に「たゆげ」の用例が用いられていないというのも奇妙ではないだろうか。

『源氏物語』の「たゆげ」の意味はというと、辞書にある「だるそうな様」でよさそうだが、どうもそんなレベルで終らせるのはもったいない気がする。というのも、桐壺更衣については、病が重くなり、もはや回復の望みがない状態だからである。

最初にあげた例1に続いて、更衣が「かぎりとて」歌を桐壺帝に詠みかけた後の場面にも、

2息も絶えつつ、聞こえまほしげなることはありげなれど、いと苦しげにたゆげなれば、かくながら、ともかくもならむを御覧じはてむと思しめすに、（23頁）

と、近接して二箇所に「たゆげ」が繰り返されている。『源氏物語〈桐壺巻〉を読む』執筆の時点では、「げ」が意図的に多用されていることには注目していたものの、(3)「たゆげ」が二度繰り返されていることには気を留めていなかった。しかし近接して繰り返される語には注意すべきである。

結局、桐壺更衣は里下がりした直後に亡くなっており、これが帝にとっては桐壺更衣との今生の別れとなった。そうなると桐壺更衣の二例の「たゆげ」は、単なる「だるそうな様」ではなく、重い病によって瀕死の状態・臨終の直前であり、生気を失った様子ではないだろうか。

この桐壺更衣の用法は、そのまま葵の上にも当てはまる。出産の際に物の怪に取りつかれた葵の上について源氏は、

3例はいとわづらはしう恥づかしげなる御まみを、いとたゆげに見上げてうちまもりきこえたまふに、涙のこぼるるさまを見たまふは、いかがあはれの浅からむ。（39頁）

と見ている。どうも「たゆげ」は「まみ」を伴うことが多いようだ。目もとにだるさが反映されるのであろう。その葵の上に二度目に「たゆげ」が用いられている場面は、

4いさや、聞こえまほしきことといと多かれど、まだいとたゆげに思しためればこそとて、「御湯まゐ

れ」などさへあつかひきこえたまふを、（44頁）

である。2では、「聞こえまほしげなることはありげなれど」とあったが、ここにも「聞こえまほしきこといと多かれど」と類似表現が用いられている。ただし2は桐壺更衣自身のことだったが、4は源氏が葵の上（相手）に対してなので話者が異なっている。

そしてこの後、葵の上もあっけなく亡くなってしまった。要するに「たゆげ」で形容された桐壺更衣と葵の上は、二人ともその後ですぐに亡くなっているのである。それにもかかわらず古語辞典が「だるそうな様」で済ませているのはどうだろうか。

両者に共通するのは、男性（夫）の見る女性（妻）に「たゆげ」が二度繰り返して用いられていること、その直後に二人とも亡くなっていることである。ここから『源氏物語』における「たゆげ」は、重病・臨終間近をあらわす伏線（キーワード）として用いられていると考えたい。となると『うつほ物語』の初出例は、例外として辞書的意味から除外されていることになる。

かつて『源氏物語〈桐壺巻〉を読む』を執筆した際、せめて「たゆげ」の用例数だけでも確認しておけば、その偏りがすぐに目に付いただろうから、それが悔やまれてならない。

三、『源氏物語』以後の「たゆげ」

前章で見てきたように、『源氏物語』においては主要な二人の女性が病気や出産で衰弱している様子に限定使用されており、しかもその後で亡くなっているところまで一致している。こういった『源氏物語』の用法は特殊（独自）と考えられるので、辞書の意味として「病気や出産などで体力的に衰弱している様」とか、「臨終間近な女性の様子」などと解説してもらえないだろうか（「心地例ならず」に近い）。

そのことは、どうやら『源氏物語』以降の用例にもあてはまりそうである。『源氏物語』以後の用例を探してみたところ、かろうじて、

『今昔物語集』　一例
『とりかへばや物語』　二例
『苔の衣』　一例

の四例が確認できた（計九例）。やはり用例数は非常に少なく、この数では『源氏物語』以後にも用例の広がりは認められないことになる。

最初の『今昔物語集』巻三「陸奥国府官大夫介子語第五」の例は継子苛め譚であり、先妻の息子が後妻から生き埋めにされるという比較的長い話の中で用いられている。

児に、「抑も何成つる事ぞ」と問へば、糸絶気に見上げて、物も不云ば、「馬、心例様に成なば云てん」とて、暫く人にも不令知して、妻夫して繚《あつか》ふ。（484頁）

これは継母に亡き者にされようとした継子が、かろうじて叔父に助け出されたところである。瀕死の状態で、ろくに口も聞けない様了に「絶気《たゆげ》」と漢字をあてている。(4) 当て字とはいえ、この「絶」か

ら命にかかわるような重大なニュアンスが読み取れる。たまたま発見されたのが早かったため、継子は九死に一生を得ているのだから、これも単にだるそうな様では済まされないものであった。ただし『今昔物語集』では『源氏物語』とは違って、子供とはいえ男に「たゆげ」が使用されているので、その点に用法の相違あるいは広がりが見られる。

では『とりかへばや』の二例はどうであろうか。まず一例目は、

「やや」とおどろかせば、いとたゆげにうち見あげて、あないみじ、いとどしき世に、こはいかにまたかくは、と思ふもいみじければ、息も絶えつつ涙流るる気色いとかなしくことわりなるに、（336頁）

とある。これは権中納言との密通で妊娠した四の君の苦しげな様子である。「たゆげに見上げ」（葵巻）や「息も絶えつつ」（桐壺巻）などは、明らかに『源氏物語』からの引用であろう。

もう一例も同様に、

まことにもの心細く苦しきままに、いとたゆげになよなよと心苦しげなるを見たまふ中納言の御心地、わが身にかへてもこの人をいかでたへらかにと思し惑ふしるしにや、七月ついたち、思ふほどよりはいたくほど経で、光るやうなる男君生まれたまへるうれしさ、世の常ならんや。（360頁）

とあった。こちらは女中納言の妊娠・出産の様子を描いたものである。やはり「なよなよと」は『源氏物語』桐壺巻の引用であろうし、「光るやうなる男君」も光源氏誕生場面のパロディとなっている。

こうなると『とりかへばや』の二例は、ともに権中納言の子供を身ごもった四の君と女中納言の出産前の様子に限定使用されていることになる。これは葵の上のパロディとも考えられるが、『とりかへばや』では出産後も生存しており、その点が『源氏物語』の用法よりは程度が軽くなっていることになる。

もう一例、『苔の衣』冬巻にも、

いと苦しく」とのたまふ気色たゆげさなど、今はの折に紛るべくもなくただそれかと見ゆるに、

（『中世王朝物語全集』276頁）

とあった。(5)「今はの折」は「臨終に瀕している」と訳されるので、やはり重病の描写ということになる。ただしこれは現実に起こっていることではなく、女院の夢に現われた兵部卿（男性）の死霊である。既に亡くなっている人物の描写である点、やはり『源氏物語』とは用法が異なっていることになろう。なお「たゆげさ」はこの一例しか用例が見つからない話である。

四、まとめ

以上、「たゆげ」は全用例がわずか九例しか見当たらない、極めて稀少な語であることがわかった。初出は『うつほ物語』の和歌であるが、やや特殊な意味・用法なので、『源氏物語』の四例をこそ代表例とすべきであろう。その四例は桐壺巻の臨終間近の桐壺更衣に二例、葵巻の物の怪に取り付かれた葵の上に二例と限定的に繰り返し用いられており、死の伏線として読めそうである。

ついでにいえば、桐壺更衣の死が藤壺の登場を可能にしているわけだし、葵の上の死が契機となって紫の上との新枕が行なわれたとすると、「たゆげ」は紫のゆかりの物語展開に大きな役割を果たしていることになる。

それはさておき、『源氏物語』以後の例は明らかに『源氏物語』を踏襲しており、特に女流文学では懐妊して苦しんでいる様子（葵の上の引用）を表わしているものが多かった。(6) ただし『源氏物語』と違って、『とりかへばや』は亡くなるまでには至っていない（程度が軽い）。『今昔物語集』と『苔の衣』は死に瀕している様子として描かれていた。

いずれにしてもこういった「たゆげ」は、『源氏物語』を模倣・引用することによって、重要語に昇華しているといえる。いいかえればこれは『源氏物語』の特殊用語といってよさそうである。用例数としては発展性のない語であるが、だからこそこれまで見過ごされてきたのであろう。こんな語に注目することも必要だと思われるので、小論を執筆した次第である。

注

（1）『夜の寝覚』には「たゆげ」に近い「たゆし」の例がもう一例ある。

目をいとたゆく見上げて、うち見合せて、袖を顔に引き掛けつるを、（巻二133頁）

これは父大納言と中の君が対面している場面である。この「たゆげ」に近い「たゆし」は、どうも中の君に集中しているようである。

『栄花物語』後くゐの大将巻には、やはり後産で、

日ごろの御祈りにうちたゆみ心地よげなるに、にはかにかくおはしませば、皆参り集まりて加持まゐる。（379頁）

と容態が一変し、教通の妻が亡くなっている。これなど葵の上の例に近いが、「たゆみ」（油断）は当事者ではなく、祈祷をしている側の用例である点が大きく異なっている。

その他、男性の例としては『源氏物語』柏木巻で柏木のことが、

このわづらひそめたまひしありさま、何となくうちたゆみつつ重りたまへること、（294頁）

とある。これは柏木が煩っている例である。その原因として、物の怪に取り憑かれていると思い、祈祷をさせている。柏木がこの後亡くなっている点を勘案すると、これも「たゆげ」に近い「たゆみ」といえそうである。

なお『枕草子』二百六十段「関白殿」に、

日ぐらし見るに、目もたゆく苦し。（415頁）

とあるが、これは法会を一日中見ていたので目がくたびれたというのであるから、ただの目の使いすぎ（疲れ目）であろう。

（2）『更級日記』には、

冬枯れの篠のをすすき袖たゆみまねきもよせじ風にまかせむ（333頁）

という歌がある。これも袖がだるくなる例であるが、その理由は招くために袖を振り過ぎたこと（疲労）によるので、『うつほ物語』の用法とは明らかに異なる。類例として『源氏物語』藤裏葉巻の、

　とがむなよ忍びにしぼる手もたゆみ今日あらはるる袖のしづくを　（442頁）

もあげられる。

（3）引用2には「聞こえまほしげ」・「ありげ」・「苦しげ」・「たゆげ」と「―げ」が多用されている。これについて萩原広道の『源氏物語評釈』には、「聞えまほしげ・ありげ・くるしげ・たゆげなど、殊更に四つのけもじを重ねたるは、皆他より推量りたる更衣のありさまなればなり」と注記されている。その他、桐壺更衣には「もの心細げに」、「心細げなり」、「らうたげなりし」と「―げ」が繰り返されている。桐壺更衣は一貫して「―げ」な女として描かれていたのである（三田村雅子氏「語りとテクスト」国文学36―10・平成3年9月）。

（4）『曾我物語』には「心細げなる御姿を見奉る時は心弱く絶気なる心地しけれども」（110頁）とある。これは「たえげ」と読んで「気を失いそうな気持ち」（気絶）と訳されている。

（5）『中世王朝物語全集』には多くの作品が収録されている。しかしながら索引のある作品は少ないので、この中に未発見の貴重な用例が潜んでいるに違いない。

（6）これを深読みすると、桐壺更衣もこの時懐妊していた可能性があるかもしれない。

付録

桐壺巻深読みのすすめ

はじめに

本論では「桐壺巻の深読み」に挑戦してみたい。「深読み」という言葉を耳にすると、何かしらマイナスイメージを抱かれるかもしれないが、もちろん根拠のない勝手な読みのことではない。深読みをキーワードにして、桐壺巻にはわからないことが多いということを論じただけのことである。

長年研究に従事してきた経験から言うと、『源氏物語』は本当に知りたいことは、ほとんど書いてくれていない。だから書かれているものから、その行間をどのように読んで埋めるかによって、読者の解釈・物語観もかなり違ってくることになる。要するに『源氏物語』は原文を読まなければ（現代語訳では）、何も読めないのである。研究者は、そのことを何十年もかけて深く追究しているのだ（それでも読めないことが多い）。

始めに『源氏物語』というか、桐壺巻を読む際の注意事項を私なりにあげておきたい。桐壺巻は高校古文の教科書にもしばしば採択されているので、それがかえってマイナスに働いている恐れがある。

一、源氏物語は他の平安朝文学とはかなり違っている。

二、源氏物語の始まりは特殊であるとしか言いようがない。

三、源氏物語は対話しながら読まなければならない。

四、書かれていることだけでなく、書かれていないことにも留意する必要がある。

五、さまざまな仕掛け・伏線があるので、それを素通りしないようにする。

これを見て、私がわけのわからないことを言っていると思われるだろうか。しかしこれこそ私が何十年も『源氏物語』を研究していて、ようやく見えてきた真実である。たとえば一だが、従来は文学史的な流れがあって、その流れの中で『源氏物語』の成立をうまく説明してきた。初めに『竹取物語』が誕生し、『伊勢物語』ができ、『うつほ物語』や『落窪物語』を経て、その延長線上に『源氏物語』が成立しているかのように。それでうまく説明できたようにも思えるが、しかし実のところそれは年表順に作品を並べただけである。物語の進化論を導入したところで、『源氏物語』の成立は奇跡であり突然変異としかいいようがないのである。その証拠に、『源氏物語』以降、もはや『源氏物語』に匹敵する物語は一つも成立していないではないか。文学史ではその衰退現象を上手く説明してくれない。

二については後であらためて詳しくとりあげる。三についてはどうだろうか。またわけのわからないことを言っていると思われるかもしれない。もちろん具体的に作品と対話できるわけではない。たとえばキャッチボールをするように、本文を読むことを通して物語から疑問をもらい、その答えを物語の中に求めるという姿勢だと考えていただきたい。一方的に物語を読むのではなく、比喩的にだが、物語の声を聞くことを勧めたいのだ（必ず聞こえてくる）。

四はかつて玉上琢彌氏が、それに近いことを提唱しておられた。「描かれたる部分が描かれざる部分によって支えられていること」と[1]。たとえば『源氏物語』に政治的なものはほとんど描かれていない。なにしろ作者が女性なので。そのかわり後宮のことが描かれている。しかしその後宮は、決して政治世界と無縁に存在しているわけではなかった。桐壺巻はその好例だと考えられる。桐壺帝と桐壺更衣との恋物語の背後に、果たしてどのような政治世界が見え隠れしているのだろうか。

五は推理小説の犯人捜しのような興味である。物語には周到に伏線が敷かれている。しかしながら多くの人は、それに気付かず素通りしている。後になって、そういえば前にこんなことが書いてあったなと思うことはないだろうか。そういった仕掛けに気付くことが、物語をより面白く、そしてより深く読むことになるのだから、とにかく用心して読むことである。気づかなかった人は、もう一度読めば、最初とは違った世界が見えるはずである。

物語の仕掛けの一つとして、「書かれていないこと」に目をつけてみよう。それは「不在」ということである。今までそんな読み方をしたことがあるだろうか。そんなことを言われても、あれこれ考えていると落ち着いて読んでいられないという声が聞こえてきそうである。そもそも『源氏物語』は、一度読んで済まされるような作品ではない。繰り返し読むことを通して、そのたびに読みを深めていくのが『源氏物語』との上手な付き合い方である。何も考えず無心に読むことも大事だが、それとは別に本文に徹底的にこだわって読むこともまた大事なのである。

一

読み方の注意を述べたところで、早速「深読み」について説明しておきたい。タイトルに関わることだが、桐壺帝という人物に関する情報があまりにも少ないことがあげられる。読者は物語の情報によって方向性を考えるのだから、情報が少なければあれこれ想像を働かせるしかない。そこに誤読が生じるというか仕掛けが存するのである。どうも『源氏物語』というのは、意図的に情報を操作して、読者の誤読を誘っているような節がある。もちろん一度は、物語の罠にあえて乗っかってみるのも楽しみの一つである。騙されたという経験がなければ、やはり真の読者とは言えないかもしれない。

さて桐壺帝だが、実は名前も書かれていない（帝に呼称は不要）。「桐壺」というのは、ヒロインである「桐壺更衣」を主体とした消極的な名である。考えてみると、桐壺という殿舎はマイナーなので、その名前で呼ばれることは、帝にとっても決してプラスにはなるまい。読者はこの呼称に違和感を抱いても不思議はないのだ。

そもそも帝の父母は誰なのかを含めて、その系譜が定かではない。また藤原摂関家の中で誰が後見しているのか、いつ即位したのか、現在の年齢は何歳なのかなど、即位に至る歴史（前史）を含めて、知りたいと思うことのほとんどは記されていない。それもあって賢帝なのか女に溺れる愚帝なのか、有能なのか無能なのかも明かされていない。つまり桐壺帝そのものが謎だらけ（穴だらけ）の人物なのである。ではその桐壺帝をどのように位置付ければいいのだろうか。これを考える資料としては本文しか与えられていない。

もちろん本文を読み進めていくうちに、過去の情報が小出しにされてくる。たとえば、

a朱雀院の行幸は神無月の十日あまりなり。（紅葉賀巻311頁）

はどうだろうか。紅葉賀巻になって、突然「朱雀院」という院が存在することが明かされる。しかもかなり桐壺帝に近い人らしい。一体この人は、桐壺帝の父なのだろうか兄なのだろうか。しかしそれさえも明かされてはいない。

葵巻の情報に至ってはかなりショッキングである。

bまことや、かの六条御息所の御腹の前坊の姫君、斎宮にゐたまひにしかば、（葵巻18頁）

ここに初めて「前坊」の存在が明かされている。桐壺帝が即位した際、誰かが連動して立太子している可能性が高い。ところが桐壺巻では、二人の皇子（一の皇子と源氏）のうちどちらが皇太子になるのかが大きな話題となっていた。これはそのことの種明かしにもなっている。最初から皇太子が定まっているのだったら、立太子争いなど生じるはずはあるまい。この前坊が亡くなるか、あるいは廃

太子されて初めて、次期皇太子問題が浮上することになる。それに連動して、前坊の後見をしていた六条大臣家の没落が想定される。六条御息所の物の怪出現も、そういった過去の歴史と無縁ではなかろう。ではこの前坊の存在を、桐壺巻にどう反映させればいいのだろうか。

もっとも後で明かされたことを前の解釈に持ってくるというのも妙ではある。後で明かされたのなら、それ以降の読みに活かせばそれでいいからである。ただし『源氏物語』は二度も三度も読み直す作品なので、必然的に最初の読みと二度目以降の読みとでは情報量が異なっている。

たとえば夕顔を取り殺した物の怪など、夕顔巻では六条某院の物の怪としか読めないが、葵巻まで読み進めると、六条御息所の生霊というもう一つの答えが浮上する。これも『源氏物語』の仕掛けであろう。

須磨・明石巻に登場する明石入道にしても、実は桐壺更衣の従兄弟だったと種明かしされている。

c故母御息所は、おのがをぢにものしたまひし按察大納言の御むすめなり。（須磨巻211頁）

桐壺巻での桐壺更衣は孤立無援の存在で、一族（親戚）などいないと思っていたのに、後で親類縁者の存在が明かされるのである。あるいはわざと隠蔽されていたのかもしれない。描かれないからいないと、読者は勘違い（誤読）させられていたのである。しかも貴族が明石に引き籠もっていたのだから、やはりそれなりの理由があったことになる。そこに政治的な明石大臣家の没落が看取される。逆に考えると、今後の明石一族の復権の物語も想定される。

こういう具合に、『源氏物語』では後から過去が補完されることもしばしばあるのだ。今あげただけでも、桐壺帝即位をめぐって、二つの大臣家の没落と廃太子事件が背後にあったことが見えてくる。これはすごいことである。桐壺巻は必ずしも一つの巻として独立しているわけではなく、必然的に他の巻と深くかかわって、相互の文脈の中で読むべきことになる。一筋縄ではいかない物語なのだ。

二

では具体的に本文を見ていこう。『源氏物語』以外の政治や文化的知識も大事だが、まずは本文に触れることが『源氏物語』を知る上ではもっとも大切である。まずは有名な冒頭部分である。

①いづれの御時にか、女御・更衣あまたさぶらひたまひける中に、いとやむごとなき際にはあらぬが、すぐれて時めきたまふありけり。（17頁）

〈留意点〉1「いづれ」は疑問詞。「昔」や「今は昔」とは違う。疑問には答えが必要。

2不在を探す。後宮の人員として女御・更衣だけで十分かどうか。

3「時めく」の本義は何かを考える。

さてこの冒頭本文からどれだけの情報を読み取ることができるだろうか。ある意味『源氏物語』を深く読むということは、書かれていることからどれだけの情報を引き出すかということにかかっている。現代語訳がわかれば、それ以上のことは望まなくてもいいというのではない。特に研究者は貪欲で、『源氏物語』に愛着をもっているので、できれば他の人より多くのものを知りたいと願っている。

仮に平安時代の読者が、初めてこの冒頭本文を見たり聞いたりした時、一体どんな感想を抱くだろうか。おそらく、今までの物語の決まりと違っていると違和感を抱いたのではないだろうか。これは明らかにルール違犯（?）の書き出しなのである。というのも、今までの物語は、「昔」あるいは「今は昔」で始まるのが常套だったからである。パターン化されているからこそ、読者は安心して物語にのめり込むことができていたのだ。

ところが『源氏物語』の場合、最初から読者に驚きとか不安を与えている。高校の古典の授業など、そういったことを何も気にせず、注意せず、無感動のまま物語に接しているとしたら、スタート時点で既に物語の読者としては失格であろう。このことは『枕草子』の冒頭にもあてはまる。「春はあけぼの」と聞いて、それは一般的な季節感あるいは美意識ではないと違和感を抱かなければ、やはり読者として失格である。最初に感じる違和感を大切にしていただきたい。

そもそも「いづれ」というのは疑問である。「どの帝の御代でしょうか」と聞いたら、頭の中でその疑問の答えをみつけようとしなければならない。あるいはこれから語られる物語を聞くに際して、その疑問の答えを模索しなければならない。物語から発せられた問いに、読者が反応することによって、物語が共有されるからである。これが先に指摘した対話（キャッチボール）である。

その疑問のついた帝の御代が、即ち桐壺帝の御代ということになる。総合的に考えて、モデルはどうやら百年ほど前の醍醐天皇の時代らしい。これが読者の答えである。しかしある部分は一条天皇とも重なる。そういった疑問と答えを摺り合わせながら、物語は進行していくのである。

次に「女御・更衣あまた」とあるところはどうだろうか。実は「あまた」とあっても、女御は弘徽殿以外には登場していない。弘徽殿が女御を代表していることになる。ここではそれ以外の不在を探してみよう。後宮には女御・更衣以外にもっと大きな存在があるはずだ。そう、一番偉いのは后（中宮・皇后）である。それが紹介されていないのだ。おそらくまだ誰も立后していないのだろう（皇太后（藤壺の母后？）・太皇太后の存在も不明）。だからこそ後宮では、この中の誰が后になるかという競争というか女の闘いが行われていることになる。

もちろんその最有力候補は弘徽殿女御である。そしてその対抗馬が桐壺更衣だった。本来ならこの二人では競争にもなるまい。それにもかかわらず、更衣の存在を弘徽殿が不安に思っているのは、帝が異常なほどに更衣を寵愛しているからである。その象徴が「時めく」である。これは帝が「時めかす」から更衣が「時めく」のである。「時めく」というのは、時流に乗って権勢を振るうことだ。だからこそ弘徽殿も気になるのである。これは更衣にとって必ずしもマイナスではない。桐壺更衣も後宮で闘っているのだから。というか後宮は、女性達が仲良しクラブを作るところではなく、女の戦場であった。

ところが大方の読者は、更衣を悲劇のヒロインと幻想してしまい、この「時めく」を精神的な寵愛とのみ考え、更衣は権力を振るってなどいないと見る傾向にある。読者は本文を直視せず、自ら悲劇的な誤読を楽しんでいるのである。この「時めく」をどう解釈するかによって、桐壺更衣に対する見方が大きく変化することになる。(2)

続いて更衣が光源氏を出産した後の描写を見てみよう。

②一の皇子は、右大臣の女御の御腹にて、寄せ重く、疑ひなきまうけの君と、世にもてかしづきこゆれど、この御にほひには並びたまふべくもあらざりければ、おほかたのやむごとなき御思ひにて、この君をば、私物に思ほしかしづきたまふこと限りなし。(18頁)

〈留意点〉1また不在を探す。右大臣だけで十分かどうか。

2「疑ひなきまうけの君」の本義は何かを考える。

まず弘徽殿の位置付けが語られている。弘徽殿は右大臣の娘で、しかも第一皇子を出産していると。後見もしっかりしているので、いずれ第一皇子が立太子し、即位するのは間違いなさそうだ。ただそういったバックの存在とは別に、帝の寵愛が第二皇子たる光源氏に注がれていることで、やはり弘徽殿の不安は解消されていないことも読み取れる。本来はそうではないのに、ここでは愛が重み（価値）のあるものとして幻想的に描かれている。それが読者の共感を得ているのかもしれない。

さて右大臣が登場したところで、何が不在なのかおわかりだろう。大臣は一人ではないので、右大臣といえばすぐに左大臣が思い浮かぶ。場合によっては内大臣や太政大臣だって想定できる。しかも左大臣は右大臣より上席である。その左大臣のことがまったく描かれていないのである。もちろんいないわけではない。その左大臣が物語に登場するのは、皇位継承問題がすっかり片づいた後であった。その間、左大臣はどこで何をしていたのだろうか。それとも何もしなかったのか、気になるところである。

次に「疑ひなきまうけの君」に注目したい。「儲けの君」とは帝になる予定の人という意味とされている。ただし普通は「疑ひなき」と形容されることはない。ここで問題にしたいのは、その訳についてである。多くの本は「皇太子になるはずの人」と訳している。それで間違いではないのだが、かといって正解でもない。皇太子候補者を「儲けの君」と言った例がないのだから。それなら「坊がね」という言葉もある。

何故そうなのかということだが、ここだけではそれ以上のことはわからない。あくまで過去の補完でしかないが、このとき皇太子が別に存在していたのである。その皇太子が即位するか廃太子にならない限り、誰も皇太子にはなれない(3)。それについて六条御息所には娘がいるが、少なくともその娘が誕生する一年前まで、前坊は生存していたことになる(そうでないと生まれない)。そうなると、亡くなる前に廃太子されたと考えられる。「儲けの君」にこだわることで、物語の裏側というか、描かれざる政治の世界が見えてくる。繰り返すが、皇太子が廃されたのであるから、これは大変な時代であったことになる。それなのに物語は、後宮のことだけしか語ろうとしないのである。

三

その延長線上で次の本文を考えてみよう。

③この皇子生まれたまひて後は、いと心ことに思ほしおきてたれば、坊にも、ようせずは、この皇子のゐたまふべきなめりと、一の皇子の女御は思し疑へり。（19頁）

〈留意点〉1ここでも不在を探す。「坊にゐたまふ」とはどういうことかを考える。

源氏が誕生したとたん、帝は更衣を尊重し始めた。今までは寵愛が過ぎて、軽い女房のように見られていたが、それを改めたのである。弘徽殿からすれば、それも不気味な態度（変貌）であった。下手をすると源氏が立坊するのでは、という疑いがまた想起されるわけである。

ここでの不在はおわかりだろう。「坊にゐたまふ」とあるのは、現在まだ皇太子が決まっていないからこその発言である。②で述べたように、これ以前に描かれざる政変、つまり廃太子事件が勃発したのかもしれない。その首謀者は右大臣とは限るまい。桐壺帝かもしれないし、左大臣かもしれない。しかしそのことは一切表に出さず、ただ立坊問題だけが問題視されているのである。

それはさておき、物語は執拗に帝の源氏寵愛や、源氏の資質のすぐれていることを強調している。それに呼応するかのように、弘徽殿の不安が募っているのである。では皇太子はどうやって決定されるのだろうか。現実問題として更衣腹の、しかも後見不在の源氏が皇太子になることは可能なのだろうか。そう考えると、読者は現実レベルではなく物語レベルで、いかにも皇位継承問題が存在しているような錯覚の中に誘い込まれている（読まされている）ことに気付く。冷静に考えれば、顔がいいとか頭がいいという理由で皇太子が決められたことなど、歴史的にありえないことがわかるはずだ。皇太子は後見がしっかりしていて初めて可能なのだから。それが摂関政治の基本であった。

そうなると、弘徽殿側の怯え方が異常であることになる。本当に源氏はそんなに恐ろしい存在なのだろうか。そう考えた時、源氏の背後に本当に恐い存在が潜んでいるのかもしれないということに思い至る。これはあくまで想像だが、表面に出ていなかった左大臣が、右大臣と対抗するために、更衣側を裏で応援していたとしたらどうだろうか。そこまで深読みするのは行き過ぎだろうか。

では次の文はどう読めばいいのだろうか。

④御局は桐壺なり。あまたの御方々を過ぎさせたまひて隙なき御前渡りに、人の御心を尽くしたまふもげにことわりと見えたり。（20頁）

〈留意点〉1「御局」とは何かを考える。

2後宮における「桐壺」の位置付けを考える。モデルは「原子」としたい。

3「前渡り」の意味を考える。

この一文によって、更衣は桐壺更衣と呼ばれるわけだし、それに連動して帝も桐壺帝と称されている。非常に有名なので、すでに当たり前というか常識になっており、かえって深く考えることができなくなっているようだ。私がいつも胸に刻んでいるのは、常識にとらわれることの危険性である。

まず「御局」だが、これは普通に考えれば建物（殿舎）ではなく、一つの部屋（曹司）を意味する。

直訳すれば、更衣の部屋は桐壺の一画にあるということになる。ところが従来は、帝に寵愛されているヒロインということで、弘徽殿や藤壺の例に倣って桐壺、つまり淑景舎の主人と解釈されてきた。その上で不動産的評価を当てはめ、帝のいる所から遠いことで、身分的な不利を読み取ってきたのである。それも捨てがたい読みである。

ところが増田繁夫氏によって、更衣で後宮の殿舎を所有している例はないという判断が下された。(4)もし更衣が淑景舎を所有しているとすれば、それは自ずから女御待遇ということになる。これが第一の問題である。

次に「桐壺」という殿舎のことが、今まできちんと調べられていなかったことがあげられる。実は長い後宮の歴史の中で、桐壺に居住した女性は歴史的にこれまで誰一人いなかった。ただし摂関の直廬としてなら先例があった。そしてごく直近で、紫式部が活躍した一条天皇の時代に、皇太子であった後の三条天皇の後宮に、唯一淑景舎を使った原子という女性がいた。彼女は定子の妹であるが、中関白家の没落によって后になることも叶わなかった。それどころが、若くして不審な死に方をしている。『栄花物語』によれば、突然口から血を吐いて亡くなっているのである。それを「横死」つまり横ざまの死というが、毒を飲まされて殺されたとも考えられる。それは桐壺更衣の死に様にも似ているわけで、当時の人は桐壺更衣の死からすぐに原子の横死を想起したのではないだろうか。つまり更衣のモデルは、直近の原子だ（しかいない）というのが、私の説である。(5)

もう一つの「前渡り」だが、これは『蜻蛉日記』にも例がある。兼家がわざわざ道綱母の家を訪れるようなコースをとって、今日は通ってくると思わせておいて、そのまま素通りして別の女性の所へ行くといういやらしいやり方である[6]。期待した分だけ怒りが激しくなる（道綱母は兼家を尾行させている）。

更衣の場合、なにしろ後宮で一番遠い場所なので、帝が通うとなると必然的に何人かの女性の前を素通せざるをえないわけである。それが「あまたの御方々を過ぎさせたまひて」である。これが帝の「前渡り」であれば誰も手出しはできないが、更衣が通う場合（「前渡り」とはいわない？）には、集団苛めに発展する。あまたの女御・更衣たちは互いに敵同士なのだが、共通の敵ができたので協力し合っているのだろう。汚物を撒いて着物の裾を汚すという手まで使っている。更衣は帝の寵愛を独占しているのだから、いじわるをする側にもそれなりの言い分はあるのだ。

そうこうするうちに更衣は病に倒れ、ついに帰らぬ人となる。源氏は里で祖母に育てられながら、いよいよ美しく成長する。五歳の時に宮中に迎えられると、物語は急展開していく。それが次の文である。

⑤明くる年の春、坊定まりたまふにも、いとひき越さまほしう思せど、御後見すべき人もなく、また世のうけひくまじきことなれば、なかなかあやふく思し憚りて、色にも出ださせたまはずなりぬるを、　（37頁）

〈留意点〉1「坊定まりたまふ」とあるが、それ以前はどうだったのか。

「坊定まりたまふ」とあることで、弘徽殿腹の一の皇子が予定通り立太子したことがわかる。前にも述べたように、これ以前に皇太子不在の期間があったことになる。だからこそ立太子問題が生じるわけである。言い換えれば、桐壺更衣寵愛の裏側で、政情不安な状態が続いていたことになる。政治家側からすれば、桐壺更衣は世を乱す悪者に見えたかもしれない。

桐壺帝の気持ちとしては、源氏を皇太子にしたかったのかもしれないが、それでは世間というか右大臣を中心とする人々の納得が得られまい。この時代は摂関政治なので、むしろ帝は傀儡に近いものだった。その帝の視点から描かれることで、いかにも源氏立太子が可能なように、読者は騙されていたことになる。ここに至って帝は、ようやく理性を取り戻したような発言をしているわけである。

四

皇太子が決まったところで、次に帝は源氏の処遇に頭を悩ませる。それが次の本文である。

⑥今までこの君を親王にもなさせたまはざりけるを、相人はまことにかしこかりけりと思して、無品親王の外戚の寄せなきにては漂はさじ、わが御世もいと定めなきをただ人にて朝廷の御後見をするなむ行く先も頼もしげなることと思し定めて、（41頁）

〈留意点〉1親王でないのに皇位継承の資格はあるのか。皇子・御子の使い分け。

2「ただ人」の意味は賜姓源氏。

ここに「親王」と出ている。なんと源氏は今まで親王宣下を受けていなかったのだ。ということは、皇位継承つまり皇太子になる資格を有していなかったことになる。基本的に更衣腹の皇子は、皇太子どころか親王になることもほとんどなかった。読者はここでようやく騙されていたことに気付かされる。その原因の一つは表記にあった。皇子も「みこ」と読むが、それを勝手に親王と勘違いしていたわけである。

次の「無品親王」はどうだろう。たとえ源氏を無理に親王にしたところで、後見がなくては生涯たいした役職にもつけまい。という以上に、親王という身分では政治家にもなれないのである。藤壺の兄兵部卿宮は、冷泉帝の伯父なので、本来ならば外戚として活躍できたはずである。しかし皇族なので、尊重はされているが、政権を担当することはできない。代わって「ただ人」つまり臣籍に降下した源氏が冷泉帝の後見となり、政権を担当することになる。帝は源氏を臣下にすることに源氏の未来を賭けたのである。

それでも兵部卿は後に式部卿になっている。源氏に降下したら、そういった皇族の役職も望めない。このことに目をつけて、親王のことを調べてみたところ、特定の親王ではなく、十把一絡げのように「親王達」として扱われている人達の存在が浮上した。この人達は行事や宴会の常連で、恐らく宴会の格式を高めるための道具として使われているのであろう。源氏の元服の時にも登場していた。それこそ無品親王になった源氏の未来、つまりそれが「もう一つの源氏物語」なのである。(7)

そうこうする内にもう一人のヒロインが登場する。それが桐壺更衣によく似ているという藤壺である。帝は桐壺更衣のことが忘れられないので、更衣によく似た代償（ゆかり）を求めたのだ。「ゆかりの物語」はここから始まっているといえる。しかしことはそう簡単には運ばない。次の文を見ていただきたい。

⑦あな恐ろしや、春宮の女御のいとさがなくて、桐壺更衣のあらはにはかなくもてなされし例もゆゆしう。（42頁）

〈留意点〉1母后の発言から何が読み取れるか。

先帝の四の宮が桐壺更衣にうり二つという情報を得て、帝は入内を勧める。それに対して先帝の母后は、このように発言した。つまり桐壺更衣のように、弘徽殿から苛め殺されてはかなわないと。既に桐壺更衣の死からかなりの歳月が経過していたが、これが世間の見方だった。ただし母后は、こう発言したあと亡くなってしまうことで、藤壺の入内はすんなり実現する。というのも兄兵部卿が妹の入内を後押ししたからだ。

確かに桐壺更衣は身分が低いということで、弘徽殿から苛めを受けた。ところが藤壺は内親王なので、その点が更衣とは大きく違っている。一般に藤壺の地位は女御とされているが、面白いことに物語では一度も女御とは呼ばれていない。また「かがやく日の宮」と称されていることから「ひ」を「妃」と考える説もある。これは楊貴妃の「妃」と同じである。要するに女御より一ランク上に設定されていると見ているのだ。

しかも藤壺は、不義の子冷泉帝を出産したことで、弘徽殿をさしおいて立后する。これは後見のいない（兵部卿は後見にならない）冷泉帝のバックを強力にするためだろう。その時帝は弘徽殿に、あなたはいずれ春宮が即位すれば后になるのだからと告げている。確かに帝の母は三后の一つである皇太后になる。しかし弘徽殿にしても、桐壺帝の妻として后になりたかったはずである。立場を換えれば、長年連れ添った妻に対するかなり冷たい仕打ちにも思える。要するに藤壺入内は、単純に桐壺更衣の代償なのではなく、右大臣・弘徽殿を牽制する政治的政略と見ることもできるのである。身分の高い桐壺の再来ということで、弘徽殿も簡単には手が出せなかった。

さていよいよ源氏の元服と結婚である。
⑧引き入れの大臣の、皇女腹にただ一人かしづきたまふ御むすめ、春宮よりも御気色あるを、思しわづらふことありけるは、この君に奉らむの御心なりけり。（46頁）
〈留意点〉1右大臣以外の大臣とは誰のこと。

2「皇女腹」とはは桐壺帝の妹宮のこと。

3春宮より源氏を選ぶ左大臣は錯誤の人、それとも俗世と異なる物語の論理なのか。

右大臣のところでもいったが、源氏の元服に至ってようやく左大臣と娘の葵の上が登場する。この左大臣は右大臣よりずっと若いようだが、桐壺帝の妹宮を賜っている。だから娘（葵の上）は「皇女腹」になる。それは頭中将も同様であった。左大臣が特別待遇を受けているということは、桐壺帝の即位に功績があった可能性が想像される。葵巻で六条御息所の生霊が葵の上に取り憑くのも、単に源氏をめぐる愛憎だけではなく、六条大臣家の没落にこの左大臣家が絡んでいるという政治的恨みが背後に潜んでいる可能性も読める。

さて葵の上だが、これだけの身分なので本来ならば堂々と後宮に入内し、将来の后になるという道もあった。あるいは本人もそれを夢見ていたかもしれない。ところがこともあろうに更衣腹で、臣籍に降下した一介の源氏の、しかも添臥しとなるのだから、葵の上のプライドは傷ついたに違いない。この「添臥し」の用法は間違っていないのだろうか。

源氏にしても藤壺のことばかり慕っているのだから、この結婚は愛情とは無縁の政略結婚以外の何物でもない。それにしても左大臣は、東宮・右大臣方から葵の上の入内を勧められているにもかかわらず、言い換えれば政治的な連帯を呼びかけられているにもかかわらず、それを拒否して娘を将来性の薄い源氏へ嫁している。

そうなると、いずれ右大臣方が政権を取った時には干されるに違いあるまい。政治家の判断としては錯誤の人と言われても仕方ないことになる。それに対して秋山虔先生は、そういった世俗の価値観とは異なる物語の価値観があるとおっしゃっている。(8) 左大臣にとっては、源氏を選択することこそが物語の論理だというわけである。この時既にかなり長期的な構想ができていたのだろうか。

まとめ

以上、本論では源氏物語桐壺巻の本文を読むことにこだわって、そこからさまざまな読みの可能性について論じてきた。これがささやかな私の深読みの成果である。(9)

もともと情報(資料)が不足しているので、根拠のない深読みに近いものもあるし、推理小説の謎解きめいたものも含まれていないわけではない。私としては精一杯本文に忠実に対処したつもりだが、飛躍がないとは言い切れない。

本論に示した読みに賛成(納得)していただけるかどうかわからないが、いずれにしても本文にもっとこだわって、私の読みとは異なる批判的な読みを提示していただければ、それこそ有難いことである。

注

(1)玉上琢彌氏「源氏物語の構成―描かれたる部分が描かれざる部分によって支へられてゐること―」文学20―6・昭和27年6月

(2)吉海「『源氏物語』「時めく」考」同志社女子大学日本語日本文学28・平成28年6月

(3)吉海「『源氏物語』「疑ひなき儲けの君」考」國學院雑誌120―4・平成31年4月(本書所収)

（4）増田繁夫氏「女御・更衣・御息所の呼称―源氏物語の後宮の背景―」『平安時代の歴史と文学文学編』（吉川弘文館）昭和56年11月

（5）吉海「桐壺更衣論の誤謬―『源氏物語』人物論の再検討―」國學院雑誌92―5・平成3年5月（本書所収）

（6）今井源衛氏「「前渡り」について―源氏物語まで―」中古文学17・昭和51年5月

（7）吉海「『源氏物語』「親王達」考―もう一つの光源氏物語―」『源氏物語の帝』（森話社）平成16年6月（本書所収）

（8）秋山虔氏「」『王朝女流文学の世界』（UP選書）昭和47年6月、吉海「左大臣の暗躍―『源氏物語』の再検討―」日本文学45―9・平成8年9月（本書所収）

（9）桐壺巻全般については、吉海『源氏物語入門〈桐壺巻〉を読む』（角川ソフィア文庫）令和3年2月を参照のこと。

初出一覧

一章　「桐壺帝即位前史」（日本文学論究52・平成5年3月）
二章　「桐壺更衣論の誤謬―『源氏物語』人物論の再検討―」（國學院雑誌92―5・平成3年5月）
三章　「藤壺入内の深層―『源氏物語』人物論の再検討Ⅱ―」（國學院雑誌93―4・平成4年4月）
四章　「左大臣の暗躍―『源氏物語』の再検討―」（日本文学45―9・平成8年9月）
五章　「右大臣の再検討―桐壺巻の政治構造―」『源氏物語桐壺巻研究』（竹林舎・平成18年11月）
六章　「弘徽殿女御の皇女達」『源氏物語の視角―桐壺巻新解―』（翰林書房・平成4年11月）
七章　桐壺更衣の母北の方　書き下ろし
八章　「兵部卿宮」『人物で読む源氏物語④藤壺の宮』（勉誠出版・平成17年6月）
九章　「『源氏物語』「親王達」考―もう一つの光源氏物語―」『源氏物語の帝』（森話社・平成16年6月）
十章　「光源氏の「をのこみこ」をめぐって」（解釈60―3、4・平成26年4月）
十一章　「『源氏物語』「疑ひなき儲けの君」考」（國學院雑誌120―4・平成31年4月）
十二章　「『源氏物語』「にほひやか」考」（同志社女子大学大学院文学研究科紀要18・平成30年3月）
十三章　「『源氏物語』「たゆげ」考」（解釈67―3、4・令和3年4月）
付録　桐壺巻深読みのすすめ　書き下ろし

あとがき

　どうせ研究書を出すのなら、百数ばかり多い雑多な寄せ集めの論文集ではなく、薄くてもまとまりのあるものを出したい、というのが私の願望だった。私の本に高い定価は似合わないという思いが強かったからだ。これまで頑張って、「乳母論」・「垣間見論」・「後朝の別れ論」・「表現論」と、私なりにまとまりのあるテーマに絞って選書タイプの研究書を世に問うてきた。もちろんそれは出版社の賛同なしにはできないことである。

　本書の内容は、そういったものとは多少毛色が異なるかもしれない。もちろん桐壺巻論というのも限定されたテーマには違いあるまい。しかしそういった括り方は、これまでほとんど行われていなかったように思われる。それを逆手にとれば、各巻論もありうるという新たな視点を提示したことになる。

　では、何故桐壺巻論なのか。実は本書は独立した研究書ではなく、これより先に出した注釈書『源氏物語入門―〈桐壺巻〉を読む―』（角川ソフィア文庫）と対になるものである。こちらも斬新な取り組みであり、相互に補完しあうものなので、できれば一緒に読んでいただきたい。こういった試みは、かつて『住吉物語』（和泉書院）平成10年11月・『『住吉物語』の世界』（新典社選書）平成23年5月でも行っている。要するに注釈の作業の中から論文のネタを見出してきたのである。これが私の研究のやり方といえる。

もう一つ、私の脳裏には「桐壺巻は、源氏物語の世界全体を一巻に内蔵する小宇宙であると言えよう。その意味で言えば、この巻について論じることは、源氏物語全体を語ることに他ならないのである」(『源氏物語講座三』有精堂)という故三谷邦明氏の言が、まるで遺言のようにこびりついて離れないからである。ふと気がつけば、私は亡くなられた三谷氏の年齢をとっくに超えていた。

ということで本書は、物語研究会で大変お世話になった三谷氏からの発信に対する私のささやかなレスポンスでもある。もっとも、方法論に乏しい本書に対して、三谷氏から合格点をいただけるとは到底思えない。どこか遠いところから、「君はまだ『源氏物語』がわかってないね」という声が聞こえてきそうである。

それでも本書は、いずれ私があの世へ行って三谷氏に再会する時の手土産にしたい。方法論ではなく、注釈からでもこれだけのことができると精一杯反論してみたい。もちろん私は、『源氏物語』を絶望の文学とは思っていないので、その点についても三谷氏に反論できるように、今から心の準備をしておこう。

実のところ、私の研究意欲はこの年になってもまだ衰えていない。夕顔巻や若紫巻にも興味があるので、桐壺巻と同じように注釈と本をまとめたいと思ってはいるのだが、もはやそれだけの時間(余命）が残されているのかどうか、おぼつかない。せめて桐壺巻だけでも、七十歳になる前にまとめられたことを良しとしたい。ちょっと早いが、本書を私の不踰矩《ふゆく》編とする。

もし今後もまだ体力と気力が残っていたら、次は夕顔巻をまとめてみたい。末尾ながら、選書で出したいという私の願い（わがまま）を聞き入れ、快く出版を引き受けてくださった武蔵野書院に心から御礼申し上げる。

著者略歴
吉 海 直 人（よしかい なおと）

1953年、長崎県長崎市生まれ。
國學院大學文学部、同大学院博士課程後期満期退学。博士（文学）。
日本学術振興会奨励研究員、国文学研究資料館文献資料部助手を経て、
現在、同志社女子大学表象文化学部特任教授。
専門は平安時代の物語及び和歌文学（特に『源氏物語』と『百人一首』）。

著書
『平安朝の乳母達—『源氏物語』への階梯』（世界思想社、平成7年）
『「垣間見」る源氏物語—紫式部の手法を解析する』（笠間書院、平成20年）
『源氏物語の乳母学—乳母のいる風景を読む』（世界思想社、平成20年）
『『源氏物語』「後朝の別れ」を読む—音と香りにみちびかれて』（笠間書院、平成28年）
『源氏物語入門　〈桐壺巻〉を読む』（角川ソフィア文庫、令和3年）
などがある。気が付けば単著の単行本だけでも40冊になった。

源氏物語桐壺巻論

2021年11月1日 初版第1刷発行

著　　者：吉海直人
発 行 者：前田 智彦
装　　幀：武蔵野書院装幀室
発 行 所：武蔵野書院
〒101-0054
東京都千代田区神田錦町3-11 電話03-3291-4859　FAX 03-3291-4839

印刷製本：シナノ印刷㈱

© 2021　Naoto YOSHIKAI

定価はカバーに表示してあります。
落丁・乱丁はお取り替えいたしますので発行所までご連絡ください。
本書の一部または全部について、いかなる方法においても無断で複写、複製することを禁じます。

ISBN 978-4-8386-0498-2 Printed in Japan